# ヒサエ・ヤマモトの世界

*Taeko Inagi*
稲木妙子

金星堂

目　次

# 序文

本書は日系アメリカ文学のパイオニア的な存在として知られているヒサエ・ヤマモトの全体像を明らかにするものである。ヤマモトは、第二次大戦後間もない時期に、日系作家としてはいち早く『パーティザン・レヴュー（*Partisan Review*）』や『ケニヨン・レヴュー（*Kenyon Review*）』などのアメリカの主流の文芸誌に作品を掲載し、「ヨネコの地震（"Yoneko's Earthquake"）」（1951）は、一九五二年にマーサ・フォーリーによる『アメリカ短編小説傑作選』に収められた。以後この作品は、「十七文字（"Seventeen Syllables"）」（1949）とともに、ヤマモトの代表作として、さまざまなアジア系アメリカ文学のアンソロジーに掲載され、今や日系アメリカ文学の古典として読み継がれている。

本書では、戦前から晩年までのヤマモトの、文芸誌や日系新聞に掲載された作品やエッセイなどを時代を追って検討し、ヤマモトの軌跡を辿る。このような評伝研究の方法を取らざるを得なかったのは、まず第一には、ヤマモトについてまだ十分に知られていない面も多々あるため、それぞれの作品の背景や事情などを歴史的、社会的コンテクストに沿って説明する必要があったからである。だが、それだけではない。ヤマモトは単なる小説家であっただけでなく、戦前から戦後にかけて日系人として困難な状況を生きながら、社会の変革を求めて行動した社会運動家としての側面ももっていた。第二次大戦後、強制収容所から解放された日系人の多くがアメリカ社会への同化を志向するなかで、ヤマモトは黒人新聞の記者となり、公民権運動に参加し、平和主義にも関心を抱くようになった。当時の彼女のコラムを読むと、欧米の文学のみならず、思想書や哲学書などを貪欲に読み、社会運動のあり方を真剣に模索して、日系人としての新たな方向性を追求していた様子がうかがわれる。

ヤマモトはインタヴューで、自分にはもともと想像力などというものはなく、周囲で起きた出来事や人々から聞いたことを「脚色した」だけであると述べ、そこに多少なりとも自分自身が投影されているとしている（Crow, Interview 74）。実際、ヤマモト作品を初期から通して読み進めると、彼女が執拗なまでに倫理的、宗教的諸問題と向きあい、思索と内省を重ねていることに気づかされる。本書はそのような彼女の模索の過程を、作品のみならず日系新聞に掲載したコラムなども取り上げながら辿ることで、小説家として社会運動家として彼女が目指したものを検討していきたい。

十代の半ばから小説家を目指していたヤマモトであるが、その作品が広く読まれるようになったのは、一九八〇年代に入ってからである。一九八二年に、アジア系アメリカ文学研究の第一人者であるエレイン・キムによる『アジア系アメリカ文学――作品とその社会的枠組』が出版された。これはアジア系アメリカ文学を包括的に論じた最初の研究書であり、一九世紀末から一九八〇年代までの中国系、フィリピン系や日系などの作家と作品を論じている。この研究書でキムは、ヤマモトの代表作を「女性の小説」（Kim 207）として捉え、ジョン・オカダ（John Okada）やカルロス・ブロサン（Carlos Bulosan）などアジア系男性作家が「想像に留めていたことを、ヤマモトは十分に描いている」（Kim 207）として、女性作家としてのヤマモトの視点を評価した。

さらに一九八八年に、ヤマモトの一五作品を集めた作品集がはじめて出版されたことが契機となり、本格的なヤマモト研究がスタートした。当時フェミニズム批評の隆盛のもとで、アジア系女性作家による母と娘の物語が注目されると、日系アメリカ文学ではヤマモトの「十七文字」や「ヨネコの地震」における母と娘の関係が論じられるようになった。

一九九三年には、先のヤマモト作品集を編集したキンコック・チャンによる『アジア系女性作家論――沈黙の声を聴く』が出版された。本書でチャンは、ヤマモトの作品に書き込まれた多層にわたる沈黙を解読するためには、フェミニスト批評のみでは十分ではないと指摘する（Cheung, *Articulate* 28-29）。そして精緻なテクスト分析により、ヤマモトの「二重の語り」（29）の構造には各作品が書かれた時代の政治的、社会的な制約が反映されていることを論じて、ヤマモト研究の方向性を示した。

以上のような代表的な研究書に触発され、ヤマモトについての研究は現在に至るまで活発に展開されているが、全般的に代表作の「十七文字」や「ヨネコの地震」および「ミス・ササガワラの伝説」（"The Legend of Miss Sasagawara"）」などに議論が集中する傾向が見られる。これら三作品は、いずれも日系アメリカ文学の傑作であり、さまざまな読みを可能にする深みのある作品であることは確かだが、ヤマモトの日系作家としての資質を検討する上で、これらの作品だけではおのずと限界があることも言うまでもない。すでに述べたように、初期のころから一貫して鋭い社会意識を持ち、日系社会の外に常に目を向けてきた、ヤマモトの作家としての独自性や異質性を理解するためには、作品のみならずコラムやエッセイなどもあわせて検討することも必要であると思われる。実際、二〇〇一年に出されたヤマモトの作品集の改訂版に、従来読まれることのなかったヤマモトの後期の自伝的エッセイや作品などが新たに追加されたのも、そうした必要性を裏づけるものであろう。

以上のような経緯で、本書ではヤマモトの長年におよぶ創作活動をたどることで、彼女の日系作家としてのあり方や、日系アメリカ文学におけるヤマモトの位置などについてあらためて検証することが最終目標となる。ヤマモトを単独で扱った研究書がまだ試みられていない中で、これからヤマモトを読む方々の入門書となればと願っている。

# 第1章　少女時代

## 1　幼少期

ヒサエ・ヤマモトは一九二一年八月二三日、カリフォルニア州南部のサンタモニカ湾に臨む町レドンド・ビーチ（Redondo Beach）で、カンゾー・ヤマモトとサエ・タムラ・ヤマモトの長女として誕生した。[(1)] ヤマモトには四人の弟――ジョニー（Johnny/Tsuyoshi）、ジェイムズ（James/Tsutomu ニックネームはジェモ Jemo）、フランク（Frank/Yutaka ニックネームはユーキ Yuke）がいた。一番下の弟であるヘンリー（Henry/Kaname）は一九三三年に二歳で亡くなった。

父のカンゾー（Kanzo Yamamoto, 1897-1959）は、一九一六年、熊本県の山間部にある下益城郡西砥用町からアメリカへ移民として渡り、南カリフォルニアの農村地帯で農業に携わっていた（Cheung, Interview 76-77）。

当時、熊本県からアメリカに渡った移民の人数は一四〇二人であった（石田　三三）。カンゾーは、県人会を通じて仕事の情報を得ながら各地を移動し、主としてイチゴ栽培に従事した。一家はレドンド・ビーチのほかにもダウニー（Downey）、アーテジア（Artesia）、ノーウォーク（Norwalk）、ハインズ（Hynes 現在のParamount）、オーシャンサイド（Oceanside）など、南カリフォルニアの中で少なくとも五回の引っ越しをしたとヤマモトは回想している（Cheung, Interview 79）。オーシャンサイドには熊本県出身の移民でイチゴやトマトの栽培に関わる農民が集まり、かれらのコミュニティは「クマモトムラ」と呼ばれていたという。のちに作家となったワカコ・ヤマウチ（Wakako Yamauchi, 1924-2018）も、最初にヤマモトと会った時のことに触れて、ヤマモトが「クマモトムラ」の出身であったことに言及している（Osborn and Wanatabe108）。

ヤマモトが、たとえば二世作家のパイオニアだったトシオ・モリ（Toshio Mori, 1910-80）のように、特定の日系コミュニティの中で生活するのではなく、「一種の漂流するコミュニティ（floating community）」（Chueng, Interview 77）を経験したことは、作家ヤマモトを考える上できわめて重要である。ヤマモト一家の移動先である南カリフォルニアの農村地帯には当時、多様な地域から移民が集まり、ヤマモトが通っていた「エクセルシオー・ユニオン高校（Excelsior Union High School）」も、イタリア系、アルメニア系、メキシコ系など、移民の子供たちが大勢在籍して、ヤマモトは幼いころから多人種が出入りする流動的なコミュニティの中で成長した。このことは、のちにも触れるように、ヤマモトの文学にもさまざまな形で影響を及ぼすことになる。ヤマモトは、飛び級により一六歳で「コンプトン短期大学（Compton Junior College）」に入学し、フランス語、スペイン語、ドイツ語、ラテン語などを学んだ。こうした外国語への関心も、多人種社会での経験が影響したと考えていいのではないだろうか。(2)

「十七文字」（1949）のロージーや「ヨネコの地震」（1951）のヨネコのように、ヤマモトの作品には戦前の農村地帯に暮らす日系少女が繰り返し登場し、重要な役割を果たしている。これらの少女像には、当然ながら、ヤマモト自身の少女時代の体験が映し出されており、この時代は作家としてのヤマモトの中核を占める重要な時代だったことがわかる。実際ヤマモトは、自伝的短編「巨大なピアノ」（"The Enormous Piano"）（1977）で、作家の書くものは最初の六年間に観察したことや分かったことに起源をもつものであると述べて、少女時代の移動続きの生活がヤマモトに与えた影響の大きさを明らかにしている。それではヤマモトは、どのような少女時代を過ごしたのだろうか。

## 2　文学少女

少女時代についてのヤマモトの回想でまず注目したいのは、言葉の問題である。おおかたの二世と同じように、幼少期には日本語で生活し、ヤマモトの場合は五歳までは日本の民話や童話などを読みながら育ったという（「言葉の喪失（"The Losing of a Language"）」*RS*, December 20, 1963: 3）。[3] ヤマモトは別のエッセイ（「油田地帯の生活——回想（"Life Among the Oil Fields: A Memoir"）」）（1979）で、英語が十分でなかったために、小学校の時に転校先で二年生であるはずの自分が誤って一年生のクラスに入れられそうになった、という苦労の経験にも触れている（Yamamoto, *Seventeen* 87）。

他方、幼児期に日本語で育ったことが、自身の英語にも少なからず影響を及ぼしたとヤマモトは述べ、英語で複雑な言い回しができず、作家としてハンディがあったと説明してもいる（60）。トシオ・モリの『ショーヴィニストその他の短編（*Chauvinist and Other Stories*）』（1979）の序文において、『カリフォルニア州ヨコハマ町（*Yokohama California*）』（1949）が出版された際にモリの英語が辛辣に批判されたことに触れて、自分の英語も時々あやしくなることがあるとしている。[4] そして幼児期の環境から「英語の感覚がなかなか身につかない」（Yamamoto, Introduction 2）として、いわゆる「二世英語」への理解を求めている。

一九六〇年代に入って、アジア系アメリカ人運動の影響のもとで、若い世代の日系人も自分たちのルーツを求めるようになり、モリの作品も「日系人の文化的遺産の貴重な記録」（Introduction 3）としてようやくニアたちは、自分たちの不十分な英語を隠そうともせず、日本語混じりの奇妙な英語をもふくめて、それを自分たちの言語としてありのままに受けとめ、それを使ってその時々の自分たちの生活感情をストレートに表現しようとした。一九三〇年代の日系二世文学を代表するトシオ・モリについては、ヤマモトの立場や資質と比較するために、次章でざっと検討してみたい。

さらに、幼少期についてヤマモトが繰り返し述べているのは、幼いころから読書が好きで、手当たり次第に本を読んでいた点である。手に入るものは何でも読み、「読書強迫症（compulsive reading）」（Cheung, "*Seventeen*" 61）の病にかかっていたと書いているほどである。

小学校に入学する前は、ヤマモトはもっぱら日本の民話や童話などを読みながら育った。小学校で英語がなんとか読めるようになると、『赤い童話集（*The Red Fairy Book*）』や『青い童話集（*The Blue Fairy Book*）』など[5]で『白雪姫』や『ヘンゼルとグレーテル』などを好んで読んでいたという（Cheung, Interview 71）。学校へのバスのなかでも本を読んでいたため、やがて近眼になり、メガネをかけるようになったと振り返っている（Yamamoto, *Seventeen* 98）。

ヤマモトの読書好きはその後も続き、『加州毎日（*Kashu Mainichi*）』や『ロサンゼルス・トリビューン（*Los Angeles Tribune*）』などのコラムを読むと、ヤマモトが文学のみならずさまざまなジャンルの本をむさぼり読む大変な読書家であったことがわかる。たとえば『加州毎日』のコラムでは、文学作品としてはモームの『雨』（*KM*, October 23, 1938）やオスカー・ワイルドが好きであること（*KM*, March 17, 1940）、スタインベックの『怒りのぶどう』（*KM*, March 3, 1940）、トマス・ウルフの『汝再び故郷に帰れず』（*KM*, October 13, 1940）を読んだことなどを述べている。また後述するように、当時のヨーロッパの社会思想や哲学にも興味を抱いて貪欲に吸収していた。

ヤマモトの読書好きには、母親サエ（Sae Tamura Yamamoto, 1898-1939）の影響もあったのではないかと思われる。本人によると、母も母方の祖父も、文学趣味のある人だったとエッセイ「創作について（"Writing"）」で述べている（Cheung, "*Seventeen*" 68）。母はヤマモトの創作活動に理解を示し、ヤマモトが「茶色の包装紙に短編を書いている」のを見つけると、「大きくなったら、涼しい風が吹き込む丘の家に住めば、書けるわよ」と励ましてくれたという（68）。母が趣味で川柳を書いており、日系新聞に掲載されたこともあったとされる（Matsumoto, *City* 95）点は、「十七文字」の母親トメ・ハヤシを思い出させる。また母は、日本人学校の母親の会の会長を務めて活発な活動も行っていた（Cheung, Interview 86）という。だが、家事や育児に加えて父との農作業もあり、「多くの女性たちと同様に母も才能を発揮することはできませんでした」と述べて、ヤマモトは「十七文字」を「母の物語」でもあると説明している（86）。四一歳という若さで亡くなった母への思慕が、ヤマモトの創作活動の原点にはひそんでいたように思われる。実際ヤマモトは、「母は物語の背後のいたるところにいて、母の物語が大勢の読者に届いているのを確認していると思います」と述べて、母の存在の大きさを繰り返し強調している（86）。トヨ・スエモト（Toyo Suemoto, 1916-2003）やワカコ・ヤマウチ、トシオ・モリなども同様であるが、[(6)]二世作家の場合、創作へ向かう原点には母の影響や励ましがしばしば共通して認められる。とりわけモニカ・ソネ（Monica Sone, 1919-2011）は『二世の娘（*Nisei Daughter*）』（1953）において、主人公カズコの母が夜遅くまで読書をしていることを、年長の日系女性から注意されたと書き、戦前の日系社会の規範によれば読書をする母が異質の存在であったこと、それゆえ本の好きな娘にとって貴重な激励になりえたことを例証している（Sone 26）。

## 3　カリフォルニア農村地帯におけるヤマモト一家

ヤマモトはインタヴューなどで、自身の生い立ちや個人的な生活について、率直・詳細に語ることを好まなかった。したがって彼女の内面や成長の軌跡を辿るためには、日系新聞のコラムやエッセイなどに断片的に描かれた少女時代の生活を、丹念に拾い集めていく必要がある。

たとえば、前節でも言及した「油田地帯の生活――回想」は、一九二〇年代後半から三〇年代にかけてのヤマモト一家の状況が垣間見えて興味深いエッセイである。母が自動車の運転をするようになったことが書かれ、一家のアメリカ化が当時急速に進んだこともわかる。しかし一方で、生活が厳しいものであったことは如実に示されている。家には電気もなく、灯油ランプを使っていたため、母は「アメリカまでやってきて、こんな原始的な生活をすることになるとは、幻滅だわ」(*Yamamoto, Seventeen* 91) と言っていた。また、三〇年代のアメリカではラジオが普及し、重要な娯楽の手段となったが、ヤマモト家にはラジオがなく、従兄弟の家のイヤホーンつきラジオで人気番組「エイモスとアンディ (*Amos 'n' Andy*)」を聴かせてもらったことも回想されている。

先に述べたように、ヤマモトの父は各地を移動してイチゴ栽培を行っていたが、日系農家の生活状況は全般にどのようなものだっただろうか。一九一〇年代から二〇年代にかけての南カリフォルニアにおいて、日系人農業の発展は目覚ましかったが、日本からの移民の居住環境は恵まれたものではなかった。移民一世が多かったロサンゼルスの農業地帯では、移民農民のペンキも塗られていない粗末な小屋が至るところに点在していた。当時の調査では、トラックや自動車を所有する一世農民の比率は八割を超えていたが、家屋は依然として掘立小屋のようなもので、「電話もなく、街路には歩道や街灯もついていなかった」(矢ヶ崎　五一)

とされている。このような状況は、当時のヤマモト一家の生活にも通じていたと考えられる。

「油田地帯の生活――回想」では、父の厳しい労働環境についても触れられている。空気の冷たい一月に父は土地を耕しはじめ、正確に区分けした畑を整備する。夜はイチゴの苗の古い葉を切り取り、土をはらう仕事を黙々とこなす。やがて一家総出で、イチゴの苗を植えつける仕事をする。真っ赤なイチゴになるまで骨の折れる一連の工程をヤマモトは詳しく描くことによって、イチゴ栽培に従事していた日本人農民の厳しい生活ぶりを活写している。イチゴ栽培は資本がそれほど必要とされず、数百ドルあれば栽培を始めることができたので、日本人移民には好都合だった（Newiwert 36）。しかも手先が器用で、しゃがんだ姿勢の労働に強い日本人移民にとって、イチゴが最適な作物であるという評判も定着したから、一九二〇年代の終わりには、南カリフォルニアのイチゴ栽培の九四パーセントは、日本人移民によるものだったと言われる（矢ケ崎　五五）。

イチゴ栽培をはじめとする日系農民たちの生活・事業の全般に、どのような制約が課せられていたかを知るためには、一九一三年の「カリフォルニア州外国人土地法（"California Alien Land Law"）」の制定という歴史的な背景のもとで捉える必要がある。これはカリフォルニア州が、事実上日本人移民の締め出しを狙って、市民権取得資格のない（＝帰化不能）外国人の土地所有や三年以上の貸借を禁止した法律で、日本人移民たちはこれにより、小作農として転々と土地を移動する以外に暮らしを立てる方法がなくなってしまった。この法律はさらに、一九二〇年に修正法が出され、借地契約が全面的に禁止されることになった。また、日本人がすでに所有していた農地を、仲間の移民に遺贈もしくは売却することも禁止された。外国人土地法は、「農業における日本人移民社会の経済的基盤を破壊した」もので、カリフォルニア州の日本人農民の将来は完全に閉ざされてしまったのである（Ichioka 243）。

さらに「油田地帯の生活——回想」は、戦前の日系移民の周縁性を、ヤマモト一家に起きたある出来事を通して描き出している。弟のジェモが車にひき逃げされ、脳震盪を起こして負傷する。その車に乗っていた「ハクジン」のカップルは見舞いにも訪れず、謝罪をすることもなかった。「ハクジン」夫婦の非礼に両親は憤りを覚え、日系の弁護士にも相談して交渉してもらうが、夫婦は「自分たちの非を絶対に認めようとはしなかった」(Yamamoto, *Seventeen* 95)。日本人を「動物と同類の生き物だと思っていたのだろうか。車に轢かれても、道端で死んだまま放置されてよいというのだろうか」(95)。ここでヤマモトは、両親の「やり場のない怒りを私も受け継いでいることに気づく」(95) と述べるのだが、ただし自分の怒りは「両親の場合よりもっと複雑だ。あれから起こったあらゆる出来事によって屈折しているのだ」(95) とつけ加えるのを忘れない。移民第一世代の親とは、異なった状況に二世がいたことを示唆しているのだ。

このエッセイの最後でヤマモトは次のように書いている。

> たとえば、あの夫婦のように若くて美しい姿で、見事な真紅のオープンタイプのロードスターを遠くから疾走させてくる傲慢な夫婦をときどき見かけることがある。軽やかな笑い声が、まるで長い絹のスカーフのように風に運ばれてくる。私は渦巻く砂塵と飛び散る砂利からとっさに身を避け、二人の後ろ姿をじっと見つめて道端に立ち尽くす。二人の名前は、刹那的な浪費と享楽の果てに破滅していった、あのスコットとゼルダに違いない (95)。

この最後の場面で面白いのは、ヤマモトがスコット・フィッツジェラルド夫妻の名前を挙げていることだろう。「ジャズ・エイジ」という、繁栄の一九二〇年代に与えられた呼び名の元祖とされるフィッツジェラルドと妻ゼルダは、当時流行作家として、ニューヨークでパーティに明け暮れた生活を送っていた。

一九二〇年に出版された『楽園のこちら側』により、若い文学世代の旗手として一躍注目されるようになったフィッツジェラルドの世界では、日系移民などはもとより不可視化されていた。メインストリームのアメリカ文学では描かれることもない日本人農民やその家族について書くことが、自身の日系作家としてのミッションであることを、ヤマモトが意識するきっかけになった出来事が、この少女時代のジェモの交通事故だったのではないだろうか。ジェモの事故は、ヤマモトにアメリカ社会において日系人であることの意味を深く意識させた出来事だったと思われる。

それでは、華やかな一九二〇年代のアメリカにおいて日本人移民の状況がどのようなものだったのか、もうすこし詳しく見ていくことにしよう。一九二〇年には、カリフォルニアの日本人は七万一九五二人であり、そのうち二世は二九％を占めていた（矢ヶ崎　五二）。その後の二世人口の増加により、一九二〇年代から三〇年代にかけての日本人社会は、徐々に移民社会から日系アメリカ人社会へと移行しつつあったと言うことができる。

しかも一九二四年の移民法は、そのような移行期の日本人社会に深刻な影響を及ぼした。[7] この法律によって、日系移民は新規に入国することを禁止され、実質的に日本からの移民が停止されることになったからである。他方、移民停止によって、日系人間の「エスニックな連帯の強化とアメリカ社会への適応」（南川　一三八）が模索されることにもなった。

## 4　二世文学の状況

この時代の日系アメリカ文学の世界に目を向けてみると、成長した日系二世が日系新聞の英語欄で詩や物語を発表するようになるのも、一九二〇年代の後半からである。二世文学の開花期に指導的な役割を果たしたのは、自らも詩人であったイワオ・カワカミ（Iwao Kawakami）やジャーナリストのラリー・タジリ（Larry Tajiri, 1914-61）――『加州毎日』を経て、第五章でも触れるように一九四二年から五二年までロサンゼルスの日系新聞『パシフィック・シチズン（*Pacific Citizen*）』の編集長を務めた――だった。サンフランシスコの日系新聞『ニューワールド・サン（*New World-Sun*）』の英語欄の編集長だったカワカミは、「二世のユニークな点」（Yogi, Japanese 128）を意識して、物語やエッセイのコンテストを始めることで、若い二世の創作意欲を刺激した。タジリは一九三二年に『加州毎日』の英語版に文芸欄を設け、二世の創作活動を活性化するために奮闘した。一九三七年から同紙にコラム欄を持ったヤマモトによると、当時あらゆる種類の投稿を新聞社側は奨励して、何でも好きなことが書けたと回想している（Cheung, Interview 72）。ヤマモトのような新進作家にとって、日系新聞の英語文芸欄は貴重な発表の場だったことがわかる。

一九三〇年代に活発に活動しはじめた二世作家には、主として三つの傾向が見られたとスタン・ヨギは指摘する（Yogi, Japanese 128-30）。[8] 第一に、詩人のトヨ・スエモトのように、日系アメリカ人としてのエスニシティを特に明示せず、西欧の文学的伝統の影響のもとで書く二世作家が見られた。スエモトはエミリー・ディキンソンに特に影響を受けたと述べており、複雑な感情を表現するために簡潔な言葉が使用されている点などがその影響を示す例であると言われている（Suemoto, *I Call* xxx）。第二に、緊張が高まる国際関係や、日系アメリカ人としての意識など、当時二世がおかれていた社会的状況に対する不安を描くチエ・モーリ

(Chiye Mori) のような二世作家も見られた。(9)

また、政治に関心を抱く二世作家の中には、他のエスニック・グループの状況や、かれらとの連帯関係に意欲を示す作家もいて、第三グループを形成していた。その代表がメアリー・オーヤマ (Mary Oyama, 1907-94) である。オーヤマはウィリアム・サロイヤンやスロベニア系のルイス・アダミック (Louis Adamic) らエスニック作家たちの影響を受け、二世としての声を主流社会に向けて発信することに情熱的に取り組んだ。のちにオーヤマは「二世芸術家・作家連盟 (League of American Nisei Artists and Writers)」の設立者の一人となり、二世作家のネットワークを形成していった (Yogi, Japanese 130)。二世作家のこうした創作活動の進展には、一九二〇年代のハーレム・ルネッサンスの影響があったとヴァレリー・マツモトは指摘している (Matsumoto, Desperately 28)。

一九三〇年代半ばに一四歳で創作を始めたヤマモトも、このような二世文学の隆盛に影響を受けながら、作家としての方向性を探っていた。実際、十代のころに読んでいた作家として、メアリー・オーヤマ、ケニー・ムラセ (Kenny Murase)、そしてトヨ・スエモトなどを挙げている。(Chueng, Interview 75)。のちの『加州毎日』のコラムでも、ヤマモトは多くの日系作家についての感想を書き残している。特にトヨ・スエモトを評価して、「いつか会ってみたい」と述べて憧憬の念を抱いていた様子がうかがわれる (*KM*, Jan 21, 1940)。

次章では、一九三〇年代の日系文学を代表するトシオ・モリとヤマモトを比較することによって、両者によって描かれた日系社会のあり方に焦点をあてつつ、それぞれの立場を浮き彫りにしたい。

# 第2章　トシオ・モリの一九三〇年代とヤマモト

## 1　モリと母性社会ヨコハマ

ヤマモトは、一九七九年に出版されたトシオ・モリの二番目の作品集『ショーヴィニストその他の短編』に寄せた序文で、モリを戦前から戦後にかけての日系アメリカ人の生活を詳細に観察し、「日系アメリカ社会のパノラマ像」(Yamamoto, Introduction 4) を描いた日系文学の「パイオニア」(14) として高く評価している。また、モリの人物たちがさまざまな排斥を受けながらも「粘り強い精神」(12) を持ちつづける点に深く感動したとも述べ、そこに家業の園芸業を手伝いながら、出版される見通しもないまま小説を書きつづけたモリの作家としての執念を見いだしてもいる。

日系アメリカ人として最初の作品集『カリフォルニア州ヨコハマ町』(1949) でもっともよく知られているモリの作品の多くは、一九三〇年代に設定され、二四年の移民法成立に続いて三〇年代の大不況を迎えた、厳しい時代の日系人たちの生活を丹念に描き出している。一方ヤマモトは、モリとはほぼ一世代の年齢差があるが、モリと同様に、三〇年代の日系人の状況を描いたいくつかの作品を残し、それらはいずれも彼女の短編集『「十七文字」その他の短編(*Seventeen Syllables and Other Stories*)』(1988) を飾る代表作となっている。日系社会の転換期にあたる三〇年代に小説を書き始めた二人の作家にとって、この時代は、日系二世作家としての意識を形成するうえで重要な時期であったと推察される。

モリとヤマモトが共通の資質をもった作家であることはすでに指摘されてきた。たとえばエレイン・キムは、一世に対する敬愛の念や、「バランスのとれた日系社会の描写」などにこの二人の共通性を認めている（Kim163）。しかしあらためて二人の作品を比較すると、いくつかの興味深い相違も浮かび上がってくる。特に、モリの作品で中心的な役割を果たす日系社会は、モリ自身のコミュニティに対する独自の帰属意識を映し出しており、一方、自身が生まれ育った南カリフォルニアの農村地帯に題材を求め、そこに生活する日系農民家族を描くことが多いヤマモトは、モリとは異なったコミュニティ意識やアメリカ主流社会に対する反応を示している。またそこにはジェンダー的な差異も無視できないかたちで関わっている。

モリの作品の多くは、生まれ育ったカリフォルニア州北部のオークランド（Oakland）やサン・リアンドロ（San Leandro）周辺の日系社会を舞台にしている。それらを書く際に、シャーウッド・アンダスンの『ワインズバーグ、オハイオ』（1919）にヒントを得て、「リトル・ヨコハマ（Lil' Yokohama）」という架空の町をモリは創造した。(1)

●トシオ・モリ

「ヨコハマ」の特質は、第一にそれが基本的にモノエスニックで、「内的に統一されたコミュニティ」（Miyamoto, *Solidarity* 57）であり、「民族的な団結力」（Modell 117）によって緊密に結びついている点に認められる。短編「リトル・ヨコハマ」が詳しく描写しているように、この町に住む人々はみなお互いに顔見知りであり、日中必ず一度は「外に出てきて、その存在を示し」（Mori, *Yokohama* 76）、お互いの無事を無言のうちに確認しあっている。お互いについての噂もすぐに広まり、また各地に住む日系人同士の野球大会が催される時など、住人たちは総出で応援して団結力を見せる。誰かが死ねば、皆が残された家族を慰めに行き、葬式の手伝いをする。このような移民たちの村落共同体的な団結ぶりに、戦前の厳しい差別や排斥運動に立ち向かうべく、かれらが連帯感を強めていた事情が察せられる。

男性優位の伝統的な規範が根強く残っていた戦前の日系社会において、県人会をはじめとする主要な組織を担っていたのは男性であり、女性は一般には周縁化された存在だったとされている（Nakano 51）。これに対してモリは、戦前の日系社会を実質的に支えていたのが一世の母親たちであったことを示唆する。「すばらしいドーナッツをつくる女（"The Woman Who Makes Swell Doughnuts"）」は、この点で象徴的な作品である。イナダがこの作品を「単なる物語ではなく、讃歌だ」（Inada xii）と形容しているように、この作品には物語のプロットは格別存在せず、語り手は「永遠性（immortality）」や「静謐な（serene）」といった、モリの特徴の一つでもある精神的な言葉遣いで、名前が与えられない主人公の女性について語り、彼女がヨコハマに住む移民たちの精神的な拠り所であり「安息の場」（Mori, *Yokohama* 23）であることを示していく。彼女は六人の子供を育て、畑仕事と家事に追われながら四〇年間夫を支えてきたが、家族からばかりではなく、町の皆から「ママ」と呼ばれている。ヨコハマ町が彼女を中心として一種の擬似的な家族を形成し、深い信頼と理解に基づいたコミュニティを成立させていたことがわかる。[(2)]

絶望感や挫折感に襲われると決まってこの母親を訪れる語り手は、すべてを包み込む「ママ」の母性に癒される。言い換えれば「ママ」には、戦前の日系社会の特別な役割、すなわち厳しい差別や排斥から日系人を精神的に保護する役割が重ね合わせられている。ライトによると、戦前の日系社会の特質であった結束力の強さは、「個人の利益」より相互扶助に象徴されるような「共同体のモラル」を優先させた点に認められるという（Light 171）。「ママ」の献身と受容の精神は、まさにそのような日系社会のモラルの基盤をなした

ものとして捉えることができる。(3)

## ２　日系社会の変化

しかし、一方でモリは、ヨコハマの均質性や結束力が変化していく過程をも描き、一九三〇年代から四〇年代にかけて、ヨコハマがコミュニティとして転換期を迎えつつあったことにも留意している。二四年の排日移民法以来、日本からの新移民の入国は許されず、日系人の数は自然増に依存するようになった。三〇年代には二世の人口が一世をしのぐようになり、成長した二世が一世に代わって日系社会で頭角を現す。三〇年代に発足した「日系アメリカ市民協会（Japanese American Citizens League）」は、かれらの世代交代を示す象徴的な組織であり、(4)アメリカ的価値観を身につけてアメリカ化を目指すこの組織の二世指導者たちは、「日系コミュニティをよりアメリカ的なスタイルで捉え直す」（Kitano, *Japanese* 165）試みを通して、日本の伝統的な価値観に依存しがちだった一世たちからの離反を進めていった。またジョン・モーデルによると、一九三〇年代の後半、二世の台頭によって一世の権威が衰退するにつれ、日系コミュニティ内の結束が崩れはじめ、相互信頼、勤勉、年長者への尊敬といった日本の伝統的な美徳が徐々に失われていったという（Modell 153）。

このような日系社会のアメリカ化の波が、ヨコハマにも確実に押し寄せてきたことをモリは見逃していない。たとえば「はぐれ駒（"The Chessmen"）」では、園芸場における一世から二世への世代交代が描かれる。日系人による花卉栽培は、一世たちの努力により、「日本的生活様式を移植した」独自の「民族産業」として進展したと言われている（矢ケ崎 三〇）。「はぐれ駒」で描かれる園芸場もその例にもれず、経営者のハタヤマとかれに雇われている一世のナカガワは、これまで「一度もけんかをしたことも、意見の食い違いもなく」（Mori, *Yokohama* 97）、相互の信頼関係に基づいて順調に仕事を進めてきた。ライトによると、戦前の日系社会の小事業における雇用主と従業員のあいだには「家父長主義的経営」（Light 63）が見られ、長期間働いた従業員が独立して店を持てるように雇用主が援助するといった、日本的な温情主義に基づいていた。この点でもハタヤマの園芸場は典型的だった。

しかし、園芸場に若い二世のジョージ・ムライが新しく加わることで状況は一変する。寡黙なナカガワに比べて明るいムライの笑い声や歌声は園芸場の雰囲気を華やいだものにし、またムライの勧めで「電気温床」（Mori, *Yokohama* 104）も設置され、ナカガワの長年の経験を頼りにしてきた園芸場に近代化の波が訪れることになる。不況の中で営業不振に陥ったハタヤマは、ナカガワとムライを競争させ、その競争に負けた方を解雇することに決める。二人の競争が腰痛持ちで年長のナカガワにとって不利であることは最初から明らかで、結局、ナカガワの解雇が決定的になる。若くて合理的なムライの勝利を通じて、長年の経験や人情に基づいた日本的な雇用関係より、競争や能率を重視するアメリカ型のビジネスの論理が、今やこの小さな園芸場をも支配することになるのだ。

モリのアメリカ社会に対するイメージが、ビジネスの論理と分かちがたく結びついていたことは、「一一歳の実業家（"Business at Eleven"）」においていっそう明らかになる。この作品は、『カリフォルニア州ヨコハマ町』で唯一、アメリカ人を主人公とする作品である。ジョンは、一一歳ながら無職の父に代わり、古い雑誌を売り歩き、いくばくかの収入を得て一家を支えようとしている。語り手は、大人びたジョンの仕事ぶりに驚き、古い雑誌を提供してかれに協力するようになる。幼いながらも将来は「本屋を経営したい」（152）

という目標を持ち、商売上の取り引きも上手にこなすジョンを、唯一のアメリカ人主人公として描き出したところに、アメリカに対するモリの印象が要約されているだろう。

少年にまで浸透している利潤追求のアメリカ的精神が、義理や相互信頼に基づいたヨコハマに入り込むと、さまざまな軋轢が生じることは明白である。やはり園芸業を扱った「花を召しませ（"Say It with the Flowers"）」において、花屋で働きはじめたテルオは、売り物の花が新鮮かどうかを客に尋ねられると、嘘をつくことができず、店の奥に取っておいた新鮮な花を売ってしまい、店主の顰蹙を買う。先輩の店員から「商売をする時はゲームをするつもりでやればいいんだ」（57）とたしなめられても、テルオは客の信頼を裏切りたがらない。ついにテルオは無料で花を客に与え、解雇されてしまうことになる。このようなテルオの意固地なまでの善意に、アメリカのビジネス世界に対する作者の違和感を認めることができよう。[5]

利益よりも客との信頼関係を重視するテルオは、「ママの怒り（"My Mother Stands on Her Head"）」の母親をすぐに思い出させる。二〇年ものあいだ、行商人のイシモトから食料品を買ってきた語り手の母は、イシモトが今では、マーケットで買ってきただけの品物を高く売りつけていることを家族から知らされる。イシモトの不正を非難する家族の反対にもかかわらず、これまでのイシモトに恩義を感じている母は、最終的にかれを拒むことができず、高い買い物を続行してしまうのである。

## 3　モリのジレンマ

抵抗するテルオや人情を否定できない母親を通じ、アメリカ社会の利潤追求の精神に対する違和感を示すことによって、モリはシャーリー・リムが指摘したように（Lim, Shirley G. 72）、アメリカにおける日系人の行く末に対する自身の悲観的な観測を表現しようとしていたと考えられる。それは、一つには日本の伝統的価値観の衰退を悲しむ心に、また他方では、主流社会の周縁に位置する日系人が、それでも主流社会の誘惑を受けて、実現の手段を奪われたまま、夢と欲望ばかり空しく膨らませていくさまを嘆く心にも通じている。

実際モリの作品には、実現不可能な夢を抱いた人物がしばしば登場し、それらの作品においてモリは、人物たちの夢に対する執着を描きつつ、その夢の不毛さをもあわせて提示している。たとえば「サトル・ドイの株式操作（"The Finance Over at Doi's"）」で、靴の修理を仕事にしているサトルは、株に夢中になり、常に『ウォールストリート・ジャーナル』を読み、株の動きに目を光らせるが、資金がないために思いどおりの投機もできず、失敗を繰り返す。かれの株への関心そのものが「痛ましい願望」（Mori, *Yokohama* 83）に支えられていることが判明するのである。このように、主流社会への参加の道を断たれたままでなされる欲望の増進の中に、モリは日系人のアメリカ化の悲痛な限界を見ていたように思われる。

「日本人のハムレット（"Japanese Hamlet"）」のトム・フクナガは、シェイクスピア役者になることを夢見て台詞を暗唱している。三〇歳を過ぎても、「スクールボーイ」[6]として家事労働に明け暮れているフクナガの現実は、週給が高校生の時と同じままであることからも察せられるように、将来への展望もなく閉ざされている。フクナガの過酷な現実を知る語り手は、その「素朴な執念」（41）に惹かれ、かれが演じる芝居の唯一の観客にもなってやる。だが語り手は、フクナガの夢を理解しながらも、次第にかれの行為のむなしさに気づきはじめる。シェイクスピア役者になるという夢をあきらめて、早くまともな仕事についてほしいと願うようになるのである。これに対してフクナガは、語り手の忠告を聞き入れず、突如として姿を消し、二人の関係も消滅してしまう。このような語り手のフクナガに対する態度の変化に、日系人のアメリカ化に対するモリの揺れ動く心理を察することができる。フクナガの情熱を認めつつも、それが単調な労働に追われるだけの生活から脱却する現実的な手段にはなりえないことを、モリは最終的に認識せざるをえないのである。

実際、一九三〇年代に成人した二世にとって、最大の問題は雇用における主流社会からの差別と排斥だった（Ichihashi 356）。大学を出ても就職がなく、親の小事業を継ぐ未来しか残されていない状況を少しでも好転するべく、二世は自分たちが「本物のアメリカ人」（Leong 238）であることを必死に証明しようと試みた。主流社会からの排斥にじっと耐えた一世とは異なり、アメリカ人としての市民権を持つ二世たちは、当然のことながら主流社会に認知され、活躍の場を与えられることを望んだからである。アメリカ化はそのための必須の手段だった。

だが、そのような二世のアメリカ化志向を全面的に支持するには、モリはあまりにもペシミスティックだった。モリはしばしば、分身と思われる人物を登場させ、自身の鬱屈した思いを率直に述べている。「無名作家の告白（"Confessions of an Unknown Writer"）」では、「半分作家、半分園芸業者」（Mori, *Yokohama* 48）として、中途半端な生活を送る自分は「大馬鹿者」だと自嘲しつつ、自身への焦燥感を深めている。白人作家の描く日系人像に不満を抱いていたモリは、白人の読者に正しく日系人の実情を伝えることを願って文芸誌に原稿を送るのだが、(7) そのたびに拒絶され、主流社会に作家として受容されないことに対するかれ自身の「二世のジレンマ」（Modell 127-72）を募らせていたのである。

こうしたモリの姿勢は、しばしば繰り返されてきたかれのセンチメンタリズムについての議論に対し、一定の留保を付け加えることになる。たとえばマーガレット・ベドロジアンは、モリの特質が、いわゆる禅的な「運命のストイックな受容」（Bedrosian 48）にあると指摘した。だが、実際にはかれの人物たちは、先のフクナガのように、しばしば見果てぬ夢のために日系社会を逸脱し、疎外感に浸されるに至っている。言い換えれば、無味乾燥で希望もない日常を送りながら、かれらは自分自身を認めてもらいたいという強い願望を抱きつづけている。自分たちの状況を運命として甘受するだけでは満足できないからこそ、自分の行為や情熱を他者に、あるいは社会に認めてもらおうという思いに駆られているのである。むしろデイヴィッド・パランボ-リュウが述べているように、モリの人物たちは、何らかの形で社会との繋がりを求めている点で、決して「単に内省的で超越した存在ではない」（Palumbo-Liu 43）と言っていいように思われる。モリの一見達観した目の背後には、戦前の日系人の閉ざされた状況に対する深刻な危機感があったことを忘れてはならないだろう。

以上のように概観されるトシオ・モリの一九三〇年代を念頭において、次にヤマモトの一九三〇年代の生活と内面を、のちに書かれた短編作品から探ってみよう。特に注目したいのは、主人公である少女たちが創作を始めたころのヤマモトとほぼ同年齢に設定されている「ヨネコの地震」（1951）と「十七文字」（1949）である。ヤマモトは作家としての原風景ともいうべき一九三〇年代を振り返りながら、少女たちを通して自らを表現に向かわせたものを再点検しているように思われるからである。

## 4　ヤマモトの流動的なコミュニティ

ヤマモトの代表作である「十七文字」と「ヨネコの地震」は、彼女が育った一九三〇年代カリフォルニアの農村地帯に住む日系農民の家族を描いている。これらの作品を通して、戦前の日系社会が都市部と農村地帯では相違が見られたことを、まずあらためて確認することができる。モリのヨコハマが、義理や人情など日本の伝統的な価値観を基盤として形成されたコミュニティであるのに対し、ヤマモトは、都市部の日本人町から離れた農村地帯で、互いに疎遠に、孤立して暮らす日系農民の家族を好んで描いている。たとえば「ヨネコの地震」におけるホソウメ家は、オレンジ畑が見渡すかぎり続く農村地帯で唯一の日本人家族である。また、「十七文字」のトメ・ハヤシの俳句への情熱は、日ごろ日本人仲間に恵まれない彼女の孤独感や飢餓感を反映したものである。

戦前のサンタ・クララ（Santa Clara）の農村地帯における日系農民の集落について、オキヒロは、日系社会の特質とされる民族的な絆が希薄な、別様のコミュニティが形成されていたと指摘している（Okihiro, Idea 179-81）。一九一三年の外国人土地法を皮切りに排日運動が次第に高まる中で、借地期限を三年以内に制限された借地農民は、土地を求めて各地を点々と移動した。このような状況において、土地所有率の低い日系農民の生活環境は、多人種性や流動性など、移動労働者社会の側面を強く持ち、ヤマモトの作品もまたその点を裏書きしている。

モリの描くヨコハマは、アメリカ主流社会から隔離された日系人だけの、モノエスニックな町である点に特質があった。これに対しヤマモトは、南カリフォルニアの農村地帯の実情を反映し、日系農民とフィリピン人やメキシコ人とのインターエスニックな関係を扱っている。一見すると都会のほうが多様な人種との交際に恵まれるように思えるが、実際には都会には大勢の日系人が集まり、団結心をもったコミュニティが形成されやすい。農村地帯のほうが、季節労働者などの多様な人口の流動が多く見られたのである。ヤマモトの一家も各地を点々と移動しており、第一章でも述べたように、流動的なコミュニティで育ったヤマモト自身の経歴が、彼女のコミュニティ意識を希薄にし、モリの意識との相違を拡大したと考えられる。

「茶色の家（"The Brown House"）」（1951）は、そのようなヤマモトのインターエスニックな側面を表した代表的な作品である。この作品は一九三〇年代後半のカリフォルニアの農村地帯に住むハットリ一家の物語で、市場価格の下落でイチゴ栽培に見切りをつけたハットリは、一攫千金を夢見てギャンブルにのめり込んでいく。中国人の経営するギャンブル場「茶色の家」は、農村地帯の小さな町にあるが、黒人や黄色人などさまざまな人種でごった返し、ハットリのようにアメリカ社会で行き場を失った者たちが集まる場となっている。[8]

この作品でヤマモトは、ハットリ一家とギャンブル場経営者の妻である中国人ミセス・ウーとの交流をまず描きだす。ミセス・ウーは、何時間もギャンブル場の外で待たされるハットリの子供たちに同情し、また、ギャンブルにのめり込む夫が気がかりで、ミセス・ウーの話にまともに応じる余裕もないうえ、六人目の子供を身ごもっているハットリ夫人の「物悲しい目」（Yamamoto, *Seventeen* 45）に深い絶望を読みとる。このような彼女の観察には、マイノリティ同士の理解や共感の可能性が託されていると言うことができる。また彼女は、当時戦われていた日中戦争に触れ、「中国と日本は戦争をしているけれど、それは私たちのせいではないわよね」（41）と述べて、アメリカでの異民族間の協調を訴えてもいる。

さらに、賭博場への警察の突然の手入れで、ハットリ家の車に黒人の男が逃げ込んでくる。ハットリ夫人や子供たちは、はじめ「恐怖におののいた叫び」（42）を発するが、それでも夫人は恐怖心を押さえ、その黒人をかくまうことにする。ところが、あくまでも差別意識にとらわれたハットリは、黒人を「クロンボ」と呼び、かれに対する妻の親切を許そうとせず、病院に連れていかねばならないほど妻を殴りつけてしまう。

こうした逸話を通してヤマモトは、人種上の偏見が主流社会との関係においてのみならず、マイノリティ間にも根強くあることを示すとともに、その中で、黒人への差別と妻への暴力が、いずれも弱者に向けられた日本人男性の権威主義に根差す点で表裏一体のものであることを躊躇なくあばいている。実際、ヤマモトの作品ではしばしば、アメリカ社会の本質的な特徴としての多人種状況に、素直に適応するのは女性であり、男性は家父長制とともに、日本式の男女差別や人種差別の因襲を持ち込もうとするため、かえって問題をこじらせてしまうことになりやすい傾向が認められる。

## 5　人種規範からの逸脱――「ヨネコの地震」

前節で述べたように、ヤマモトは、日本人女性と他人種の移民との関わりの中に、日本の伝統的な家族イデオロギーが変化する契機を見いだすことになった。一九三〇年代の農村地帯に設定された「ヨネコの地震」において重要な役割を果たすのは、父であるホソウメの雇ったフィリピン人労働者マーポである。マーポは働き者であるばかりではなく、スポーツや音楽もこなす魅力的で多才な人物として描かれる。アメリカの映画スターたちの巧みな似顔絵や、ラジオを組み立てる知識、そしてヴァイオリンで奏でる賛美歌や民謡によって、かれはヨネコたちの単調な生活を多彩にするばかりでなく、ヨネコや弟セイゴのアメリカ文化へのイニシエイションをおおいに助ける。(9)

マーポの魅力が、一九三〇年代のアメリカにおけるマスキュリニティ規範に沿って書かれていることは、ここでとりわけ注目すべきだろう。マーポは、一九二〇年代から三〇年代にかけて活躍した俳優で、タフで強い男を演じた「エドモンド・ロウ（Edmund Lowe）ばりのあごひげ」（Yamamoto, *Seventeen* 47）をはやし、魅力的な容姿を持っている。しかもマーポは、特別な運動シューズを履いてランニングの練習も行い、一九三〇年代のアメリカで流行したという筋肉増強機で身体を鍛えている様子も描かれる。アメリカではこの時代、男らしさの概念が、内的な強さや自己抑制など内面性を重視する"manhood"から、身体的な魅力、頑健さを誇示する"masculinity"へと転じ、「男らしい肉体」をもつことが求められるようになったとキメルは指摘している（Kimmel 119-20）。このような当時の社会的文脈に沿うなら、マーポの男らしさがアメリカ的な男性性を表象し、それゆえにたやすく、ヨネコのアメリカ化を進める契機ともなったことがまず理解される。

マーポのイニシエイションのもっとも重要な部分は、言うまでもなくヨネコに対するキリスト教への導入である。マーポからキリスト教の教義を聞くと、ヨネコは子供心に、たちまち「イエスを賛美する理想的な弟子」（Yamamoto, *Seventeen* 49）と化す。もちろん一〇歳のヨネコは、本格的に信仰に目覚めたわけではない。もともと日本人町にある日本人教会に通うクリスチャンの従姉妹たちをうらやましく思っていたヨネコにとって、キリスト教のイメージはアメリカ生活の豊かさに結びついていただろうし、また何よりも、マーポへの強い憧れから、彼女の信仰は生じたのだろうと考えられる。

さらにマーポは、ホソウメ夫人を恋愛へ誘っていく。二人の恋愛は、物語を通して直接語られることはなく、いくつかのヒントが提示されるだけであるが、物語の結末近くでほのめかされる夫人の妊娠を通して、それが情熱的なものであったことは想像される。このホソウメ夫人の恋愛は、一世の移民女性たちに期待された「良妻賢母」という伝統的な役割から当然ながら逸脱したものである。自由な恋愛や結婚の選択が許されなかった日本の伝統規範のもとで育ったホソウメ夫人にとって、マーポとの恋愛は、家父長的な権力者である夫との生活の中で抑圧されてきた自らのセクシュアリティを解放するという点で、彼女のアメリカ化のもっとも重要な部分を構成したと言うことができるだろう。

同時に、ゲルニクトが指摘するように、フィリピン人の農業労働者であるマーポとの恋愛は、ホソウメ夫人が「人種と階級の差異」（Goellnicht 190）を乗り越えていたことを意味する。元来、日本人移民たちが概してフィリピン人に偏見を抱き、かれらが「怠け者」（Yamamoto, *Seventeen* 47）で「けばけばしい」（52）と信じ込みがちだったことは、この作品にも描き込まれている。そうした偏見にとらわれたままのホソウメは、ヨネコが華やかなマニキュアをつけた時には、ヨネコを弁護する妻と対照的に「まるでフィリピン人のようだ」（52）と言って非難する。またことさら使用人であるマーポとの身分上の差を誇示して威張り、マーポもかれの前では「口がきけなくなる」（49）ほどに緊張する。マツモトによると、戦前の日系社会において、非日系人の異性との交際に対しては特に抵抗が強かったという（Matsumoto, *Farming* 76）。このようなコンテクストに置いてみると、移民一世であるホソウメ夫人の恋愛は、日本の伝統的な規範のみならず、戦前の日系社会の規範からも逸脱した自由の追求だったことが確認されるだろう。

一方ホソウメについて言えば、かれのマーポに対する態度は、「茶色の家」のハットリの場合と同様、家父長としての権威にこだわり、戦前の日本男性に支配的だった意識をそのまま維持していたことを物語っている。予想されるように、自分に歯向かう妻に対しては、かれもまた暴力をもって押さえつけようとするほかはない。大地震で負傷し、農作業ができなくなってから、かれがとみに苛立ち、口やかましい存在と化してしまうのは、負傷によって家父長としての権威が失われたことに対する焦りがあったからである。それに逆比例して、かれは畑仕事の責任を担うようになったマーポを、ますます腹だたしく思うようになる。

このように、伝統的な価値観にこだわりつづけて窮地に陥るホソウメを通して、移民一世のアメリカ化がとりわけ男性の場合、困難でありえた事情をヤマモトは見すえていた。男性たちは今や、言葉も習慣も異なる別世界で、日本から持ち込んだ家父長制のイデオロギーが役に立たないことを思い知らされて途方に暮れ、一方それとは対照的に、ホソウメ夫人の場合のように、日本で弱い立場にいた女性たちにとって、アメリカは自由と平等を意味し、また他のマイノリティとの交流に反発する必要もなかったと考えられる。

全般的な背景を見ておけば、一九二〇年代から三〇年代にかけて、多くの日系農民は労働者から借地農場の経営者に転じる者も増加し（Spickard, *Japanese* 42）、同時に、フィリピン系移民やメキシコ系移民を雇ってかれらの労働に依存するようにもなった。一九二四年の移民法によって日本からの労働移民の入国が禁止され、日系農民は他人種の移民に労働力を求めざるをえなかったのである。とりわけ、同じアジア系でもフィリピンはアメリカの植民地であったため、フィリピン系には一九二四年の移民法は適用されていなかった。

一九三〇年代のフィリピン系移民の六〇パーセントは、農業労働についていたとされる。かれらは農場を転々として移動する季節労働者であり、長時間にわたる厳しい労働を強いられていた（Takaki 256）。ロナルド・タカキによると、フィリピン人は、日系や中国系移民のように、自分たちのエスニック・コミュニティを作ることはしなかった（266）。また、日系移民の写真結婚に見られるような純血主義、人種保存希求といった排他的なナショナリズムに陥ることもなかった。かれらはもともとメスティーソ、すなわちスペイン人とフィリピン人との混血人種が多数いる社会からやってきたし、スペイン的、地中海的気風を身につけていたかれらは、女性の扱いにもなれており、服の着こなし、ラブソングなども得意であったという（271）。同じアジア系でも、エスニシティの差は大きかったのだ。

しかもエイイチロウ・アズマによれば、戦前の一世の人種意識は、アジアへの侵略を進める当時の日本のナショナリズムの影響を受け、特にフィリピン系を自分たちより劣る「三等級の人種」として位置づけ、偏見を募らせていたとされる（Azuma 192）。ホソウメも、すでに見たように、フィリピン系を日本人より劣った民族として捉え、偏見に基づいた発言を繰り返している。当時の日本語新聞では、二世女性とフィリピン系男性との交際が悲劇に終わったことを伝える記事も多くみられ、二世女性への警鐘として読まれていたという（Azuma 192; Yoo 84）。

このような日系農民のフィリピン系への偏見や差別を考慮すると、ホソウメ夫人とマーポの恋愛が、戦前の日系社会の規範を大きく逸脱したものであることがあらためて了解される。この点でホソウメ夫人は、性差別と人種制度の社会で生きるヨネコにとって、トレーズ・ヤマモトが指摘したとおり「文化変容のモデル」（Yamamoto, Traise 165）であり、マーポはその契機となる人物として重要な役割を果たしている。

ただ、一方でヤマモトが、ホソウメ夫人の恋愛を基本的に肯定しつつも、同時に彼女の限界をも提示していることを忘れてはならないだろう。というのも、ホソウメ夫人は一貫して、男性の権威に依存する女性であり、マーポとの恋愛もかれの労働力への依存と無縁ではなく、マーポが去った後、セイゴの急死に直面すると彼女は悲嘆に暮れはて、ふたたび夫に支えられるだけの存在と化してしまうからである。結局のところ、彼女も日本の伝統的な規範から脱しきれていないのであり、こうした点に、移民一世の女性についても、アメリカ化が容易に進むわけではないことをヤマモトは示しているように思われる。

しかしヤマモトは、作者自身に擬せられる主人公ヨネコの、母親とは異なった生き方の中に新たな可能性を見いだしている。母親はセイゴの死をきっかけに日本人教会に熱心に通うようになり、洗礼も受ける。セイゴの死は中絶をした自分への罪の報いだと考えて自分を責める夫人は、神の権威、しかも日本人や日本語の賛美歌に守られた権威にすがらずにはいられない。ところが、一〇歳のヨネコは幼いながらも自分なりに考え、地震をきっかけとしてキリスト教を棄てる。「神様を信じていないの」（Yamamoto, *Seventeen* 56）と最後に母に告げ、自分の中のさまざまな思いに忠実に生きようとするヨネコの姿に、かすかな希望を託すかのように物語は終わる。自分に忠実に生きようとするヨネコが母との分離を始めているのだ。

さらにヨネコに関して注目すべきことは、その想像力の逞しさと創造性である。キリスト教についてマーポから話を聞いたときも、マーポにさまざまな質問を浴びせながら、想像力を羽ばたかせて自分自身のキリスト像を構築しようとしている。また、言葉遊びの好きなヨネコは、セイゴが亡くなった哀しみを乗りこえようとして、オリジナルの歌を作って自分を慰めてもいる。このようなヨネコの創造性を示唆することで、母とは異なった新たな生き方を模索するヨネコの将来に、ヤマモトは期待を寄せているとも言えるだろう。

## 6 二世の課題

ヤマモトの自由追求の姿勢を、「ヨネコの地震」よりいっそう明確に描き出した作品が「十七文字」である。この作品のトメ・ハヤシもまた、ホソウメ夫人と同様に、農作業に明け暮れるだけの単調な生活を続けている。だが、彼女はある日「ウメ・ハナゾノ」というペンネームのもとで、俳句作りに熱中しはじめる。それはトメ自身による自由の希求の姿ではあるのだが、彼女の自由はここでもまた、俳句というあくまでも日本的な枠組みの中で求められることになる。彼女は娘のロージーにも自作の句を読んで聞かせるが、日本語がよくわからないロージーには、その内容を理解することさえ覚束ない。ヤマモトは母と娘のやりとりをユーモラスに書きながら、一世と二世の関係において言語の差異が相互理解の上で大きな障壁になっていたことに留意している。(10)

ここで言語の問題をふたたび視野に入れておくなら、移民世代の多くは日本語と日本の伝統文化を継承させるべく、二世たちを日本語学校に通わせた。ナカノによると、日系人が一〇世帯ほど集まった地域にはしばしば日本語学校ができたという（Nakano 41）。だが、たいていの二世たちは熱心に日本語学習に取り組まず、そのため英語を話さない両親とのコミュニケーションに限界があり、親子関係にも制約が生じたとされている（Matsumoto, *Farming* 70）。

ヤマモト自身も、第一章で触れたエッセイ「言葉の喪失」で、親は日本語の勉強をしてもらいたくて、ずいぶん自分に余分なお金を使った。一三年間も日本語学校に通ったが、日本語学校で思い出すことは昼食のおにぎりや友人との遊びの思い出などである、と書いて、親の期待に反して日本語の勉強が成果を上げなかったことを認めている。ロージーもこのようなヤマモトの状況をそのまま反映している。母の俳句は理解できないが、英語とフランス語で書かれた俳句で感動したものもある。しかし、英語を理解できない母にそれを伝えることは無理だと断念もしている。ロージーは母との差異を意識しながら、一方で母の言葉を理解できない自分にうしろめたさも感じ、母への両義的な思いをもてあますほかない。

トメの俳句を理解できないことに対して引け目を感じるロージーだが、一方で、母が俳句にあまりにも熱中することで、父が不機嫌になったり一人でいることが多くなったりしている現状を心配し、母の変化を複雑な思いで受け止めている。俳句を日系新聞に投稿し、家庭の外に目を向けたトメが生き生きとしはじめるのに対し、相変わらず農作業に追われるばかりの父が孤独をかこつ様子を、ロージーは不安げに観察している。

対立する両親のあいだに挟まれたロージーの困惑は、ハヤノ一家を訪れた際に頂点に達する。俳句について熱心に話し込む母に苛立った父は、急に席を立ってハヤノ家を去る。その父の狭量さと横柄な態度、そしてそれをなだめようと必死になる母にも「憎悪がほとばしる」(Yamamoto, *Seventeen* 12)のを感じたロージーは、帰りの車の中で三人ともこのまま木に衝突して死んでしまえばいいとすら思う。父の旧態依然たる不寛容な態度ばかりでなく、俳句を通して本来の自分を回復しようとしながらも、夫への服従心から脱却できず、古い日本的な心性を批判しきれない母の弱さも、ロージーとしては容認することができない。こうして、父にも母にも自分のあるべき姿の手本を見いだせないロージーは、ただ困惑の中に取り残される。

イヴリン・N・グレンによると、アメリカの農村地帯に住む日系農民の家庭は、日本式の伝統的な家庭を営む場合が圧倒的に多かったという(Glenn 55)。実際ヤマモトは、自分の両親は厳しい日本的なしつけを強制しなかったが、それでも明治の価値観がさまざまな形で子供たちに伝承された、と述べている(Cheung, Interview 79)。またその結果、先述したように、二世は一世の怒りとは異なった、さらに複雑な問題を抱えるようになった、とも彼女は述べている(Yamamoto, *Seventeen* 95)。アメリカ人として生きようとする二世が、親から伝えられ、あるいは押しつけられる日本的価値観をどのように受容し、自身のアメリカ化に対してどのように折り合いをつければよいのか、しかも親たちがそうした価値観を男女別々に引きずっている場合、どのようにそれを理解していけばよいのか。ロージーの直面するこれらの問題は、まさにヤマモト自身の課題だったのだと考えられる。

## 7　二世の多様性

以上、多少寄り道をして、モリとヤマモトの作品を比較することによって明らかになったのは、二世にとってのアメリカ化が、移民一世よりはるかに多様で複雑なプロセスを経て行われたという事情である。モリは日本の伝統的な母親像にヨコハマの原点を見いだし、それに対立する物質主義と合理主義に貫かれた現象としてアメリカ化を描いた。モリの中には、日系社会が主流社会から分離されているという疎外感が強かったからである。逆に言えば、日本的な母親像がモリの中で生き延びつづけたのも、その種の分離によってはじめて可能になったと言えるだろう。そうした視点から観察された二世たちのアメリカ化への努力は、しばしば果てしない夢とさらなる孤独という悪循環を引き起こす危険を含んでいた。

これに対してヤマモトは、変容する母親像に象徴されるように、日系社会が、伝統的な規範をある程度抱えたままでアメリカ化してゆくプロセスを描いた。そのプロセスへの彼女の評価は、必ずしも否定的、悲観的ではなく、不倫や夫婦の確執などの問題をはらみながらも、女性の自由の獲得に代表されるような、肯定的、前進的な要素を含んでいた。他のマイノリティ集団との交流への彼女の積極的な姿勢も、そうした肯定の一環であると位置づけられる。

「すばらしいドーナッツを作る女」の母親像に典型的に示されるように、良妻賢母の役割をこなし、平凡ながらも小さな世界に満足して生きる母親に、モリは一つの理想を見いだしている。だがヤマモトの母親たちは、一定の限界の中ではあれ、自分の世界の拡大と変化を求めはじめている。日本の伝統的な規範から脱出しようと試みるヤマモトの母親たちの試みは、危うく、最終的に失敗に終わっているにせよ、そうした試みを通して、移民一世の女性たちの悲劇と、それを観察する二世の娘の混乱や困惑が、立体的に浮かび上がってくる。こうした両作家の相違は、かれらの育った時代や環境、そしてジェンダー間の差異に基づくものでもあるだろう。比較的均質な世代であった一世に比べ、二世はその思想や価値観にも多様性が見られた、とタカハシは指摘している（Takahashi 51）。その意味で、対照的なこの両作家の姿は、多様な二世の価値観の両極を示す、重要な役割を担っていると考えられる。

## 8　母の物語としての「十七文字」

「十七文字」について、すでに述べたように、ヤマモトはそれが細かい部分はことなるけれども「自分の母親の物語」であると述べ、その理由を以下のように説明している。

> 私がそれを母の物語だと呼ぶ理由は、大多数の女性と同じく、彼女も自分の可能性を実現することがなかったからです。すべての家事の一切合切と、畑で父の隣りで農作業をすることのほかに、私たち子供の世話があったからです。（Cheung, Interview 86）

つまりヤマモトは、多くの女性たちと同様に自分の能力を発揮することができなかった母サエの人生を、「十七文字」のトメに反映させていたようだ。実際トメは、ヤマモトの作品に繰り返し登場する女性像――「ミス・ササガワラの伝説（"The Legend of Miss Sasagawara"）」（1950）のマリ・ササガワラや「祝婚歌（"Epithalamium"）」（1960）のユキ・ツマガリ、さらに「エスキモーとの出会い（"The Eskimo Connection"）」（1983）のエミコ・トーヤマのように、制約ある状況のなかで自己表現の場を求めた女性像の原型的人物であると捉えることができる。

日本人移民が多く集まったアメリカ西海岸で、日本語新聞が発行され、文芸欄が設けられると、移民世代は俳句や短歌を投稿するようになった。「何時いかなる場所でも短時間に創作できる一七文字、三一文字の短詩型文学は、移民の生活スタイルに適した表現形式であった」（植木 xv）からである。戦前の移民世代の俳句や短歌を読むと、そこには日本への望郷の念を募らせたものも多く見られ、「錦衣還郷」の夢を断たれた移民たちの日本への深い思いが込められていることがわかる。

しかし、トメの俳句への情熱が、単なる望郷の念でなかったことは、トメの変化を通して描き出されている。家事の切り盛り、料理や洗濯のほか、「うだるように暑い畑でトマトを摘み」（Yamamoto, *Seventeen* 9）、それらを箱に詰めるという作業に追われるなかで、トメは夜、家事を終えたあと、「ウメ・ハナゾノ」という別の女に変身する。「熱中し独り言をつぶやく見知らぬ人」と化したトメは、「話しかけられても返事もしない」（9）。トメのこうした変化は、ハヤシ家の日常を一変させる。従来は農作業を終えた後、たまに夫婦で花札遊びをしたり、客を呼んだりする以外は、入浴してすぐに寝る習慣だったのに、トメが俳句に取り組むようになると、夫のハヤシはひとりでトランプをして時間をつぶすか、客がきても俳句仲間の相手に夢中になるトメを尻目に、ハヤシは文学に興味のない人々の相手をする羽目になる。こうしたハヤシ夫婦の生活の分断化に、妻でも母でもない新たな自己の領域を求めるトメの願望が如実に示されている。トメにとって、俳句は日々の労働をこなすだけの無味乾燥な生活を脱却するための手段であり、「トメの主体の本質的な要素」（Yamamoto, Traise 171）をなすものでもあるからだ。

しかし、トメの俳人としての生活は、わずか三ヶ月という短期間で終わる。ヤマモトは、トメの挫折を通して、戦前の一世女性の置かれた状況を提示しつつ、自己表現の場を求める一世女性の声を剥奪するものが何であったのかを明らかにしていく。日本人女性がトメのようにアメリカに写真花嫁として渡ってくるようになったのは、一九〇八年から一九二〇年にかけてのことである。カリフォルニアの農村地帯に住むようになった多くの一世女性にとって、アメリカでの生活は厳しいものだった。家庭内では明治時代の規範に基づき、「良妻賢母」であることが当然のように求められたうえに、労働キャンプや農場の運営には、女性たちの労働力が不可欠であったため、勤労に追われる生活を余儀なくされたからである（Matsumoto, *Farming* 67; Glenn 54）。家庭はしばしば「サヴァイヴァルのための闘いの基盤となるとともに、ジェンダー的従属を強いる場」（Glenn 113）でもあった。

トメの挫折にも、そのような戦前の一世家族の状況が刻印されている。ハヤシは「素朴で」「穏やかな」男（Yamamoto, *Seventeen* 19）として描かれ、夫としての権威をことさらに振りかざす独断専行型の男ではない。トメが俳句に夢中になって生活を一変させた当初も、黙って日常生活の変化を受け止めている。しかし、トメが俳句コンテストに入賞して届けられた記念品を叩き割り、火にくべる最後の場面では、妻の変容を最終的には拒まずにおれないハヤシの屈折した家父長的権威が示される。一家のサヴァイヴァルのために必死になっているハヤシがトメに求めるものは、妻や母としての役割であり、トメの俳句への情熱は、ハヤシにとって、そのような役割からの逸脱でしかないのだ。

サウリン・ウォンは、「十七文字」を「アジア系芸術家の原型的な物語」（Wong 167）であると捉えている。アジア系文学において、創作行為は「贅沢な行為（extravagance）」として表象され、日々の生活を維持するために「必要な行為（necessity）」とは対立する愚行として捉えられているとウォンは説明し、トメとハヤシの関係にもこの対立のパラダイムが認められると述べている（168）。普段は寡黙で穏やかなハヤシが、娘のロージーにもらす言葉は決まって農作業に関するものであり、ハヤシにとってトメの俳句への熱中は「狂気の沙汰」（Yamamoto, *Seventeen* 17）ということになる。トメの俳句への情熱を最終的に否定するハヤシの怒りには、日本の伝統的ジェンダー規範の抑圧性と暴力性が示されている。

一方、トメの俳句への情熱が、ロージーにも異なった形ではあるが継承されていること、ヤマモトがトメとロージーの共通性を暗示していることは、日本語学校での休み時間の場面で明らかにされる。日本語の授業に集中できなかったロージーは、休み時間になると友人のチズコとふざけている。ロージーはシャーリー・テンプル（Shirley Temple）やフォー・インクスッポッツ（The Four Inkspots）など、当時のスターたちの語り口や造作の物まねを次々と披露してチズコを笑わせる。そこにはアメリカ文化を貪欲に吸収するロージーの熱意と、有名人の発音やイントネーションを模倣するロージーの言葉への敏感な注意が見いだされるだろう。ロージーの物まねの才能は、クロウが指摘するように、ロージーが「母の文才を継承したことを示す」（Crow, Issei 122）。しかし、ロージーは母の文才を受け継ぎながらも、アメリカ文化の影響のもとで、母とは異なった新たな文化を創出しようとしている。

ホミ・K・バーバは支配文化を「真似る、繰り返す」行為を行う過程で「ほとんど同一だが完全には同一ではない差異の主体」（Bhabha 86）が形成されるとし、それが支配文化を攪乱する力となりうることを示唆している。このようなバーバの言葉に従えば、ロージーの模倣は二つの文化の混在を経験する二世が、雑種的で複合的な文化を作り出す主体になることを予見させるいとなみであると見ることができる。言い換えれば、日本的な規範の継承とアメリカ化という二つのベクトルがせめぎ合うなかで、ロージーが二つの文化の交差する場に立たされることで、新たな文化形成の担い手になる可能性が、ここでは示されている。トメの自己表現が日本の伝統文化に回帰するものであるのに対して、ロージーはアメリカ文化の影響のもとで、その模倣から出発して、一世とは異なった自己表現を模索する。トメの俳句はあくまでも、日系社会内の読者を対象とするものであり、限定された表現の手段でしかなかったが、ロージーは英語の修得によって表現の場も広がり、新たな表現の可能性を探求しつつある。この点に、創作を始めた当初から主流社会の雑誌に積極的に投稿を始めたヤマモト自身の、新しい書き手としての意欲もまた確認されるだろう。

もちろん、未来に可能性を見いだしながらも、二つの文化の狭間で生きるロージーが、まだ自分の声を獲得するまでには至っていないことをヤマモトは承知している。俳句コンテスト優勝の記念品を夫が燃やす様子を見て、トメははじめてロージーに、日本での恋愛の破綻を語りはじめる。父の畑を手伝うメキシコ系移民の息子ヘイスースとの触れ合いでセクシュアリティに目覚めたばかりのロージーは、それを聞くことを恐れる。「その話が暑い午後の、今見たばかりの手荒な行為と結びついて、自分の人生を、自分の世界をすっかり破壊してしまう」(Yamamoto, *Seventeen* 19) ことを怖れ、母の過去を聞くのを後に延ばしたいと願うからだ。従ってトメがロージーの両手を握り「お願いだから絶対に結婚しないと誓って」(19) と迫ったとき、ロージーはとっさに返事をすることをせず、母が握り締めた手を振り払おうとする。この行為には、母への分離と同一化との間で揺れ動くロージーの混迷が示されている。結婚への悔恨から自分と同じような経験を繰りかえさないで欲しいと願う母の気持ちを、異性や恋愛に目覚めたばかりのロージーはまだ十分に受けとめることができない。

このように、「十七文字」の結末で、ロージーの混乱は解消されないまま作品は終わっている。それでも、母の告白に託された思いを理解できないロージーの未熟さを描く一方で、やがて母の物語を語りなおすこと、語りつぐことの必要性をヤマモトは認識していた。先述したようにこの作品を「母の物語」と呼んだのも、そのような内的な経緯があったからだと思われるのである。

最後に、この作品を一九四九年というアメリカの社会的文脈のなかで捉えなおすと、ヤマモトの目指したものがいっそう明瞭になるだろう。「人種のるつぼ」論が根強くのこる戦後のアメリカ社会において、日系や中国系などのマイノリティ作家に求められたのは、アメリカへの忠誠と、「アメリカ人らしさ」を主流社会に向けてアピールすることだった（Kim 59）。こうした傾向は、一九五三年に出版されたモニカ・ソネによる『二世の娘』にも認めることができる。ここでは主人公のカズコが日本的規範を脱却し、アメリカ社会に同化するに従って、彼女の成長が強調され、一方でカズコの両親は消え行く世代として、その声も次第に背景に追いやられていく。これに対して「十七文字」では、これまで見たように、母トメの物語が印象的である反面、娘ロージーの葛藤は解消されないまま終わってしまい、この作品が安易に二世の成長物語となることを拒んでいる。あえて一九三〇年代に設定した物語を描くことによって、支配層の言説においては捨象され抹殺される運命にある一世・両親との関係に、じつは自分自身の内面的根拠が深く結びついていること、だからいっそう成長なるものが困難であることを、ヤマモトは認識していたと言えるだろう。同時に、二つの異なる文化の錯綜を経験するロージーの混乱や曖昧さを描くことによって、ヤマモトは、みずからの作家としての原点に、自身の一九三〇年代の経験があったことを指し示しているようにも思われる。[(11)]

さて、このような一九三〇年代を過ごしながら、ヤマモトは十代の半ばで、はやくもひとかどのコラム・ライターへと転身を遂げていく。そのプロセスを次章でたどってみよう。

# 第3章　習作時代——『加州毎日』と『カレント・ライフ』

## 1　コラムニストとしての出発

読書好きの文学少女だったヤマモトが創作を始めたのは、一九三〇年代の半ば、一四歳の時だった。当時の代表的な雑誌『ピクトリアル・レヴュー（*Pictorial Review*）』や『デリニエイター（*Delineator*）』[(1)]などに原稿を送ったが「最初の掲載お断りの知らせ」を受け取った時はひどく落ち込んでしまった、と後に振り返っている（Cheung, "*Seventeen*" 62）。

ヤマモトが創作に興味を抱くようになったのは、日系新聞をめぐるふとした出来事がきっかけだった。

> 思い出してみると、ある日私は、当時『加州毎日』の英語セクション（*California Daily Newspaper*）で「話のくずかご（Tish for Trash）」という連載コラムを書いていたケイ・タテイシ（Kay Tateishi）に手紙を書くためにペンを取った。日刊新聞によく書いていたダーリング（E.V. Durling）というコラム作家の記事を無断借用したことをたしなめようと思ったのだ。ケイはその手紙を一字一句全部コラムに載せてしまったので、私自身の言葉が印刷されているのを見て、正直に言うと、まるで濃厚なワインを飲んだような気分だった。私は病みつきになってしまった。エクセルシオール高校のエリザベス・チェイピン先生が英作文にAをくれて学校の文集に入れてくれても、もうちっともうれしくなかった。（61）

この投書がきっかけとなって、ヤマモトは一九三七年から『加州毎日』にコラム欄を与えられた。当時、ケイ・タテイシが日本政府の奨学金を得て日本に行くことになり、かれに代わってコラムを担当するようにという依頼があったからである（62）。

もともと日系新聞は、日系社会が形成されたサンフランシスコやロサンゼルス、ホノルルなどで発行され、一九四〇年までにアメリカの日系新聞は三〇ほどの都市や地域で発行されていた（田村 一〇）。『加州毎日』は、一九三一年にロサンゼルスで藤井整（1882-1954）によって創刊された日刊紙である。藤井は、ウォリー・シバタ（Wally Shibata）を英語版のエディターとして雇い、そのアシスタントをつとめたのがまだ十代であったラリー・タジリだった。シバタとタジリは日曜版に二世作家によるエッセイや詩などを掲載するようになり――一世の読者向けの日本語版のほうがページ数は多かった――他の日系新聞にも影響を与えたという（Robinson, Seed 239）。藤井の強烈なパーソナリティやキャンペーンにより、『加州毎日』は読者数を順調に増やしていった（田村 二三）。読者層の大半は、南カリフォルニアの農家だった。[2]

『加州毎日』英語欄に掲載されたヤマモトのコラムについては次節で検討するが、その話題を概して言えば、家族の出来事や本の感想など、ヤマモト自身の日常生活である。ただしタバコを吸い、飲酒で二日酔いになるなど、羽目をはずした部分も比較的率直に告白している。[3] 将来の夢としては、「政治家の夫を獲得すること」や「豪邸を建てること」などに加えて「小説を書くこと」という一項も掲げており、十代の少女にふさわしく、ヤマモトがさまざまな夢を抱えていたこともわかる（"Napoleon's," *KM*, February11, 1940）。[4]

当時匿名のライターによって書かれたヤマモトについての紹介文を読むと、ヤマモトが「読書家」で欧米の文学を貪欲に読んでいること、[5] 住所が絶えず変化していること、体が小さいこと、いつもハイスクールの一年生と間違えられること、などに加えて「流麗でユーモアに富み、深い洞察に支えられた文章を書く才能がある」と評され、早くもヤマモトの文筆家としての力量が認められている（*KM*, September 1,1940）。ヤマモトの発揮した鋭い社会意識については、本章三節で一端を確かめてみたい。

こうして意欲あふれるコラムによって、ヤマモトはほどなく「南カリフォルニアの人気コラムニスト」となった（*CL*, November, 1940: 2）。同世代のワカコ・ヤマウチも、『加州毎日』のヤマモトのコラムを定期的に読んでいたという。日系人が自分たちの文化について書いたはじめての記事だったので、「素晴らしい」と感じ、ヤマモトに興味を持つようになったとヤマウチは後に語っている（Cheung, *Words* 344）。

## 2 『加州毎日』の「ナポレオン」

ヤマモトが『加州毎日』のコラムを担当するようになったのは、一九三七年、じつに一六歳のときである。一九三〇年代には、アメリカ全土の日系人二五万人のうち、半数以上が日本語より英語を得意とする二世だった。二世による文学活動も活発化し、日系英語文学の歴史の上で重要な時期となった。『北米毎日（*Hokubei Mainichi*）』や『日米タイムズ（*Nichibei Times*）』など、多くの日系新聞は二世の英文による投稿を奨励し、創作活動の進展に寄与した。『加州毎日』も二世の投稿を呼びかけ、特にチエ・モーリやメアリー・オーヤマ、トヨ・スエモトやヤマモトがこの新聞の人気作家となった。また二世を対象にした文芸誌、『レイメイ（*Reimei*）』や『ギョウショ（*Gyo-sho: A Magazine of Nisei Literature*）』などが発行され、トシオ・モリをはじめとする二世作家の創作活動が活発に行われた。その過程で、「二世作家・芸術家同盟」（League of Nisei

Artists and Writers）が結成され、二世作家間の交流も行われるようになった。[6] ヤマモトが日系新聞にコラムを書くようになった背景には、このように、一世に代わって新たな日系文化を構築しようとしていた二世の創作活動やそれを支援する環境があった。

『加州毎日』におけるヤマモトのコラムでまず注目したいのは、彼女が最初のほぼ二年間、「ナポレオン」というペンネームを使用した点である。そのペンネームの理由について、「自分のこの素っ頓狂への言い訳」（Cheung, "*Seventeen*" 61）とのちに回想しているが、その内側には、巨人のペンネームにふさわしい大いなる志をつちかっていたように思われる。というのもヤマモトは、こう回想をつづけているからだ。

だんだん大胆になって本名を署名するようになった。それというのも、書き手は巨大な自我を持っている必要があり、自分が世紀を代表する大作家であるとゆるがず確信し、また人生でもっとも重要なことは自分のヴィジョンを伝えることだとゆるがず確信していなければならないからである。（61）

ただし、「自分のヴィジョン」に確信を持てば持つほど、周囲との軋轢が大きくなるおそれもある。ペンネームを使いながらヤマモトが気にかけていたのは、こちらの問題だったのではないだろうか。

作家は自分のヴィジョンを伝えたいという衝動から出発するので、世間の人々が自分をどう思うかといったことに頭を悩ませる余裕はない。われわれ二世は控えめで、周囲に遠慮し、他人がわれわれをどう思うかつねに気にかけ、その結果自分の内面のヴィジョンと外側の見かけとの調整が取れなくて、つまずいて路傍に倒れる者も一人や二人ではなかった。（60）

ヤマモトのこの発言は、二世作家が作品を発表する媒体が日系の新聞や文芸誌にまだ限定されていた時期、読者として日系人を意識せざるを得ず、その結果ある種の窮屈さを常に思い知らされていた状況を反映しているだろう。そうだとすれば、ナポレオンという筆名は、そうした意識を払拭するうえで有効な仮面の役割をはたしていたとも考えられる。

フランク・ミヤモトは、二世は自己を抑制する傾向が強く、会話も間接的な表現を多用する傾向が見られると指摘し、二世が一世から受けついだ他人への配慮や遠慮は、日系二世に特有の個性であると指摘した（Miyamoto, Problems 31-37）。このような二世に共通したメンタリティを、ヤマモトも常に意識しながら書くことを求められていたが、「自分のヴィジョン」にこだわる彼女は、従順な優等生ではいられなかった。

その結果ヤマモトは、編集者のロイ・タケノ（Roy Takeno）から「二世に共通してみられる特徴」については「あまり触れないように」（Cheung, *"Seventeen"* 62）と助言を受けたことがあった。言い換えれば、同世代に対する批判を控えめにするように忠告を受けたのだ。また、ヤマモトが日系の人々について率直に書くので、父が近所の人から書くのを辞めさせて欲しいと要請されたこともあったと、のちに回想してもいる（Cheung, *Words* 349）。ワカコ・ヤマウチは、このころはじめて「ナポレオン」という作家の存在を知り、「ナポレオン」がヤマモトであることを知らされたが、「みな、彼女のことを嫌っていた。いつも自分たちのことについて書いているから」と、ヤマモトが批判されていた事情を後年のインタヴューで打ち明けている（Osborn and Watanabe Interview 108）。このインタヴューでヤマウチが、ヤマモトに会ったとき「よそよそしい（distant）」という印象を受けたと述べているのは、ヤマモトが周囲に批判されながら身につけた反抗の姿勢のあらわれだったと考えていいだろう。

さらに、ヤマモトが「ナポレオン」という英雄の名前をペンネームにした理由として、もう一つ、まだフェミニスト的感性が社会的に認知されていない時代に、女が書くことの制約を自覚していた彼女のフェミニスト的意識を読み取ることもできるだろう。トレーズ・ヤマモトは、日系女性作家が「仮面をつけるという心理的、物語的、隠喩的形式」(Yamamoto, Traise 5) を通してどのように「現実的で抵抗する主体性 (viable and resistant subjectivity)」(5) を獲得するに至ったかを検討している。「ナポレオン」も、そのような意味でのヤマモトの仮面として捉えることができる。

そう考えられる背景にあるものは、前章でも触れた、日系社会の強固なジェンダー規範である。マツモトによると、二世女性はとりわけ日系社会内において、「女性としての適切な振る舞い」を常に求められたという (Matsumoto, *Over* 298-300)。ヤマモトの両親は厳格なほうではなかったが、それでも父からは「ハクジン」とは結婚しないように言われたこともあり、マツモトも指摘するように (298)、日系女性として同じエスニック集団の男性と結婚することを期待されていた。

こうした背景を知ると、前章で見た「十七文字」と「ヨネコの地震」が、ヤマモトの作家としての出発点となった一九三〇年代の内面を、照らし出していることがあらためて理解されるだろう。二人の少女の揺らぎには、「ナポレオン」というペンネームを選択した際にヤマモトが感じていた、創作にともなう日系女性作家に対する社会的、文化的抑圧が反映されている。二人の少女たちは、悩みながら独自の表現を求めた当時のヤマモトの原型的自己像を反映していると捉えることができるだろう。

## 3　社会意識の目覚め

ヤマモトのコラムは『加州毎日』の英語欄の“Literary Feature Opinion”と題されたページに掲載された。同じページには、当時活躍していたケニー・ムラセのエッセイや、トヨ・スエモトの詩などが掲載されている。当時のヤマモトは、主流の文芸誌に自分の原稿を送り始めていた時期でもあったが、自身の創作については コラムでは触れていない。ただ、すでに小説家を目指していたヤマモトが「作家クラブ」の会合に参加している点は興味深い。たとえば、一九三九年一二月一七日のコラムでは、このクラブの様子について詳細に語っており、ヤマモトがこの会への参加を楽しんでいる様子がうかがわれる。この日はアドヴァイザーを務めている女性の自宅に集まって美味しい料理を食べた後、紅茶を飲みながら音楽や人気映画の『愚者の喜び』(*Idiot's Delight*)』(1939)、グロリア・スワンソンやベティ・デーヴィスら、映画俳優などの当時のポピュラー・カルチャーからゴシック建築や漢詩に至るまで話題が多彩だったことが報告されている。その後、それぞれの自作の詩や劇などの朗読へと続くが、自分は「価値のないものを書いてきた」のでもっぱら聞き手に回ったとも述べている(“Napoleon's,” *KM*, December 17, 1939)。[7] 当時一八歳のヤマモトは、こうしたクラブに定期的に参加して知的刺激を楽しんでいたようだ。

『加州毎日』のコラムでは、既に述べたようにさまざまなジャンルの本を読みふけるヤマモトの読書家としての日常が示される一方で、彼女の社会意識の鋭さもときおり顔をのぞかせている。実際、『加州毎日』六名のコラムニストを紹介する記事では、彼女の悪意のない顔を見ていると、英国の社会主義作家ジョン・ストレイチーの作品を読み、書評するとはだれも考えないだろうとヤマモトは評され、一見無邪気であるが社会思想に関心を寄せる硬派のコラムニストとして認められていたことがわかる(“Introducing Kamai

Columnists" *KM*, September 1, 1940)。

そんな評判を裏づけるように、ヤマモトは二世のアクティヴィストに対しても観察を怠っていない。『加州毎日』のコラムニストでもあるジョー・オーヤマ（Joe Oyama）が所属する「二世青年民主党（Nisei Young Democrats）」の州組織が行った提案のうち、日本との通商の停止に関しては反対を議決した第二次大戦直前の時期、「青年民主党（Young Democrats）」の理由をオーヤマに尋ねたところ、彼は「会員を獲得するために」反対したのであり、日本が中国でやっていることを支持したわけではないと説明した。また、民主党が推薦した大統領候補に投票したのかどうかオーヤマに尋ねてみると、それを否定したのでヤマモトは驚く。オーヤマとのやり取りを通してヤマモトは、「二世青年民主党」の政治的姿勢に一貫性がなく、ご都合主義的であることがわかったと批判している（"Don't," *KM*, December 22, 1940）。[(8)]

ヤマモトは別のコラムで、ヨーロッパで戦争が始まったことで憂鬱になっていると述べ、規制も強化されていると感じている。タスマニアから受け取った手紙に「検閲ずみ」というシールが貼られていたり、二世のあいだで「徴兵」の問題が話題になったりしていることも報告され、日系社会の不安が高まっている様子がうかがえる（"Napoleon's," *KM*, May 11, 1939）。「問いかけ（"Question"）」という詩では、日米開戦の予感にとらわれ、「太陽のように黄金色に輝く兄弟たちと白い皮膚をした兄弟たち」が「強烈な敵意でやみくもに憎み合うとき」どのように「兄弟愛や子供たちの笑い」について書くことができるのだろうか、と困惑する様子もうかがわれる（*KM*, January 1, 1940）。一九三一年の日中戦争以後、日系人に対する排斥感情が高まり、日米関係が悪化するなか、二世作家としてスタートしたばかりのヤマモトが不安を募らせたのは無理もない。

また、二世の行く末に問題提起をする読者からの手紙を紹介して、二世が置かれている状況の危うさを自分も共有していることをヤマモトは示している。純粋に戦略的な損得を思うなら、二世は無条件に民主主義のために闘う姿勢を見せるべきなのだろうか。これまで自分たちが強く主張してきたアメリカニズムも、ファシズムへの序章に過ぎなかったのではないだろうか。アメリカニズムという理念のもとで、愛国的になることの危険性に気づいている二世たちもいることをヤマモトは忘れずに指摘している（"Don't," *KM*, January 5, 1941）。

以上のような概観からもわかるように、ヤマモトのコラムでは、文学作品に加えて政治的、社会的な問題について論じた本や論文なども積極的に取り上げられていた。たとえば、一九四〇年八月二五日のコラムで、ヤマモトは二冊の本を取り上げている。最初に詩人アーチボルト・マクリーシュの『無責任な人々（*The Irresponsibles*）』が紹介される。マクリーシュは「逃避小説（escape novels）」や伝記が好まれている現在の傾向を嘆き、現実の問題と格闘しない作家たちを批判している。彼は言葉を「最も現代的な武器」とみなし、作家は言葉を用いて闘うことで「道徳律や精神的権威、知的真理などの規律」を再構築すべきであるとしている。従来は伝統的な詩を書いていたが、その後の「知的転換（intellectual conversion）」により彼の詩も「その精神においてもっと激しく、革命的」なものになっているが、まだその転換が完璧には表現されていない。だが、この本は詩と比べると確信に満ちていて、彼自身が現代の「ボルテールやミルトンとして登場するかもしれない」とヤマモトは結論づけている。

二冊目は、ジョン・ストレイチーの新刊『進歩のためのプログラム（*A Programme for Progress*）』である。マルクスの資本論や共産党宣言は難解であるため、アメリカやイギリスでは旧作の『未来の権力闘争（*The Coming Struggle for Power*）』のほうが明晰で理解しやすいので評価されているが、この本では「ぎょっとするほどヒットラーのような方法で」白人の資本家が徐々に追放され、労働者階級によって取って代わられることが予見されている。ストレイチーの著書や論文はアメリカで人気があるにもかかわらず、左翼の運動はアメリカでは遅々として進まないとして、共産主義が根づかないアメリカの状況を指摘している（“Napoleon's,” *KM*, August 25, 1940）。こうしたコラムに端的に示されているように、初期のころからヤマモトは政治および社会思想にも関心を抱き、貪欲に知識を得ようとしていたことがわかる。このような方向性は、後のヤマモトの公民権運動への参加や平和主義に対する関心を予見させるものとして捉えることができる。

さらに、日本のアジア侵略がアメリカとの関係に与える影響について書かれた本や論文を取り上げ、ヤマモトが日本の軍国主義の進展に対して危惧を覚えていた様子もうかがわれる。先に見た一九四〇年九月八日のコラムでは、雑誌『アメリカン・マーキューリー』に掲載されたロバート・A・スミスの論文「我々が日本を止めることができる（“We Can Stop Japan”）」を取り上げている。この論文では、アメリカが日本との通商を全面的に禁止すれば、日本も「宣戦布告なき戦争」を止めざるを得ないだろうとスミスは説明し、通商禁止を日本の軍国主義を止めるのに有効な手段であることを提案している。さらに、『アトランティック・マンスリー』に掲載されたハロルド・S・クイッグリーによる論文「太平洋の潮流（“The Drift in the Pacific”）」を紹介して、スミスほど過激ではないが、日本のアジア侵略に対する当時のアメリカの知識人の困惑ぶりが表明されていると伝えている。この二つの論文をヤマモトが取り上げていることからも、二世にとって日本の軍国主義の進展がいかに大きな問題として浮上していたかが理解される。

このように国内外で社会的不安が募るなかで、当時の二世たちが抱いた危機感は、ヤマモトも参加した文芸誌『カレント・ライフ』に、もっとはっきり見いだすことができる。

## 4 『カレント・ライフ』

一九四〇年一〇月に創刊された『カレント・ライフ（*The Current Life: The Magazine for the American Born Japanese*）』[9]という二世の雑誌に、ヤマモトは当初から詩や短編を寄稿した。この雑誌は、二世による文学作品に加えて、当時の政治や社会問題、スポーツや美容に至るまで、幅広い話題を扱った総合誌でもあった。雑誌の基本方針は「二世の生活を映しだす真の鏡となり」「二世の考えや思いを反映する」ことだと宣言されている（"An Editorial, Our Policy," *CL*, January, 1940: 6）。またこの雑誌は、日系人に対する排斥運動が激化した時期に刊行された事情から、戦争直前期における日系社会の状況や二世たちの不安や動揺を実地に知る上で貴重な資料でもある。

創刊号の「二世文学人名録（"Who's Who in the Nisei Literary World"）」と題されたセクションでは、二四人の若手日系作家が紹介されているが、その一人としてヤマモトも登場する（*CL*, October, 1940: 8-9）。コンプトン短期大学を最優等生で卒業したばかりであることや、どこか謎めいたところもある「知的な巨人（intellectual giant）」であると紹介され、才能ある若手であることが強調されている。ヤマモト以外にも、人種間の理解の促進に熱心に取り組んでいたメアリー・オーヤマ、詩人として知られていたルシール・モリモト（Lucille Morimoto）、『羅府新報』や『日米タイムズ』の特任記者（special correspondent）として活躍していたアヤコ・ノグチ（Ayako Noguchi）、『羅府新報』のコラムニストであったヘレン・アオキ（Helen Aoki）らも紹介されて、二世文学の創成期に女性たちが積極的に参加していたことがうかがわれる。

当時の二世たちの生活状況はどのようなものだっただろうか。一九三〇年代は成人を迎えた多くの二世にとって厳しい時代だった。一九二四年の移民法ののち、日本の軍国主義への批判などもあって日系人に対する排斥感情が募るなか、二世はたとえ大学を出ても、学歴にふさわしい仕事につくことは困難だった。一九四〇年のカリフォルニアで専門職につけたのは、二世のうちわずか二パーセント程度だったという。大方の二世は、一世が経営する農場や商店に雇われていた（Takahashi 35-44）。

日系人を取り囲むこのように不安定な状況は、『カレント・ライフ』を通しても確認される。巻末に毎号掲載される論説では、アメリカへの忠誠心や愛国心をアピールして、二世もアメリカ人であることを主張する文章が目立つ。これらの論説に共通するのは、二世がアメリカに対して抱いている深い思いが理解されないことへの嘆きと苛立ちである。

たとえば一九四〇年一二月号の「忠誠（"Loyalty"）」と題された論説では、二世の忠誠心を疑問視する主流社会の風潮に異議申し立てをしている。人種が異なるという理由だけで、日系人が愛国心に欠けているというのはおかしいではないか。そもそも日系人が西海岸に集団で住んでいるのは、アメリカの安全を脅かしているのではなく、経済的な理由によるのだと説明する。そして日系人のアメリカへの忠誠を証明する機会を与えて欲しいと訴えている（*CL*, December, 1940）。また「人種差別（"Discrimination"）」と題された一九四一年一月号の論説では、日系人への差別が二世に「回復の見込みのない傷」を与えていると指摘し、厳しい状況を「真正面から見つめて、悪意に満ちた人種憎悪の蔓延を緩和する努力をする必要がある」と述べ、現状を打開するためには二世も努力が必要であると檄を飛ばしている（*CL*, January, 1941）。

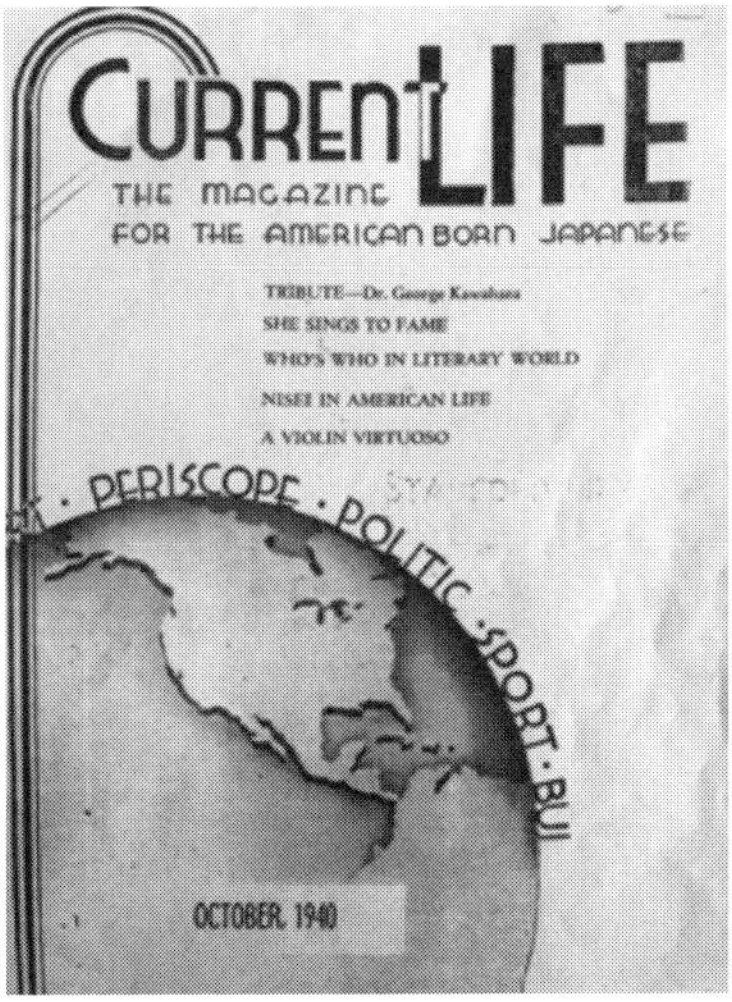

●『カレント・ライフ』創刊号の表紙

タカハシによると、一九三〇年代から四〇年代にかけてアメリカの理念を学校で学んだ二世たちは、アメリカ人として受容されることを何よりも望んでいた（Takahashi 36）。このような状況において、かれらへの偏見や差別はやりきれないものだったに違いない。ところが事態は悪化の一途をたどり、排日感情が高まるなかで、次第に二世が絶望感を深めていく様子は、『カレント・ライフ』の号を重ねるにつれてますます明瞭になっていく。その一例は一九四一年三月号の論説にも見いだされる。この論説「我々の努力は真剣なものだったが無駄におわった」（"Ours Has Been An Earnest Effort, But A Futile One"）では、無知や盲信のせいで人種の壁を乗り越えることの難しさに直面している二世のジレンマが示されている。自分たちは「漫画に出てくるような釣り目の悪人」では決してなく、「アメリカ人と同じジョークに笑い、同じ哀しみに涙をながす」存在なのだと訴え、日系人に対する否定的なイメージを払拭しようとする。さらに、「二世」という言葉も日系人のアメリカに対する裏切り行為を感じさせるものとして批判する新聞記事に反駁して、自分たちは「二世のアメリカ人」なのだとして、アメリカ人としてのアイデンティティをあらためて主張している（*CL*, March, 1941: 16）。

しかし、このように深刻な論説や作品が掲載される一方で、この雑誌には、戦前の二世が独自のサブカルチャーを形成していたことを証明する報告やエッセイも散見される。中には二世がスポーツや音楽面でも活躍しはじめたことを伝える記事もあり、アメリカ生まれの二世が主流文化の影響をおおいに受けながら成長している様子が明らかにされている。

さらに、毎月「二世ファッション」と題されたセクションも設けられて、当時の流行を取り入れた二世女性のファッションへのアドヴァイスが与えられ、日系女性のためのファッションショーがはじめて開かれたことも報告されている（*CL*, March, 1941: 12）。ファッションの隣には美容のページもあり、季節に応じたヘア・スタイルや化粧についての記事が書かれ、二世が日本の伝統を重視した親の世代とは異なった、新たな文化を担い、また創出しようとしていたことが示される。[10] こうした動向の背後には、一九四〇年代に二世の人口が一世を明らかに凌ぐようになり、[11] 移民世代によって支えられてきた日系社会が必然的に変化・拡散せざるをえなかった状況があった。成長した二世は、日系社会内にとどまって生活した一世とはことなり、アメリカ社会への参加を積極的に求めるようになったし、またそうせざるをえなかったのである。

## 5　二世文学に対するエスニック作家の影響

『カレント・ライフ』に見られる二世文学の特質として、まず最初に挙げたいのは、他のエスニック作家たちとの活発な交流である。「二世の偉大な文学」を目指す二世作家たちにとって、他のマイノリティ作家の活躍は心強いものだったに違いない。

たとえば一九四一年三月号では、メアリー・オーヤマがアルメニア系のレオン・シュメリアン（Leon Sumelian, 1905 - 95）との交流を報告している。[12] オーヤマは、シュメリアンがアルメニア系新聞に書いたルイス・アダミックについての文章を読んで、アルメニア系移民も自分たちと同様にいわゆる「二世問題」を抱えていることに興味を持ち、自宅にシュメリアンを招待したという。[13] オーヤマは、二世の仲間とともにシュメリアンと宗教問題や異人種間結婚、日本の歴史などについて語りあい、相互理解を深めた。シュメリアンも移民二世であることから、日系二世の状況にも理解と共感を示した様子が伝えられている。そして、自分たちの生活について書くことで、日系人の存在を知らないアメリカの人々に広く知ってもらう必要があ

ると励まされたことが書かれている。(14)

アルメニア系作家のなかでも、特に二世たちが敬愛の念を抱いていたのが、『我が名はアラム』などで知られたウィリアム・サロイヤンだった。『カレント・ライフ』の中心的な作家だったケニー・ムラセは、「ウィリアム・サロイヤンとアメリカ短編小説（"William Saroyan and the American Short Story"）」と題されたエッセイで、「独自の生き方を持ち、独自の書き方を持っている」サロイヤンが、アメリカ文学の伝統とは異なった新たな世界を構築しようとした点を評価している。彼の作品は「芸術」ではないと批判され、彼の英語も稚拙だとして非難されたこともあったが、サロイヤンはそのような批判を意に介すこともなく、自分が書きたいと思うものをひたすら書き続けてきた。「レトリックのルールや作文の技巧などを忘れて、私が書きたい物語を語るのです」と語るサロイヤンの作家としてのあり方に、ムラセは特に励まされている。アメリカ文学に新たな息吹を吹き込みながら、サロイヤンが独自の世界を構築し、ベストセラーの作家として認められるようになった点に、二世作家が希望を見いだしている様子が紙面から伝わってくる（Murase, William 3-4）。

一方サロイヤンも、『カレント・ライフ』に手紙を寄稿し、かれから学びたいと願う日系作家の熱意にこたえている。サロイヤンは、カリフォルニアに住む日系人には「アメリカ人に語られる必要のあるアメリカの寓話」（Saroyan, William 9）が豊富にあるので、それらを書くことで、アメリカ人に日系人の状況を知らせることが重要であると述べる。そして時間がかかるかもしれないが、すぐれた日系作家が誕生することを期待していると温かいエールを送っている。

## 6　現実か芸術か

しかし、他のマイノリティ二世作家とも積極的に交流を図り、二世独自の文学を創出しようとする志においては一致していた二世も、文学や芸術のあるべき方向性に関しては、さまざまな考えがあったことを、ケニー・ムラセによるエッセイ「二世芸術家は語る（"A Nisei Artist Speaks"）」が示している。このエッセイでムラセは、メアリーという仮名を与えられた、二世の画家である「純粋主義者」と芸術論を戦わせたことを紹介している。メアリーは、絵画の価値は色、質感、形式などの「造形的な価値」（Murase, Nisei 6）に求められるべきで、現実の社会を反映したものであってはならないと主張する。芸術の価値は一時的なものではなく、永遠のものなのだから、「貧者の苦しみ、戦争の恐怖、経済や政治の世界の不正」（7）などの現実を反映する必要はないと彼女は言う。こうした立場は、芸術は現実を反映するべきで、何らかのメッセージを伝えるべきものであると考える自分の立場とは異なる、とムラセは主張する。このエッセイを通して、二世作家間で作品のテーマや方法をめぐって、メアリーのように純粋に芸術を追究するものと、現実に根ざしたリアリズムを重視し、いわゆる「二世問題」を提示しようとする者とに分けられていたことがわかり、同時に『カレント・ライフ』が、さまざまな方向性を探る二世の文学活動において重要な役割をはたしていたことも理解される。

ムラセのエッセイに呼応するかのように、スタン・ヨギは、戦前の日系文学には主として二つの主要な傾向が認められたと分析している（Yogi, *Japanese* 125-26）。第一は、欧米の伝統や一九三〇年代のアメリカ大衆文化の影響を受け、特に日系人としてのエスニシティが示されない種類のものである。これに対して第二は、国際状況の緊張に伴い、人種差別の問題や二世としての自己認識を描き、戦争前の二世の危機感をリアリスティックに描くものである。

実際、『カレント・ライフ』に掲載された作品は、ほぼこの二つの傾向に分類することができる。たとえば、ヴィンセント・タジリ（Vincent Tajiri）による「ジロー（"Jiro"）」では、兵籍登録の手続きを終えたあとの主人公ジロー・マツモトの複雑な思いが描かれている（Tajiri, Vincent 4）。高校卒業後、日系人に対する求人もハウスキーピングなどの肉体労働に限られ、ジローは仕事にあぶれ、元来絵を書くのが得意で、高校時代にポスターのコンテストで入賞した経歴を持つ自分の才能を活かす機会にはまったく恵まれない。戦前の二世は先にも述べたように、大学を出ても学歴に応じた仕事につくことができた者はほんの少数で、きわめて厳しい状況に置かれていた。ジローも厳しい現実に直面し、やり場のない怒りを覚え、不安に思っている。兵籍登録の手続きを終えても、日系人に対する排斥が強まるなか、実際に戦場に送り込まれるのかどうかもわからず、将来の見通しの立たない状況に、ジローの思いは混迷を深める。

「ジロー」に示されたような二世の焦燥感に加えて、顕著に認められるのがダニエルズの言う、太平洋戦争直前期の二世の「ハイパー・ナショナリズム」（Daniels, *Concentration* 25）をアピールするメッセージ性の強い詩や短編である。たとえばイワオ・カワカミは、詩「鷲の記憶（"The Memory of an Eagle"）」において、自由な国アメリカに対する賛歌を高らかに歌い上げ、アメリカこそ自分の誇るべき国であると強調した。またメアリー・オーヤマは、「闘い（"War Play"）」において、戦争前の緊張感を力強く歌い上げ、アメリカが敵を叩きのめす様子を戦闘的な色彩をもって表現し、アメリカの勝利を信じる日系人の愛国心を力強く訴えている。

アヤコ・ノグチ（Ayako Noguchi）は、「平和への願い（"A Plea For Peace"）」において、アメリカへの忠誠を直接的に訴え、次のように宣言した。

親愛なるアンクル・サム、私はあなたに忠誠を誓います
ええ、本当です。あなたのためなら死んでもかまいません。(Noguchi, Plea 13)

さらにノグチは、短編「すべてはアンクル・サムのために(“All For Uncle Sam”)」で、特別に選ばれて軍隊の訓練兵として入隊したジョーとその恋人メアリーを通して、二世のアメリカへの貢献をアピールした物語も書いている。ジョーは、周囲の日系人の賞賛を受けて一年間の予定で軍隊に入隊する。[15]「自分の第一の義務はアメリカに尽くすことである。メアリーは、二の次である」(Noguchi, All 12)とジョーは考え、個人的な幸福よりもアメリカへの貢献を優先させる。メアリーもジョーとの別れに悲しみと不安を覚えながらも、ジョーの心意気を理解している。やがてジョーは、訓練中にトラックの事故で死んでしまう。新聞のニュースでジョーの死を知ったメアリーが呆然自失する場面で物語は終わる。自分を犠牲にしてまでもアメリカのために戦うべく奮闘したジョーの姿勢を通して、ノグチは二世のアメリカに対する愛国心や忠誠心をアピールしている。同時に、志なかばでのジョーの死を通して、二世の愛国心が主流社会には容易に理解されないことへの焦燥感も暗示しているのだと思われる。

二世の愛国心や忠誠心が、実際には二世のあいだでも多様だったことは、後にジョン・オカダが『ノー・ノー・ボーイ』(1957)で描くことになるが、先に述べたように、主流社会の新聞や雑誌などで日系人に対して批判を煽りたてるような報道も多かった一九四〇年代の初めにおいては、二世の愛国心や忠誠心をことのほか誇示して日系人として団結する必要に迫られていた事情を、これらの作品は裏書きしているように思われる。

以上、エスニシティとリアリズムを重んじる第一の傾向をまず概観したが、ヤマモトが『カレント・ライ

フ』に寄せた作品は、それとははっきり異なっていた。

## 7 ヤマモトの場合

『カレント・ライフ』に掲載された九点ほどのヤマモトの詩や短編は、先のヨギの分類に従うと第二の芸術派のグループに属するものが多かった。ノグチのように愛国心や忠誠を声高に宣言する作品は見いだされず、日系人が直面する現実の問題を描くことを意識的に回避している点に、まず大きな特徴を見いだすことができる。

たとえば「夏の出来事（"Summer Summarized"）」は、語り手の夏休みの出来事をつづった短編である。夏休みは、WPA（雇用促進局）の仕事をしたが、これは想像上のことであるとあらかじめ説明して、語りの虚構性をまず強調している。こうした語り方にも示されるように、ヤマモトは、この短編で戦前の日系人の失業や徴兵問題などの現実を描くことを避けている。また、ここには特にドラマティックな筋立てがあるわけでもなく、雇用促進局での穴掘り仕事の辛さや、賃金への不満からストライキをしたこと、休み中にたくさんの本を読んだことなど、語り手の生活がばらばらに語られている。

また、「一日の終わり（"When Day Is Done"）」は、ジョニーとヴィクトリアという姉と弟が寝る前のひと時に話した会話で構成された物語である。一四歳のジョニーが、姉に負けまいと精一杯背伸びをして、経済問題や本の話などをする様子がユーモラスに語られる。ここでも、戦争や日系人の困難な状況は回避されている。そればかりでなく、語り手のヴィクトリアが、自分の祖母を「私のオランダ人のおばあちゃん」

（Yamamoto, When 6）と呼んでいる点からわかるように、日系人と特定されない物語設定を、ヤマモトはここで志向している。こうした例は、ヤマモトの目指したものが、差別や排斥に対する日系人の鬱屈した思いを描くリアリズム文学でも、また、アメリカ社会にむけてその忠誠心をアピールするメッセージ性の強い文学でもなかったことを端的に例証するだろう。

このようなヤマモトの特質は、『カレント・ライフ』に掲載された詩作品にも認めることができる。ヤマモトの詩からは、先述したカワカミのような、戦争直前の切迫した現実は感じられず、自然の変化や自然との一体感をうたったものが多い。たとえば「詩（"Poetry"）」では、夕暮れ後、月の明かりのもとで賑やかに囀りはじめたさまざまな鳥の鳴き声を楽しむ様子が描かれる。また「春の挽歌（"Spring Dirge"）」では、春がくる前に水仙の蕾が膨らみはじめ、まもなくの開花を期待していたが、匂いをかぐために近づくと、その中心がすでに虫に食われていることを発見してがっかりした様子が描かれる。「マツバギクに（"To the Mesembryanthemum"）」においては、人が訪れることもない寂しい場所にひっそりと咲くマツバギクに魅力を感じ、一人でその美しさをめでる。

このように自然の観察を通じて内面を暗示する点や、英米の詩の伝統に基づいて書かれた形式、またその抑制された表現において、ヤマモトの詩は、『カレント・ライフ』において「卓越した北カリフォルニアの詩人」（*CL*, December, 1940: 2）としてケニー・ムラセによって紹介されているトヨ・スエモトにもっとも近いものを認めることができる。そこで簡単に、スエモトとヤマモトの比較を試みておきたい。

## 8 トヨ・スエモトとヤマモト

トヨ・スエモトは、一九一六年にカリフォルニア州北部にあるオーロヴィル（Oroville）に生まれ、サクラメントの日本人町で成長した。両親は日系人がアメリカ社会で生き抜くためには教育が最重要であると考え、トヨをはじめとする子どもたちをキリスト教会に通わせ、積極的にアメリカ化を進めていった。サクラメント短期大学に進んだスエモトは、英文科の教師から詩を書くように勧められ、日系新聞に詩作を投稿するようになる。その後カリフォルニア大学バークレー校に進学し、英語とラテン語を学んだが、卒業後は多くの二世と同様に就職が難しく、住み込みの料理人として働きながら、日系新聞や日系の文芸誌に詩を発表し、将来が期待される詩人として注目された。一九三九年にジャーナリストのイワオ・カワカミと結婚して、一九四一年に息子のケイ（Kay）が生まれている。

戦争中はカリフォルニア州のタンフォラン転住センター（Tanforan Assembly Center）を経てユタ州のトパーズ（Topaz）収容所に収容され、スエモトはケイとともに三年半をそこで過ごした。スエモトは収容所内の高校で英語を教えたり、図書館で働いたりしたが、[16]そのかたわらで、収容所の英語文芸誌『トレック（*Trek*）』や『オール・アボード（*All Aboard*）』に詩やエッセイを発表した。

戦後はカワカミと離婚してオハイオ州に移った。一九六四年にはミシガン大学で図書館学の修士号を取り、オハイオ州立大学の図書館で働いたが、戦後も創作活動を継続し、アメリカ詩のアンソロジーに収められるほど、二世詩人として評価されるようになった。

『カレント・ライフ』における一〇編あまりのスエモトの詩は、簡潔で抑制された表現を用い、自然と向きあうなかで自身の内面を静かに見つめる作品が中心である。たとえば、「姿勢（"Attitude"）」において、静かな日常生活を淡々と送っていたいと願う詩人は、「たそがれ時の風との対話が私に聞くことを教えてくれた」(Suemoto, Attitude 4)として、自然との対話を通して自分の心を見つめ直す。「ジャポニカ(“Japonica”)」では、冬の雨の後で鮮やかに開花するカリンを見て、厳しい寒さにもめげない花の逞しさや生命力に励まされる。概してスエモトの詩には、諦観や喪失感が見られながらも、一筋の希望の光を見いだそうとする姿勢が最後に提示されている。一九四六年の『イエール・レヴュー（*Yale Review*）』冬号には、この「ジャポニカ」が他の一編とともに掲載された。

こうした概観からも察せられるように、スエモトの創作姿勢は、カワカミやノグチらに見られたような、戦争に向けて高揚感を歌い上げ、忠誠心を鼓舞する方向とは対極のものである。スーザン・シュヴァイクによれば、スエモトはエドナ・ミレー（Edona St. Vincent Millay）やエリナ・ワイリー（Elinor Wylie）ら、当時のアメリカ女性詩人と共通点が多く、彼女の作品が戦争中に主流の文芸誌に掲載されたのも、日系人としてのエスニシティを明示しなかったからだろうという（Schweik, Pre-Poetics 98-99）。

ヤマモトは、かねてからスエモトの詩を評価し、「トヨ・スエモトの書くものは彼女がそれを書いたという理由でなんでも好きだ。いつか会いたい」（“Napoleon's,” *KM*, February11,1940）などと、この先輩詩人に対する憧憬の念をコラムでも綴っていた。両者が育った環境には相違があるにも関わらず、ヤマモトがスエモトに親近感を寄せたのは、スエモトの詩人としての姿勢やその表現方法に、自身に近いものを感じ取っていたからに違いない。先に検討したように、ヤマモトもスエモトと同様に、自身のエスニシティに依拠して現実の問題を描く創作には向かわなかった。この点に、日系アメリカ人というハイフンつきの作家としてカテゴリー化されることに抵抗するヤマモトの創作意識を認めることができる。すでに触れた「ナポレオン」というペンネームも、彼女のジェンダー意識の反映と同時に、エスニック・ライターとしての枠を超えようとしていた当時のヤマモトの志向を読み取ることが可能だろう。

一方、ヤマモトとスエモトは、戦前の日系人にとって切実な人種差別の問題を扱った詩を『カレント・ライフ』に一編ずつ書いているが、そこには二人の興味深い差異が明瞭に示されている。「黄色」(“Yellow”)と題された作品でスエモトは、子供たちから指を差されて「黄色、黄色、中も、外も」(Suemoto, “Yellow” 4)とはやし立てられた時の悲しみを書いている。「私」は、耳をふさいで「違う、違う」と叫ぶが、子供たちのあざけりの言葉が脳裏から離れない。肌の色はあの時から変化していないが、「もしかしたら私の中身も汚れているかもしれない」(4)と述べてスエモトは詩を終えている。この最後の二行には、黄色い皮膚の色を精神の汚れと結びつける周囲の偏見を否定する反発を見いだすこともできず、そのまま偏見や差別を受け入れかねない詩人の弱さと悲しみが示されていると言えるだろう。

フランツ・ファノンは、人種差別を受ける黒人が「屈辱的な不安感から絶望的なまでに自己処罰感にとらわれていく」(ファノン 八)と指摘したが、詩「黄色」の結末には、ファノンが指摘した自己処罰感に通ずる感情を見いだすことができる。子供たちが指を差して嘲った言葉が、詩人のなかで内面化され、肌の色が精神の汚れなのではないのかと自分を責めるプロセスには、支配的な言説に対抗するべく差異を排除する自己の言説を見いだせずに絶望する詩人の悲しみが込められている。ドナ・K・ナガタは、戦前の二世は、偏見と差別のなかで、自分たちは「二級市民」であるという認識を共有し、自分たちの立場に抗する手段も、そのジレンマを解消する選択肢も持っていなかった、と分析している(Nagata 9)。スエモトの心情は、まさにこうした議論を裏書きしているだろう。

『カレント・ライフ』では、二世の「二級市民」の心理を、ジェイムズ・サコダ(James Sakoda)がフロイトの精神分析を用いて考察している。友人が繰り返し見る夢は、海のなかで懸命に泳ごうとするのだが背中が重く、まるでヤドカリになったように感じて動けない。もがいていると「怖い目と大きな口をもった大きな魚」(Sakoda 9) が出てきて恐怖を覚える、というものである。サコダは、大きな魚とは白人の象徴であり、白人のようになりたいが、「東洋人としての重荷」(9) を背負っているためにそれは不可能なのだ、という思いが夢に反映されているという。そして「アメリカに裏切られた」という実感を無意識のうちに抑圧してきた友人の葛藤が、そこには反映されていると結論づけている。このような二世の夢を通して知らされるのは、偏見や差別に反発する自然な反抗心や自尊心をも抑圧せざるをない二世の苦境と絶望感であり、スエモトの詩もまさにそのような二世の心理を表現したものだろう。

ところがヤマモトは、「我もまたアメリカにありき（"Et Ego in America Vixi"）」で、差異を容認しないアメリカの人種主義に対して批判的な詩を書いている。冒頭で彼女は「黄色い肌」、「高い頬骨」、「つりあがった目」など、日系人としての容貌の特色を次々と、誇らしげに列挙する。また日系人に特有の感性をも強調する。たとえば心が動かされるのは「青紫色のフジの房」や「永遠の壷のはかない美しさ」(Yamamoto, Et 13) を見たときであるとして、東洋的な美に惹かれる気持ちを率直に表現している。一方で、「厳かな驚嘆の念で胸が一杯になるのは」「太陽のように真っ赤で、アーモンドの花のように白く、澄み切った夏の空のように青い」(13) 国旗を見たときであると最後に述べて、アメリカ国旗に対する忠誠を宣言している。だがここでも、国旗が「日の丸」を連想させる「太陽」や、アジア人の細い目の形容である「アーモンド・アイ」を連想させる「アーモンドの花」など、日本や日本人を喚起するイメージを用いている点に注意したい。肌や髪の色も、感性も異なる自分の立場から、国旗をこのように形容することで、愛国心や忠誠心のあり方も多様であることが、この詩では示唆されていると思われる。ここでは、当時のアメリカの狭隘なナショナリズムに対する異議申し立てが表明されているとも言えるだろう。スエモトが「黄色」の肌を内面の穢れとして捉え、差異を否定的に捉える支配的言説を受け入れていたのに対して、ヤマモトは日系人としての差異を肯定的に描くことで、人種的、社会的境界を踏み越えようとするのである。

このように、二世がアメリカの自由や民主主義を礼賛し、愛国心や忠誠をアピールする傾向が強まるなかで、アメリカ社会にこのような形で根源的な問いかけを行っている点に、他の二世作家とは異なったヤマモトの独自のスタンスを見いだすことができる。ベル・フックスは、マージナリティは「ラディカルな可能性の場」であり、「反ヘゲモニックな言説構築のための中心的な位置」(hooks 10) であると説明している。スエモトが自身のマージナリティを悲しみと絶望のなかで受け入れたのに対し、マージナリティに対抗的な言説の場を見いだそうとしているヤマモトの姿勢は、このころから徐々に顕在化する彼女の重要な独自性である。後に反戦運動を通じて、ラディカルな理念を掲げる「カトリック・ワーカー運動」に参加した彼女の政治意識を検討するうえでも、それはふたたび有効な論点となるだろう。そのように見るならば、ひたすら自然をめでる彼女の他の詩作品も、アメリカの現実に右往左往する二世たちの風潮に対する、無言の批判と受け取ることもできるのではないだろうか。

## 9　『カレント・ライフ』の終刊

以上のように『カレント・ライフ』は、ヤマモトが作家としての方向性を模索していた時期とも重なり、広く二世たちの文化・文学にとって重要な役割を果たしてきたが、一九四一年一二月七日の日本軍による真珠湾攻撃以後、日系人を取り巻く状況は一気に緊迫した。その様子は『カレント・ライフ』にも明瞭に映しだされている。一九四二年一月に発行された『カレント・ライフ』の「論説」は「二世は試されている（"The Nisei on Trial"）」と題され、真珠湾攻撃直後のアメリカ社会の「ヒステリア」は収まったが、それも一時的なものなので、二世は「来るべき苦難の日々と試練の時」に備えておかねばならない、そしてアメリカを裏切るような行為や発言は許されないと述べ、二世のアメリカへの忠誠をあらためて鼓舞している（*CL*, January, 1942: 16）。

さらに、翌月に発行された『カレント・ライフ』は「戦時版（War Edition）」と題され、強制収容前の二世の切迫した状況をそのまま反映したものとなっている。編集長ジェイムズ・M・オームラ（James M. Omura）は、「寛容への願い（"A Plea for Tolerance"）」と題された声明のなかで「二世アメリカ人は、もっとも暗くて辛い時に直面している」と述べ、日本軍の真珠湾攻撃を「重大な犯罪的行為であるとともに恥ずべき攻撃」であると批判する。またアメリカ人に対しては、日本人と「市民権をもった二世」とを区別して捉えてほしいと懇願し、あらためて二世のアメリカへの忠誠心に揺らぎのないことを訴えている（*CL*, January, 1942: 7）。

この号が発行されてまもなく、日系人の強制収容が始まり、『カレント・ライフ』の発行も断たれ、二世作家の文学活動は中断を強いられる。当時、二〇歳のヤマモトも、一九四二年、アリゾナ州の砂漠地帯にあったポストン強制収容所に父や弟たちとともに送り込まれることになった。

# 第4章　ポストン強制収容所時代

## 1　戦時下における日系文学

「……私はまだ思い続けている（"…I Still Carry It Around"）」においてヤマモトは、二世にとって戦争や強制収容について書くことは、精神的に耐え難い作業であるため、戦後二世作家はできるだけそれを回避してきたと述べ、強制収容は「収容された日系人が無視することを選んだトラウマ」（Yamamoto, I Still 11）だったと概括している。強制収容を日系人全体が共有する歴史的な出来事として積極的に語り直そうと試みているのは、むしろ三世以降の若い日系人であるとヤマモトは指摘し、現在でもなお強制収容という「比類ない無比で悲惨な経験」（19）が、日系アメリカ文学において重要なテーマでありつづけている事情、二世作家たちが「まだ思い続けている」事情を説明している。

これまでの日系アメリカ文学研究において、第二次大戦時の強制収容について書かれた代表的な作品として取り上げられてきたのは、ジョン・オカダの『ノー・ノー・ボーイ』（1957）やジーン・ワカツキ・ヒューストン（Jean Wakatsuki Houston, 1934- ）の『さらばマンザナール（*Farewell to Manzanar*）』（1973）、現代ではジョイ・コガワ（Joy Kogawa 1935- ）の『オバサン（*Obasan*）』（1981）などである。それらはいずれも、強制収容が日系社会や家族を分断化し、とりわけ多感な時期を迎えていた日系二世に深い衝撃を与えたことを証するものとして論じられてきたが、その数は多いとは言えないし、どれも戦後、だいぶ時間が経過してから出版された作品である。

ここで忘れてはならないのは、収容所内における日系二世作家たちの創作活動である。前章で見たように、一九三〇年代から活発な創作活動を行ってきた二世作家たちは、各地の強制収容所に送りこまれながらも、[(1)]収容所内で発行された新聞や文芸誌などに作品を掲載して活動を続けていた。シュヴァイクによると、従来のアメリカの戦争文学のキャノンにおいて、日系人による強制収容文学は注目されることもなく、わずかに注などで言及されているにすぎない。それというのも、従来アメリカ文学において戦場は「男性的な行為の空間」(Schweik, Needle 25) であり、戦闘の記述が戦争文学の伝統であったからである。

現在では、一世を中心とした収容所内の日本語の文学活動についてはすでに先駆的研究がなされているが、[(2)]英語で書かれた二世の創作活動に関しては、いまなお包括的な研究が求められている現状である。先のヤマモトの言葉が示すように、強制収容が日系アメリカ文学において最重要のテーマだとすれば、それを直接体験した二世作家に対して戦争が与えた影響を検討するうえで、強制収容所における創作活動は重要な研究課題であるといえる。

戦時転住局（War Relocation Authority）（WRA）[(3)]による監視のもとで、厳しい校閲を受けながらも、収容所内で文芸雑誌を発行し、創作活動を始めた二世作家は、どのような「偉大な立ち退き小説」[(4)]を目指したのだろうか。本章ではヤマモトを中心として、二世作家の戦時の創作活動を辿りながら、戦争がヤマモトの創作意識に与えた影響や、強制収容という特殊な状況における彼女の作家としての模索の方向性を考察したいと思う。

## 2 『ポストン・クロニクル』

ヤマモトは一九四二年から通算三年間、アリゾナ州西端の砂漠地帯にある「コロラド川インディアン特別居住地区」に設けられたポストン収容所――正式名は「コロラド川再定住センター（Colorado River Relocation Center）」[5]――で過ごした。ここは一〇箇所の日系人強制収容所のなかで最大規模のもので、ピーク時には一万七千人あまりが収容されていた。主としてカリフォルニア南部で農業に携わっていた人々が多かったが、ポストン収容所が設けられた場所はもともと未開拓で「価値のない土地」(Weglyn 293)とみなされ、夏の暑さも全収容所でもっとも厳しかったとされている。うだるような暑さと砂嵐は、ここを舞台にしたヤマモトの代表作の一つ「ミス・ササガワラの伝説（"The Legend of Miss Sasagawara"）」（1950）でも印象的に描かれることになる。

ポストン収容所内で起きた最大の出来事は、一九四二年一一月一六日のいわゆる「ポストン・ストライキ（Poston Strike）」だった。これは、WRAが「コミュニティ協議会」の運営を若い二世に任せたことに対する一世の不満に端を発した事件だった。WRAに対して協力的な二世を、「イヌ」と呼んで一世たちは非難しはじめた。一一月一四日には、二世が襲われパイプで殴られるという事件がおきる。WRAはただちに五〇人の被疑者を逮捕し、そのうち二人が尋問のため身柄を拘束される。二人とも収容所内で評判のよい帰米二世だったことから、人々は二人の釈放を当局に要求して、一一月一六日から一週間に及ぶストライキを起こした。この騒動は一一月二三日に当局との協定が成立し、収監されていた被疑者が解放されて一応の解決をみた。収容所内で一世と二世が世代的に対立した事実は、日系社会の差異化が進んで、戦前の均質的な日系社会が崩壊しはじめていたことを物語る。[6]

『ポストン・クロニクル』は、ポストン収容所内においてWRAの管理下で発行されていたコミュニティ新聞で、月曜を除いて毎日発行されていた。[7] 四三年一月一五日の論説によれば、他の収容所で発行されている新聞に比べて発行回数(週六回)やページ数(平均して八ページ)も多く、被収容者たちについてのニュースも多く書かれ、他の収容所の新聞が当局の公報のようなものでしかないなか、内容も充実した誇るべき新聞だと位置づけられている。本来は英語新聞だったが、英語を読めない一世のために、一、二ページ程度の日本語欄も設けられていた。日本語欄の片隅には「説明（Explanations）」というコーナーもあり、英語版の主な記事が日本語に翻訳されて掲載されていた（日本語のタイトルとしては『ポストン新報』と名づけられていた）。

●ポストン収容所

『ポストン・クロニクル』では全体として、収容所内での問題やスポーツ大会、映画会などの行事の情報がおもに掲載されており、収容所の生活情報誌のような役割を担っていた。収容所内での結婚や子供の誕生を伝える欄もあり、一見すると普通の日常生活が営まれているような感もある。しかし、「編集室便り（Editorial）」などでは収容所や日系人の状況がその時々に応じて示されている。特に一九四三年二月に行われたいわゆる「忠誠審査」[8] 以後の「編集室便り」には、日系二世の危機的な状況を憂慮する論説が散見されるようになる。四三年三月一一日の「二世対動物（“Nisei versus Animals”）」と題された「編集室便り」は、二世が「強制立ち退きによりシニシズムと絶望に陥っている」が今は「動物より優れた存在である」ことを証明すべき時なのではないかと述べて、気分の停滞した二世たちを叱咤激励している（*PC*, March 11, 1943）。同年八月六日には、二世の「道徳心が希薄になっている」と書かれ、事なかれ主義や自己正当化に陥る傾向が批判されている（*PC*, August 6, 1943）。

これらの論説を通して浮かび上がるのは、言うまでもなく二世の現状に対する絶望感、将来への不安である。銃を持った兵隊が立つ監視塔が立てられ、制約のある生活を強いられた二世は、収容所を出たあとの生活に対しても不安を抱えていた。四三年六月二〇日の論説「志願する二世（"Volunteering Nisei"）」では、ポストン収容所から四八名の二世が軍隊に志願して戦場にいることが報告されている。かれらのためにも残された自分たちが、今後何をなすべきか考えなければならないが、カリフォルニアでは日系人に対する人種差別が根強く残っているため、戻ってもどうなるのか見通しも立たない、と述べている（*PC*, June 20, 1943）。

実際、再定住プログラムによって収容所から解放されるようになっても、二世の中には不安を抱えて収容所を出ていく決心がつかない二世もいた。たとえば、一九四四年九月七日の『ポストン・クロニクル』では、収容所から八〇名の二世女性が缶詰工場に送られているが、再定住先はこの種の季節労働に限定されており、しかも労働条件も良いわけではない。このような状況ではなかなか収容所を出ていく決心がつかないと述べている。収容所からの解放を少なくとも手放しでは喜べない現実があることが示されている（Edith Fukaya, "Riding the Rail," *PC*, September 7, 1944: 3）。

こうして、収容所内で二世に蔓延する閉塞感を憂いながらも、『ポストン・クロニクル』の紙面は、WRAやアメリカ社会を批判することは極力回避していた。そのことは、当然ながら、収容所内における創作活動にも制約を与える。といっても、『ポストン・クロニクル』では日本語欄に短歌や俳句が時おり掲載されたが、英語欄では収容所内の情報伝達が主内容となり、掲載された創作類は戦前の日系新聞に比べるとごくわずかである。

このような状況下で、ヤマモトは『ポストン・クロニクル』のレポーターを二年間務め、いったんは再定住プログラムに従って一九四四年にマサチューセッツ州のスプリングフィールドでコックとして働いていたが、後に述べるように弟の戦死でポストン収容所に戻った。その後は短期間ではあるが『ポストン・クロニクル』の編集長を務めてもいる。

収容所内では創作グループも結成され、余暇ができたため女性たちは一世も含めて創作を行ったとされる。戦前から創作活動を始めていたヤマモトやワカコ・ヤマウチがいたポストン収容所や、ミネ・オークボやトヨ・スエモトらがいたトパーズ収容所所では、それぞれの作品を読みあったりして、相互に刺激しあい励ましあっていたという（Schweik, *Gulf* 182-83）。戦前から続いて、二世の創作活動において女性の活躍が目立つ点には注目しておきたい。

### 3　コラム「スモール・トーク」

ヤマモトは『ポストン・クロニクル』の「スモール・トーク（"Small Talk"――「世間話」の意）」と題されたコラムを一九四三年二月から六月にかけて担当し、そこで収容所内での生活をエッセイ風に描いた。このコラムでは、収容所内での映画会や野球の試合を見に行ったことなど、日常生活の出来事を淡々と報告して、平静さを保っているように思われる。軍隊に志願して訓練基地に向かう同世代の二世を見送りに行ったことも書かれるが、その際のヤマモトの内面については特に触れられてはいない（"Small," *PC*, June 6, 1943: 6）。

ヤマモトの弟ジョニーが志願兵になったことは、四三年五月二三日の「スモール・トーク」を通して知らされる。ミシシッピ州のシェルビー訓練基地（Camp Shelby）から戻ったジョニーは、バスケットボールに夢中だった少年時代とは違い、すっかり大人に成長していた。短い滞在で、再び基地へ戻るジョニーを、二日前の早朝に父や友人とともに見送ったときの複雑な心情が吐露されている。自分は決してセンチメンタルな方ではないが、「言葉には出せないものがあって不快な胸のつかえ」を感じたとヤマモトは述べ、一抹の不安がよぎったことを示唆している（"Small," *PC*, May 23, 1943: 2）。その不安は的中し、四四年の八月五日の『ポストン・クロニクル』の一面では、四四二部隊に所属していたジョニーのイタリアでの戦死が伝えられ、[9]かれが収容所内で四番目の死者となったことや、「名誉戦死傷章（Purple Heart）」が与えられたことが報告されている。ジョニーの葬式については、四四年八月二九日の『ポストン・クロニクル』の一面で報告されている。

当時ヤマモトはコラムを終了し、先述したように収容所を出ていたが、ジョニーの戦死に接して悲嘆にくれた父の頼みでポストンに戻った。ジョニーは収容所を出てコロラド州デンヴァーのサトウキビ農場で働いていたが、突然四二二部隊に志願したとヤマモトはのちに語り、その時の心情を以下のように述べている。

私は当時も今も戦争には反対なので、彼のやったことが良かったとは思っていません。ただ、基礎訓練を十分に受けないままイタリアに赴いて殺されたのです。弟は若冠一九歳でした。収容所に入っていなければ、このようなことが起きたかどうかはわかりません。（Cheung, *Words* 357-58）

「スモール・トーク」においてヤマモトは、感情を抑制して書いているので、彼女の当時の心情をそこから推測することはむずかしい。その抑制を、五〇年後に解き放つかのような晩年の作品「フィレンツェの庭（"Florentine Gardens"）」（1995）を、私たちは第七章で見ることになる。

## ４　ミステリー小説「死がポストン行きの列車に乗って」

むしろ戦争中のヤマモトの活動で注目したいのは、一九四三年一月九日から七回にわたって『ポストン・クロニクル』の「読み物欄（"Magazine Section"）」に連載された「死がポストン行きの列車に乗って（"Death Rides the Rails to Poston"）」と題されたミステリー小説である。強制収容所に向かう列車の中で起きた殺人事件の犯人を、推理小説好きの主人公シュウ・シングウが探るプロセスが描かれている。

この作品には、ヤマモトの語りの特質としてキンコック・チャンが論じた「二重の語りの方法」（Cheung, *Articulate* 29）の萌芽が早くも見いだされる。これは、「表面的には一つの物語に見せかけて、実際には二つの物語を伝える」（29）ヤマモトに特有の語りの方法を指すものである。この作品でヤマモトは、ミステリー小説の形式によって、読者の関心をシングウの犯人探しのプロセスに引き寄せながら語りを進めている。だが、同時に列車内の乗客のさまざまな点描を通して、この作品が単なる犯人を特定するミステリー小説ではないことも示されていく。すなわち、収容所行きの列車内の殺人事件による混乱や乗客の不安を通して、戦争が日系家族を分断させ、相互の不信感や憎悪を募らせ、従来の日系社会を崩壊させたことを、作品は次第に明らかにしていくのである。

第一に、強制収容は家族の離散をもたらす。ミセス・オガタは、夫と離れて一人でポストン収容所に送り込まれる。一年前に事故にあい、足を悪くした彼女は杖を使わなければならないほど不自由であり、出産も迫っていながら夫婦は引き裂かれてしまった。また、日本語学校の教師をしていたトロ・ノガワの両親も、別の強制収容所に送られ、息子は一人でポストンに向かう。

戦局が日系コミュニティの分断化に直結していることを象徴する人物が、ツヨシ・コイケである。戦前、**FBI** に協力して「日系人の家宅捜査に同行し、禁止品の捜査に協力し、怪しい行動をしている者を密告した」(Yamamoto, *Seventeen* 132) ことで、列車内の日系人は一様にコイケを憎み、コイケ自身もそれを感じ取っている。実際、コイケが突然殺されたときの人々の反応は冷やかである。

真珠湾攻撃により、日系人に対する人種偏見と排斥が最高度に高まるなか、スパイ活動を疑われた五千人以上の一世と二世が **FBI** に連行された。日系社会の組織の長をしている者や、仏教僧、日本語学校の教師たちなどが、証拠もないまま無差別に逮捕されたという (Daniels, *Prisoners* 26)。ロン・クラシゲが述べているように、真珠湾攻撃後の日系社会においては、日系人同士も相互に「敵か見方かを判断することを余儀なくされた」(Kurashige, Lon 79) のであり、長年にわたって日系人間で培われ、日系社会を支えてきた相互扶助の精神を崩壊させてしまったのである。小説の中のコイケは、こうした状況にあって当局に密告する側に回ることで、もっともわかりやすい「敵」として描かれることになる。

さらにヤマモトは、戦争が二世に与えた衝撃の深さをも、列車内の乗客を通して描いていく。収容所に送りこまれた西海岸居住の約一二万人の日系人の三分の二は、ヤマモトのように当時二十代を迎えていた若い二世だった。かれらに強制収容は「深い心理的な傷」を与え、かれらはその屈辱感と劣等感から、自分たちの体験は「伝達不能で口には出せない」という感覚を一様に抱くようになったという（Weglyn 273）。

たとえば列車内でアンドレ・マルローの『人間の希望』を読んでいたパット・モリだが、コイケの飲む水に毒薬を入れたミセス・オガタの不審な行動を目撃していたにもかかわらず、それを探偵シングウに告げずにいた。そのことを後に非難されたパットは、泣きながら「確信がもてなかった。それに怖かった」（Yamamoto, *Seventeen* 141）と答える。強制収容が現実になって以来、パットは「感覚が麻痺したように感じ」（141）、自分が目撃したことを現実として受けとめることができなかったのだとシングウに説明する。ベル・フックスは、「支配文化は、市民に自己否定を要求する。パットの感覚麻痺もはげしい自己否定の結果だと言えるだろう。周縁化されればされるほど、その自己否定への要求は熾烈になる」（hooks 19）と指摘している。

さらにヤマモトは、このような状況が、特に二世女性においては身体的な反応として表象されることを、ミセス・オガタの列車からの飛び降り自殺によって示している。夫と離れて一人で収容所に向かうミセス・オガタは、「あわただしい立ち退き」（Yamamoto, *Seventeen* 140）や列車内の「うっとうしい暑さ」（140）、夫や生まれてくる子供への不安で「神経が変になってしまった」（140）とシングウは分析する。もともと「ほかの人よりも繊細で神経質だった」（140）上に、強制収容に対する恐怖や絶望感によって、彼女は追い詰められてしまったのだろうとシングウは感じている。このように、強制収容が女性にとりわけ残酷に作用し、狂気にさえ追い込む過程は、ポストン収容所内に舞台が設定された短編「ミス・ササガワラの伝説」においても描かれている、この点で「死がポストン行きの」は、戦後に書かれた「ミス・ササガワラ」に繋がる作品となっている。

ミステリー小説では、論証と合理的な説明によって真相が解明されて物語は完結する。この作品でも、シングウの推理により、列車内の殺人事件も一応解決される。だがヤマモトは、犯人の特定だけでは解決されない問題があることをも同時に示し、単に加害者と被害者とに二分化できない日系社会の苦境を浮き彫りにした。乗客から憎まれていたコイケも、母親から見れば精神的に弱い人間で、当局への協力が息子として母への愛を示す「唯一の方法」(136)だったと、母親は自責の念を込めて語っている。貧しいコイケにとって、FBIへの協力によって得られる報酬は、母親との生活をうるおわす手段だったのである。このように、コイケの窮状にも触れることで、あらためて強制収容が日系社会に与えた混乱の大きさをヤマモトは印象的に描き出した。

## 5 コード化された語り

女性作家の間接的な語りの方法に注目したジョーン・ニュートン・ラドナーらは、主流社会が脅威に感じる思想や感情などを意識的に隠蔽してコード化する行為を「暗黙のコード化(“implicit coding”)」と呼び、ヴァージニア・ウルフやシャーロット・パーキンズ・ギルマン、トニ・モリソンなどの女性作家の例を挙げながら論じている。そのような「暗黙のコード化」は、「特定の個人や集団にとって抑圧的、圧迫的あるいは危機的な状況」のもとでなされるものであると説明されている(Radner 5)。

このようなコード化された語りは「死がポストン行きの」にも見いだされる。この作品において、強制収容に対する批判が封印されているのは、当局の厳しい検閲を意識してのことであろう。物語を強制収容所に向かう列車内に限定し、しかも列車内で起きた殺人事件の謎解きを中心を置いたことからそれは明らかである。だが、先にも述べたように、最終的に殺人事件の犯人が特定されても、列車内の乗客たちはそれぞれ解消できない闇を抱えたまま収容所に向かっている。このような物語の二重構造に、強制収容に対するヤマモトの批判的な眼差しが巧妙に埋め込まれていると見ることができる。

ヤマモトが語りの方法に関心を寄せていたことは、戦後、詩人で批評家でもあったアイヴァー・ウィンターズ（Yvor Winters）とのあいだでしばらく続いた文通に明瞭に示されている。ウィンターズは、全国的文芸誌『フューリオーソ』に掲載されたヤマモトの「ヨネコの地震」（1951）に感動したことから、ヤマモトに、当時教えていたスタンフォード大学のフェローシップに推薦したいと提案して文通が始まった。ウィンターズがヤマモトに送った手紙集は第六章で取り上げるが、ここで一点だけ注目しておくなら、ウィンターズに宛てた手紙で、ヤマモトは創作上のアドヴァイスを積極的に求めるなかでも、特に「視点」について繰り返し質問を発している。これに対してウィンターズは、視点は「限界のある技巧」であると述べて、視点に捉われない語りの方法をメルヴィルやウォートンに学ぶように勧めている（Barth 7）。

こうしたエピソードからわかるように、ヤマモトが「制限された視点を用いるモダニストの実験に関心をもっていた」（Cheung, *Articulate* 29）ことは、このミステリー小説においても萌芽的なかたちで認めることができる。冷静沈着なシングウの視点にもとづく語りを通して、読者は事件の真相をシングウとともに読み解くうちに物語に引き込まれていく。この謎解きのパターンは、やがてより複雑なものとなって、「ヨネコの地震」や「ミス・ササガワラの伝説」でも繰り返されることになる。

ただし、ヤマモトが視点にこだわった理由を、語りの実験として捉えるだけでは十分ではないだろう。強制収容という特異な状況に追いやられた日系人に対する当局の監視や検閲に対抗して、アメリカ政府や社会に対する批判的な観察を可能な限り隠蔽しようとする戦略を、彼女が模索した上での選択が、そもそもミステリー小説という形式だったと思われるからである。

「死がポストン行きの」には、戦前のヤマモトには見られなかった新たな要素も認められる。第三章で検討したように、『カレント・ライフ』で彼女は日系人の現実を描くことを回避し、エスニシティを問わない詩や短編を多く発表してきた。しかし、「死がポストン行きの」では、強制収容所に送りこまれる日系人の状況を描き、はじめて自身の日系性を明示している。多くの二世にとってそうだったように、強制収容が自身のエスニシティを以前にも増して強く意識せざるをえない契機となったのだろう。その結果ヤマモトは、その意識を自由に展開することを許さない戦時下の状況を描くために、コード化された語りやミステリー小説という形式を取り入れることになったと思われる。

このような日系性に対する意識、自覚が二世たちを混乱させたことは、他の二世作家によってもさまざまに描かれている。たとえば、モニカ・ソネの『二世の娘』（1953）で、主人公のカズコは、強制収容所で「多分、私はアメリカ人とはみなされなかったのだ。私の市民権も結局は本物ではなかった。では、一体、私は何なのだろうか」（Sone 177）と自問して、アメリカ人でも日本人でもない自身の曖昧な立場に困惑している。このカズコの問いかけは、多くの二世に共通するものであり、戦争が二世作家の創作とエスニシティの意識に深刻な影響を与えたことを容易に推察することができる。上に述べたヤマモトの変化も、そうした影響の一例として受け取っていいだろう。実際、すでに検討したヤマモトの代表作である「十七文字」や「ヨネコの地震」が、いずれも日系一家の物語である点から考えても、強制収容がヤマモトに自身の出自を深く再認識させ、二世作家としてのポジションを発見する契機となったことが理解される。

それでは、ヤマモトが戦争中に再認識した日系性とは、いったいどのようなものであったのだろうか。それは、ポストン収容所に物語が設定された「ミス・ササガワラの伝説」（1950）において明確に示されているように思われるので、次節でこの作品を検討してみたい。

## 6　新たな言説の構築――「ミス・ササガワラの伝説」

「ミス・ササガワラの伝説」は、ヤマモトが強制収容所内に舞台を設定した唯一の作品である。この作品は内容的に、先に述べたように、収容所内の新聞に掲載された「死がポストン行きの」と共通している。「ミス・ササガワラ」においても強制収容の抑圧的な状況が女性の狂気を導くものであることが、主人公のマリ・ササガワラの錯乱を通して描かれている。また、ササガワラは常に収容所内で噂話として語られる存在で、その常軌を逸した行動ぶりが謎めいたまま物語が展開するので、一種のミステリー仕立ての様相も呈している。

「死がポストン行きの」との顕著な差異は、キクという若い二世女性が、ササガワラの物語の語り手として新たに登場している点である。「死がポストン行きの」では、シングウの推理が語りの中心となっていたため、ミセス・オガタの狂気についても、その因果関係が簡単に説明されるだけであるのに対して、キクの場合は、最初は単なる好奇心で観察していたササガワラに対して、次第に個人的な関心を深め、それに応じてキク自身の内面も語られるようになる。それはキクにとって、強制収容という「トラウマ記憶」を語り直す試みにも通じている。そこで以下、キクの語りに焦点をあてながら、「ミス・ササガワラの伝説」を検討してみたい。

キクは、強制収容時に二一歳だったヤマモトとほぼ同じ年齢に設定され、ごく平均的な二世女性として登場する。収容所を出た後は大学に行き、いい仕事を見つけ、ハンサムな男性と結婚することを夢見ており、そうした希望の凡庸さも繰り返し強調されている。強制収容も振り返ってみれば「古きよき時代」(Yamamoto,

*Seventeen* 30）だったとなつかしむキクは、一九五〇年代にアメリカ主流社会に異を唱えず、一心に同化を心がけていた日系人の状況を踏まえてヤマモトが造形した人物であろう。のちにも触れるが、このような一九五〇年代の状況は、アメリカへの忠誠を拒否したジョン・オカダの『ノー・ノー・ボーイ』（1957）が、主流社会のみならず日系社会からも冷ややかな反応を浴びせられた事実からも容易に想像される。当時多くの日系人にとって、強制収容の記憶を掘り起こしてアメリカに異を唱えることなど問題外だったのだ。

さて、キクの語りを通してまず示されるのは、ササガワラが収容所内の日系社会で次第に周縁化・他者化される過程である。ササガワラが異質の存在であることは、その独特の容姿から常軌を逸した行動にいたるまで、あらゆる面で確認することができる。たとえばササガワラは、メス・ホールと呼ばれた大食堂で食事をとることは一度もなく、周囲の日系人との交流も自ら断っている。オキヒロによると、収容所内の各ブロックは、個人の意志より集団の総意を優先させる日本型の集団志向によって擬似家族化し、各ブロックの団結と統一を促すために噂話やゴシップが積極的に用いられたという（Okihiro, Religion 228）。このように集団性を優先させる収容所内の日系社会において、ササガワラは異端視され、次第に孤独なアウトサイダーとして周縁化されていく。(10)

この過程がもっとも明瞭に示されるのが、病院の場面である。体調不良を訴えて病院にやってきたササガワラを見ようと、病院中の職員が押しかける。病院に勤務していたキクも「一瞬、自己嫌悪に駆られたが」（Yamamoto, *Seventeen* 26）、好奇心で病室に向かう。テレーザ・ブレナーは、女性は他者の視線を内にむけ、「他者が自分を見つめるように自分を見る」（Brenner 290）と述べる。そして他者の攻撃的な視線によって「束縛され、閉じ込められる」（297）と感じることが女性のヒステリアを誘引すると論じた。繰り返し病状を訴えて騒動を起こすササガワラが「精神錯乱」（Yamamoto, *Seventeen* 32）に追い込まれていくのも、このような日系社会とササガワラとの「神経戦」（27）の結果であることを、ヤマモトは描き出していく。

しかし語り手のキクは、物語の途中で次第に傍観者から転じて、ササガワラとの距離を変化させていく。すなわち、ササガワラの伝説を噂話として聞く側にとどまるのではなく、主体的に自身の理解に基づいてササガワラの人物像を構築する側に転じていくのである。

その契機になった出来事の一つが、キクの祖父の葬式の記憶である。この記憶は、最後のササガワラの詩における「苦悩に満ちた啓示」（Chueng, *Articulate* 56）につながる重要な記憶でもある。キクは「祖父のことははっきりと思い出せない」が、通夜と葬式の際の強烈な芳香に対して感じた「吐き気」（Yamamoto, *Seventeen* 23）が、強く記憶に残っている。その芳香はその後「何度も再生された」（23）とキクは語る。彼女は「広くて、暗いお堂の中」（23）をよく覚えており、「通夜の夜に厳しく教え込まれた」焼香の手順も細かく記憶している。壇上で「声をそろえて聞きなれない流麗な言葉を途切れることなく唱えていた」（23）三人の僧の一人が、ササガワラの父親であったことを彼女はここで思い出す。

このようなキクの記憶を通して示唆されるのは、葬儀と吐き気を催すような線香や焼香の匂いに象徴される、日本の伝統文化に対するキク自身の違和感・拒絶感である。この種の拒絶感が、戦争直前の時期の二世に共通して見られたことは、モニカ・ソネの『二世の娘』のカズコからも確かめることができる。カズコは戦争時に「陰険な日本人」の醜さを強調する新聞や雑誌の日本人像を見て、あらためて自分に「敵の血」が流れていることを自覚し、ショックを受けた（Sone 146）。キクの拒絶感やカズコのショックは、ともにアメリカ社会の人種主義を内在化した日系人の、屈折した自己否定の意識を反映したものである。キクが繰り返し思い出す葬式の際の吐き気も、日系社会の抑圧性を示すものであると同時に、日系性を否定的に受け止める彼女の自己意識の反映でもあると考えられる。

こうして、キクが感じた吐き気の記憶は、ササガワラと父親との関係を考える契機になっていく。キクは、バラック内に仏壇を設けて「毎日決まった時間に線香をあげ、お経を唱え、ドラの代わりに小さな鐘をならす」(Yamamoto, *Seventeen* 24) ササガワラの父を思い出す。このような儀式の圧迫感を身近に体験したキクは、父親の傍らでササガワラがいったいなにを感じていたのだろうかと思う。「ササガワラも参加して、一方の耳でお経を聞き、もう一方の耳で聞き流していたのだろうか。あるいは不意に階段のところに出て、グレープフルーツなどを食べていたのだろうか」(24)。このようにキクは、はじめてササガワラ親子のバラック内の生活を思いやることで、ササガワラに対する見方も変化し、娘との関係すら遮断して、ひたすら禁欲的な修行に専念する父親の犠牲者として、つまりは「奇怪な狂気」(33) の犠牲者としてササガワラを捉えるようになる。

こうしたキクの認識の変化は、偶然見つけた詩の雑誌にササガワラの作品を発見したときに頂点に達する。そこでは、「生涯の目標を解脱することにおいた男性についての詩」で、「非難の余地もない」その男性とともに「完全な監禁状態」のなかで生活することを強制された「感受性があり、傷つきやすい」(33) 人の苦悩が描かれている。その男は、共同生活者の「湧き上がったり、静まったりしている人間的な情熱」に気づくことも理解することもできない。この男性の解脱への修行は、「ある種の狂気」(33) でしかないと、詩の作者は最後に述べる。キクは、「詩人は、他人のために語ることはできない。詩人は自分のために語っているのだ」(33) と感じて、はじめてササガワラの主体と向きあうことになる。

「ミス・ササガワラの伝説」は、ササガワラの個人的な悲劇として描かれ、日系人の強制収容の歴史的、社会的意味が追求されていないと批判された、とヤマモトは後に述べている (Yamamoto, I Still 15)。確かに、最後のササガワラの詩でも父親との確執が前景化され、ササガワラの悲劇は家父長的な父の権威に対する反発と抵抗といった、特殊な一家族の物語として提示されているように見える。しかし、トレーズ・ヤマモトが指摘するように、強制収容所が「日系女性の身体操作と統制の場」（Yamamoto, Traise 210）であったとすれば、ササガワラの父親の監視と抑圧は、WRAによる監視のもとで監禁を強制していたアメリカ政府の人種主義と相同のものである。従って、ササガワラにとっての父親は、日系人全体にとっての強制収容を、いわばこっそり暗号化・コード化した象徴であると受け取ることもでき、強制収容が、ササガワラの身体の自由を封じ込め、操作する人種差別的暴力であったことをも、この作品は同時に暗示していると考えることもできる。

いずれにしても、ササガワラの詩は、キクのこれまでのササガワラ親子像に修正をせまる。「高潔な人生への瞑想」（Yamamoto, *Seventeen* 22）に邁進していると受けとめていたササガワラの父親は、「感受性があり、傷つきやすい」繊細な娘を抑圧する高圧的な親でしかなかったことをキクははじめて思い知る。ドミニク・ラカプラは、「トラウマを書くこと」は、「過去に声を与える行為」であると捉えている（LaCapra 186）。キクは、ササガワラの詩の解読を通じて、ササガワラのトラウマにまさに「声を与える」ことで、ササガワラの「精神の錯乱」を読み解く役割を果たしていく。ササガワラの詩は、キク自身の強制収容に対する古くて楽しい記憶とは異なった記憶があることを、キクが認識する契機にもなっている。

第二次大戦は、民主政治を守るための「正義の戦争」として語られ、ローズヴェルト大統領は「四つの自由のための戦争」（Takaki 7）と説明した。だが、ササガワラの父の高邁な精神も、身近にいた娘からみれば「狂気」でしかなかったように、戦争時に強制的に隔離された日系人にとって、支配的言説による正義の戦争も、苛酷な犠牲を強いる蛮行にほかならなかった。マリタ・スターケンは、日系人の強制収容は「日系人不在のまま語られてきた」と指摘し、その状況は現在に至るまで継続されていると述べている（Sturken 691）。人種的マイノリティの歴史は、常に「制度的な忘却」(JanMohamed 6) にさらされる。

とりわけ一九五〇年代のアメリカは、「すべての階級、地域、人権、信条を超えてアメリカ人が同じ関心と価値観をもつとされた時代」であり「統一」という言葉がこの時代のキーワードだった (Brinkley 63)。このような状況下で、戦後の日系人は、強制収容に関して口を閉ざしたまま生活の再建を急ぎ、五〇年代半ばには生活もようやく安定していった。この間、日系人全体が強制収容について語ることを忌避し、一種の「社会的記憶喪失」にかかっていたとテツデン・カシマは指摘する (Kashima 113)。ヤマモトは「ミス・ササガワラの伝説」において、一九五〇年代の支配的言説において抑圧され、忘れられた日系人の記憶の再生を試みている。ササガワラの詩がキクに新たな記憶を喚起したことからも察せられるように、ヤマモトはこの作品を通して、支配的言説に対抗する言説の構築を、ひそかな、暗号的なやり方で試みたと言うこともできる。その際、収容所内で書かれた「死がポストン行きの」は、戦後のこうした試みを可能にした、暗号化の戦略を切り開いた重要な作品として位置づけることができるだろう。

## 7 その他の収容所文学――『トレック』

WRAが管理した強制収容所は、人間が住んだ形跡もないような荒涼とした場所に設置されていた。WRAとしては、このような不毛な土地に日系人を送りこむことで、かれらの農業技術に期待し、土地の開墾をさせて戦後の生産につなげる意図があったとされる (Weglyn 84)。したがって厳しい自然環境のもと、どの収容所の暮らしも楽ではなかったことが容易に想像されるし、そのことは戦時下の日系人の文芸活動にも反映されている。

英語雑誌が発行されたのは、三つの収容所においてだった。カリフォルニア州トゥーリレイク（Tule Lake）収容所の『トゥーリアン・ディスパッチ（*Tulean Dispatch*）』、アーカンソー州ローワー（Rohwer）収容所の『ペン（*Pen*）』、ユタ州トパーズ収容所の『トレック（*Trek*）』である。ここでは、一九三〇年代から活発に創作を行っていた二世作家の作品が掲載されている『トレック』を簡単に見ておくことにしたい。

『トレック』は、一九四二年一二月に創刊され、翌四三年六月の第三号が最終号となった英語雑誌だった。[11] 編集長はジム・ヤマダで、ミネ・オークボが表紙のイラストを担当した。この雑誌には、トパーズ収容所内の状況や収容所を出て農場などで働く二世たちの近況に加えて、戦前から創作活動を活発に行っていたトシオ・モリの短編やトヨ・スエモトの詩が掲載されている。

『トレック』の作品を読むと、やはり収容所内の問題を直接批判的に扱った作品を見いだすことはできず、作品はおよそ三つのタイプに分類することができる。まず第一には、収容所内での生活にポジティヴな面を見いだそうとする作品である。その代表がトシオ・モリだろう。『トレック』創刊号でかれは「トパーズ駅（"Topaz Station"）」を発表し、トパーズは、「自分自身についてじっくりと考える場所」であり、「よりよきアメリカのために、立派なアメリカ人になるための途中下車駅」（Mori, Topaz 25）であるとし、人々は「アメリカの生活に希望をもっている」（25）とも述べてあくまでも前向きである。

だが、モリのこのような、一見すると楽天的な語り口を、額面どおりに受けとめることができないことは、死後出版されたモリの短編集、『未完のメッセージ（*Unfinished Message*）』（2000）に収められた「ムラタ兄弟（"The Brothers Murata"）」（1944）などを読めば明らかである。この物語はトパーズ収容所に設定され、「忠誠審査」をめぐるムラタ兄弟の対立が描かれている。兄のフランクは、強制収容を民主主義に反するものとして批判し、徴兵を拒否するグループに属している。他方弟のヒロは、アメリカの民主主義を守るために闘うことが二世の役割であると考え、兄の立場を認めることができない。兄を説得できない焦りからある日、ヒロは兄を窓から突き落としてしまう。このようなムラタ兄弟の不和と対立に、戦争が二世にもたらした混乱を見いだすことができる。しかし、このようなモリの戦争や強制収容に対する複雑な実感は、『トレック』においては示されず、むしろ希望を奮い立たせ、未来に一筋の光を見いだそうとする姿勢が一貫している。(12)

そうした姿勢は、『トレック』第二号に掲載された「子供たちよ（"Tomorrow Is Coming, Chidlren"）」(1943) にも見いだされる。これは一九四九年出版の『カリフォルニア州ヨコハマ町』にも収められた短編で、日本からサンフランシスコに結婚のためにやってきた祖母が、老後三世の孫たちに自身の日本での思い出やその後の移民としての生活を語る。祖母はアメリカでの長い生活にもかかわらず、いまだに英語を十分に話せない。だが、アメリカは自分が選んだ国であり、最後はアメリカの土になることを願っていると孫たちに告げる。強制収容は日系人の個々の生活や希望を台無しにしてしまったが、「戦争にも良いところはある」と祖母は言う。戦争のお陰で「自分の心がどこにあるか」(Mori, *Yokohama* 21) をあらためて知らされたので、自分のアメリカへの忠誠は揺らぐものではない、と祖母は孫たちに強調して励ます。(13)

これに対して第二のものは、戦争時の緊張感や不安が比較的ストレートに表現された作品である。たとえば『トレック』の共同編集者の一人だったタロー・カタヤマ (Taro Katayama) は、「悪夢（"Nightmare"）」と題された詩で、戦争に対する恐怖と不安を描いている。自分だけ敵の侵攻から逃げ、隠れているときの自己嫌悪で目がさめた、という告白 (Katayama, Nightmare 25) は、戦争や逃亡を否定的に捉えながらも後ろめたさを覚えているかれの揺らぎを暗示するだろう。翌年の「農学（"Agronomy"）」では、自然の営みが戦闘的な言葉を用いて描かれ、戦争中の暗く重苦しい状況が反映されている。また、同じ号に同時掲載された詩「ボランティア（"The Volunteer"）」では、血がたぎり、死も辞さないと覚悟して戦争に参加するのと、この世での生活にしがみついて後になって後悔するのと、どちらが良いのだろうかと問いかけている（Katayama, Agronomy and Volunteer 28）。これら二つの詩は、一九四三年に実施された「忠誠審査」の時期に書かれたものであり、その際のアメリカへの忠誠をめぐる二世の揺れる思いが書き留められているといえる。

第三のものは、カタヤマの詩のように直接戦争や強制収容については言及しないが、強制収容に対する批判が暗喩的に込められた作品である。その代表が、戦前から活躍していた自然派の詩人トヨ・スエモトの詩である。トパーズ収容所時代、スエモトは収容所内で発行されていた新聞『トパーズ・タイムズ（*Topaz Times*）』にも作品を掲載しており、戦時中もっとも広い読者層を獲得していた日系二世詩人だった（Schweik, *Gulf* 186）。前章で述べておいた通り、スエモトの詩は、欧米詩の形式に基づいて書かれ、細やかな自然の観察を通して自身の心象を表現したものが多い。『トレック』においても、スエモトの観察はもっぱら収容所内の自然に向けられ、個人の直接的な感情の表現を抑制している。

だが、シュヴァイクが指摘したように、スエモトの戦時中の詩は、一見非政治的に見えるが、その真意において暗喩的には、強制収容に対する「抵抗と批判」を表現していると見ることもできる（Schweik, *Gulf* 191）。たとえば、「収穫（"Gain"）」においては、「不毛な大地」に種をまき「野生の美しい花」が咲くのを期待したが、花が咲くまでこんなに長いあいだ待たねばならないと思うと心も揺れる。時期外れの種まきをして、いったい何になるのだろうか、たとえ花が咲いたとしても待つ辛さに値するのだろうか、と述べて（Suemoto, Gain 6）、花が咲くのを待つというささやかな楽しみも享受できない、砂漠地帯の荒れ地に閉じ込められた日々への静かな抵抗を読み取ることができる。

また、「トパーズにて」（"In Topaz"）において、収容所の冬の厳しさを暗示しながら、一面雪で覆われている「不毛な大地」（Suemoto, In 20）にも、やがて大地を突き破って、草が生えてくる日が必ずくると願う思いが表明されている。四行二連の短詩だが、雪に閉ざされた生活に苦しみながらも、未来に希望を託そうとする心境がうかがわれる。第三号に掲載された「移植」（"Transplanting"）」や「約束」（"Promise"）」も同様の趣旨である。

このように、『トレック』に掲載されたスエモトの詩は、トパーズの不毛な自然に喪失感を覚え、収容所内に漂う停滞感や絶望を反映させながらも、必ずや訪れる自然の変化に将来の解放の希望を託そうとする。風と埃の舞うトパーズの厳しい自然との闘いは、戦前の日系農民の闘いとも重なるものだっただろう。

一九四三年六月に発行された『トレック』三号においては、ラリー・タジリが再定住に関する報告を行い、収容所を退去することに抵抗をしている人もいるようだが、時間がたてばたつほど心理的にも肉体的にも適応が難しくなるので、できるだけ早めに収容所を出たほうが良いと述べている。この号には、ジム・ヤマダの短編「学生歌」（"Gaudeamus Igitur"）」も掲載されている。戦争直前の一九四一年、大学の卒業式に主人公のジョン・カトウはオークランドに住む父を招待した。母が亡くなった後、一人で暮らす父は息子の卒業を何よりも喜び、誇りに感じていた。だが卒業の喜びとは裏腹に、ジョンには将来の見通しがたたないという厳しい現実もある。卒業後の仕事が見つからないからである。日系人に対する差別が厳しくなる中で、若い二世が挫折と不安のなかで自身の行く末を案じている様子を作品はリアルに描いている。ヤマモトは、この短編でヤマダは「もっとも輝けるスター」になったとして評価している（Cheung, "*Seventeen*" 63）。

以上、簡単に『トレック』に依った作家たちを振り返った。先に検討した、ヤマモトが戦時中に書いたミステリー小説とあえて比較すると、物語の緊迫と興味、強制収容に対する日系二世の心理への洞察、収容所への批判を暗号的にひそかに描きこむ語りの方法など、さまざまな点でヤマモトは同時代の日系作家たちの群を抜いていたように思われる。

# 第5章　戦後——『ロサンゼルス・トリビューン』時代

## 1　黒人新聞『ロサンゼルス・トリビューン』の記者として

連邦最高裁により強制的な抑留は違憲だとの判決が出された後、一九四五年一月二日に立ち退き命令解除が正式に発効されると、強制収容所から解放された日系人の再定住が本格的に始まった。当初WRAは、分散的再定住政策によって、東海岸や中西部への再定住を勧めたが、多くの日系人は戦前に生活の基盤を置いていた西海岸地域への帰還を果たした。他の諸都市に比べて急速に多人種化が進んでいたロサンゼルスにも、多くの日系人が帰還し、戦後も最大の日系人居住地となった。

この再定住政策に従ってヤマモトも、一九四四年の六月にはポストン収容所を出て、マサチューセッツ州のスプリングフィールドでコックとして働いていた。しかし前章で触れたように、弟ジョニーの戦死でショックを受けた父の要請で、同年八月にふたたびポストンに弟二人とともに戻った（"Small," *LAT*, July 30, 1945: 14）。そして、翌年の一九四五年にはポストンを出て、ロサンゼルスで新たな生活をスタートさせた。

収容所から帰還したヤマモトは、当初はイースト・ロサンゼルスのエヴァグリーン・ホステル（Evergreen Hostel）で大勢の日系人とともに暮らしていたが、やがて新聞記者としての仕事を得て、ダウンタウン東のボイル・ハイツ（Boyle Heights）に家を見つけて新たな生活を始めた（"Small," *LAT*, July 16, 1945: 14, 25）。

日系人の再定住期は、ヤマモトが本格的な作家活動を始めた時期でもあり、彼女の作家としての出発点を探る上で重要である。[1] とりわけ注目したいのは、ヤマモトが一九四五年六月から約三年間、黒人系の週刊新聞『ロサンゼルス・トリビューン』（*Los Angeles Tribune*）の記者として働き、また、一九五三年からは二年間、非暴力による平和運動を進めていた「カトリック・ワーカー」（Catholic Worker）」のコミュニティに参加した経緯である。この二つの活動は、戦後のヤマモトがいかに日系社会の外に活動の場を求め、他人種との関係を積極的に繰り広げたかを如実に物語っている。キンコック・チャンがヤマモトの特質として、「多様な民族間の緊張関係や共感」（Cheung, Introduction xii-xiii）を描いている点をあげたのも、この時期の経験がヤマモトの創作に大きな影響を及ぼしたからだろう。

ただ、従来のヤマモト研究において、戦後の黒人新聞の記者としての経験や「カトリック・ワーカー」への参加がヤマモトに与えた影響については、近年検討もなされるようになったものの、まだ十分な議論がなされているとは言えない。そこで本書では、ヤマモトの『ロサンゼルス・トリビューン』時代を本章で、「カトリック・ワーカー」時代を次章の第六章で、それぞれやや詳しく振り返っていきたい。

ヤマモトは、一九四五年から三年間、『ロサンゼルス・トリビューン』の記者として働いていた時代に、この新聞の発行人や編集者から多くのことを学び、その後の自分に深い影響を与えたことを強調している（Cheung, "*Seventeen*" 64）。戦後のカリフォルニアは、アフリカ系やヒスパニック系などの人口が急増したことから、ヤマモトも複合的な人種関係が交錯するロサンゼルスで、新たな経験を重ねていった。黒人コミュニティで働き、黒人の置かれた厳しい現実を知らされることで、人種差別や偏見についてあらためて考える契機になった、ともヤマモトは後に述べている（Chueng, *Words* 364）。[2] その結果記者として、記事を書く仕事に加えて公民権運動や平和運動などにも参加し、積極的に社会活動に取り組んでいく。

『トリビューン』時代のヤマモトは、初めて黒人コミュニティで働くことで、日々どのようなことを考えていたのか、それは同紙で彼女が担当したコラム欄「スモール・トーク」に見ることができる。[3] これを読むと、共に周縁化された人種マイノリティとして、黒人への理解と共感を深める必要性を認識しながらも、それが決して容易ではないことを意識し、葛藤を深めていく様子がうかがわれる。「スモール・トーク」ではそうしたヤマモトの揺らぎも率直に示され、それらを検討することは、これまでとかく「フェミニスト的意識」が強調されてきた彼女の、より複雑な内面を明らかにする方向に通じるだろう。

一章から述べてきたように、ヤマモトは幼いころから他の人種や民族と触れあい、またそれらの人々との関係をさまざまな形で描いており、そのことが、日系家族や日系社会に題材を限定しがちな同世代の二世作家と異なった彼女の特質となってきたこともっとに指摘されている。[4] 本章では、『トリビューン』における「スモール・トーク」を検討することで、戦後のヤマモトの内面を辿りながら、日系社会の外に目を向け、他者との開かれた関係を求めたヤマモトの作家としての成長や変化に焦点を合わせたい。

ヤマモトのコラム欄の検討を始めるまえに、まず『トリビューン』について簡単に紹介しておこう。『トリビューン』は、ルーシャス・W・ローマックス（Lucius W. Lomax）によって発行された黒人週刊新聞で、一九四一年に発刊され、六〇年に廃刊となった。[5] 戦後期には「もっとも創造的に編集された新聞」と評価されていたという（Crow, Interview 76）。一面の新聞タイトルの横には「ジャーナリズムの鑑（"A Model of Journalism"）」という言葉も添えられていて、志の高い新聞であることをアピールしている。一九四六年には、優秀な黒人新聞雑誌に与えられる「ウィルキー・ジャーナリズム賞（Wilkie Journalism Awartd）」を受賞し、小規模ながら良質な紙面作りを目指す意気込みが伝わる新聞だった。

『トリビューン』の中心となるのは、黒人コミュニティの事件や状況を伝える記事であるが、黒人選手の活躍を伝えるスポーツ欄や新刊書評欄、読者からの投稿欄に加えて、アメリカ国内の黒人新聞やその他の新聞からの記事を紹介する「よそのコラムから（"From Other Columns"）」欄もあり、ローカルな話題だけではなく、広く多様な視点から記事が提供されていた。ヤマモトもコラムの担当に加えて、『シカゴ・ディフェンダー（*Chicago Defender*）』や『ブラック・ディスパッチ（*Black Dispatch*）』[6]のニュースをまとめるなど、「ありとあらゆることをした」（Crow, Interview 77）とのちに回想している。

新聞社は当時、ロサンゼルスの黒人たちのビジネスや音楽文化の中心をなしていたセントラル・アヴェニューにある「ダンバー・ホテル（Dunbar Hotel）」の中二階を占めていた。[7]ヤマモトも、当時のダンバー・ホテルが黒人社会の中心として活気のある場所だったことを後にエッセイで回想している。ロビーでは、毎日のようにホテルの黒人経営者とここに集まる黒人たちのあいだで活発な議論が交わされ、人種差別との戦いを続ける黒人たちの厳しい現実を彼女は目の当たりにする。黒人たちの「飽くことのない話題は、人種だった」ので、「黒人はそれ以外のことは話さないのではないかと思った」とヤマモトは後に述べている（Yamamoto, *Seventeen* 152）。

『トリビューン』が日系人記者を募集した背景には、戦時中のリトル・トーキョーの変化があった。一九四〇年代に軍需産業が盛んになったロサンゼルスには、仕事を求めて南部から大勢の黒人が移動してきたため、黒人人口が急増する。ロサンゼルスでは後にも触れるように有色人種の居住地域が限定されており、特に南部出身の黒人が住居を確保することは容易ではなく、そのため日系人が強制収容所に送り込まれた後のリトル・トーキョーに黒人が移り住みはじめ、やがて町の一角は「ブロンズヴィル（Bronzeville）」と名づけられ、「ロサンゼルスで最悪のスラム街と化した」（Nash 94）とされている。

収容所から解放された日系人がリトル・トーキョー／ブロンズヴィルに戻ってくるようになると、日系人と黒人の共存が始まる。[8]こうした状況にあって、『トリビューン』が日系人を雇った理由の一つは、日系社会との交流を求めて「共同新聞」のようなものを目指していたからではないかとヤマモトは述べている（Cheung, *Words* 264）。また日系人を雇うことで、日系人からの広告依頼や購読者が増えることを新聞社側が期待していたようだとも彼女は説明しているが（Cheung, "*Seventeen*" 64）、主要な理由は人種の交流であっただろう。というのも、新入りのヤマモトを紹介した『トリビューン』の記事を読むと、二三歳の日系二世を新スタッフに迎えたのは、「異人種間の関係を促進することが新聞社の最終目標であるからだ」と志を謳っているからだ（"Small," *LAT*, June 25, 1945: 3）。事実、この目標に従って、『トリビューン』では黒人のニュースだけではなく、戦後の日本の社会情勢や、収容後の日系人の問題などの記事も数多く見られるようになり、戻ってきた日系人に対する配慮が示されている。「時代に先んじていた」とヤマモトが評した（Chueng, *Words* 78）編集者のアルミーナ・デイヴィス（Almena Davis）の社説でも、黒人と日系人との関係がしばしば議論され、『トリビューン』が両人種の関係の促進に積極的だったことを裏づけている。「最初に強制収容に反対を表明したのは黒人新聞だった。戦後、リトル・トーキョーに日系人が戻ってきた時も歓迎した」（*LAT*, March 8, 1947: 2）と同紙は誇らしげに書いている。

ヤマモトは「創作について」で『トリビューン』の記者になった経緯を書いている。ロサンゼルスに戻ってきてまもなく、JACL（日系アメリカ市民協会）の機関紙である『パシッフィク・シチズン』に掲載された『トリビューン』の日系人スタッフの募集広告を見て、すぐ応募を決めたという。新聞社側は、募集の段階では日系男性を求めており、戦争前に『日系アメリカ・ミラー（*Japanese American Mirror*）』の発行人だったビーン・タケダ（Bean Takeda）も応募していたという。ヤマモトは、当初の募集条件に反して女性である自分が採用されたのは、「白人社会に生きる黒人知識人が抱くあらゆる複雑な思いを継承している」新聞社の雇い主たちが、ヤマモトに「似た物を感じ取ったからだ」と説明している（Cheung, "*Seventeen*" 64）。「あまりにもまともだった」（64）タケダとは異なって、特異な感性をもつヤマモトに、新聞社側は独自の才能を認めた違いない。ヤマモトが新人記者でありながらコラム欄を与えられたのも、そうした新聞社側の期待の表れだっただろう。[9]

## 2　日系人と黒人――『トリビューン』のコラム

『トリビューン』のコラムでも、ヤマモトが引き続き読書家で、幅広い読書をしていることが確認される。ヤマモトが『加州毎日』時代以来、一番好きな詩人というオマル・ハイヤームの詩集を読んだこと（"Small," *LAT*, September 24, 1945: 16）や、ヴァージニア・ウルフの『ジェイコブの部屋』を楽しんだことなど（"Small," *LAT*, February 1, 1947: 17）、多岐にわたる読書経験が報告されている。特に興味深いのは一九四五年八月六日、アントワーヌ・サン＝テグジュペリについて書いている文章である（"Small," *LAT*, August 6, 1945: 16）。カリフォルニアのオーシャンサイドからポストン収容所に向かう際に持参したのは、サン＝テグジュペリの『闘う操縦士』（英訳版は『アラスへの飛行（*Flight to Arras*）』）（1942）であったという。初めて読んだ作品であるが、「彼の魔法」に魅了され、彼には「崇高な何か」があると感じ、もっとも好きな作品となったとしている。偵察飛行を無事に終了した時に彼が「すべての人間は依存しあっている」ことや「人間それぞれすべての人間の罪を負っているし、その反対もある」ということを認識した点など、その人間論や文明論にヤマモトは感銘を受けたのだった。彼が飛行中に行方不明になって一年が経過したが、彼のような存在こそ今のフランスには必要なのではないかと結んでいる。ヒトラーの『我が闘争』に対する批判的考察を行ったサン＝テグジュペリの作品を、強制収容所に送りこまれる列車の中で読んだ点に、特異な状況でありながら冷静に自分を保とうとしていたヤマモトの強い意志がこのコラムを通して暗示されている。

公民権運動や平和主義に関心を抱くようになったヤマモトを反映して、『トリビューン』のコラムで取り上げる本も、次第に哲学や平和主義などの社会思想関連の読書が増えていく。ヤマモトは実存主義にも興味を持ち、ボーボワールもカミュも「人間の孤独」と「人生の空しさを指摘しているのだ」と綴り、ヨーロッパの新しい思潮を進んで学んでいた様子もうかがわれる（"Small," *LAT*, April 19, 1947: 10）。

『トリビューン』におけるヤマモトの初期のコラムは、戦争や日系人の状況についてのものも多くみられる。最初のコラムとなった四五年六月二五日付け「スモール・トーク」では、日中戦争時に小学生だった自分が、担任から「アメリカと日本のあいだで戦争が起きたらどうするか」というタイトルで作文を書くように求められて当惑した、という思い出を披露し、自分が生まれた国と両親の国との戦争に胸を痛めたと述べている。その作文では、日本の天皇あてに手紙を出して、戦争をやめてほしいと頼むつもりであると書いたという。一〇年後にそれを思い出して、笑うに笑えない状況ではあったが、今であれば次のように書くつもりだ、と言って、天皇への手紙を綴っている。まず、アリゾナの収容所から戻ってきたばかりだが、「今もなおかなり深刻な有刺鉄線病に苦しんでいる」として、収容所での三年間の生活からの回復にはまだ時間が必要だという実感を述べる。戦争について学んだことでもっとも重要なのは、「戦争は不要な悪である」という認識だという。人口抑制のためにも戦争が必要だとか、また人間が住んでいる限り戦争は必ず起きるものだとかいう人もいるが、このような意見こそ「戦争の原因を育くむものである」と批判して、平和主義に対するヤマモトの関心が、戦争を経た記者時代の初期から示されていることも確認される（"Small," *LAT*, June 25, 1945: 17, 24）。

　他方、戦後の日系人の状況についての報告も見られる。再定住を推進しているWRAを、日系の新聞『パシフィック・シチズン』などは評価し、今後にも期待を寄せているが、その期待はあまりにも楽天的すぎるのではないか、とヤマモトは警戒する。WRAも所詮は、他の市民サーヴィスと同じで、一生懸命に手を尽くしても状況が悪くなれば努力をやめて引き下がってしまうだろうと述べて、収容所に残る日系人の行く末に思いを馳せている（"Small," *LAT*, October 29, 1945: 21）。一〇月二二日のコラムでは、いまだ収容所にとどまっている日系人が一万八千人もおり、将来への不安から収容所を出たがらない日系人が少なくないことを伝え、また一一月一九日のコラムでは、収容所を出た後自殺した一世男性や、収容所から出ることをいまだに拒否し続けている日系家族もおり、戦後の日系人にとって、再定住が決して容易には進まなかった事情に持続的な関心を寄せている（"Small," *LAT*, October 22, 1945: 24; November 19, 1945: 24）。

　日系人を取り巻く状況は職業の面においても厳しく、四七年六月二一日の「スモール・トーク」では、収容所を出てニューヨークへ行ったヤマモトの友人が、仕事を得るのに苦労している様子が紹介される。その友人はウエイトレスの仕事を探したが、「日系人はお断り」と言われたこと、また仕事がほしければ中国系か韓国系になりすますように言われたことを手紙で伝えてよこし、日系人に対する偏見が戦後もなお根強く残っていることを報告している（"Small," *LAT*, June 21, 1947: 15）。

　日系人の再定住に関する問題に加えて、ヤマモトが繰り返し語っているのは、日系人の黒人に対する根強い差別と偏見である。戦後の日系人が黒人をはじめとする他の有色人種との関係をどのように捉え、実際にどのような関係を築いていったかという点については、今後の日系人研究においてもさらなる検討が必要だと思われるだけに、[10]「スモール・トーク」におけるヤマモトの考察は重要な資料でもある。

　特にヤマモトが憂慮していたのは、日系人の黒人に対する偏見である。黒人は「汚い」、「盗みやレイプをすることをヤマモトはあえて指摘している（"Small," *LAT*, 22 May, 1948: 6）。一九四七年八月三〇日のコラムでは、アリゾナ州ユマの基地から休暇で帰ってきた弟のジェモから、基地内でも黒人に偏見をもっている日系の兵士が多くいることを知らされ、思わず「姉が黒人の新聞社で記者をしていることも、恥ずかしくて言えないんじゃないの？」とジェモに尋ねたという。友人のチェダーは、さまざまな人種が働くレストランでアルバイトをしている。そこでは「黒人と白人」や「日系人と白人」との関係は穏やかなものであるが、「黒人と日系人の関係はまったく存在していない」という。一度、黒人と一緒に食事をしたら仲間の日系人にそのような行動は「日系人の格をおとしめる」ものであり、「日系人と白人との関係の進展を妨害する」とチェダーは非難されたという。ヤマモトはこのようなエピソードを通して、あらためて戦後の日系人の主流社会への同化志向と黒人に対する偏見を浮き彫りにしている（"Small," *LAT*, August 30, 1947 : 14）。

さらに一九四八年五月二二日のコラムでも、『パシフィック・シチズン』の編集長ラリー・タジリのように、JACL の活動や日系人が直面する諸問題について論じることを読者は自分に期待するかもしれないが、自分には黒人を差別する日系人の話のほうにより関心があると、冒頭でヤマモトは明言している（"Small," *LAT*, May 22, 1948: 16）。(11) というのも、黒人に対する日系人の偏見を、彼女はさまざまな形で身をもって体験し、それらを看過することはできないと感じているからである。

実際、リトル・トーキョーに戻ってきた日系人と黒人との関係は、ビジネス上の取引に限定され、それ以上の交流は日常的には見られなかったとされている（Yokota 65）。『トリビューン』でも、黒人と日系人の関係が好ましいものではないこと、その方策を講じるための会合が開かれたことなども報告されている。たとえば一九四七年三月八日の同紙には、黒人と日系人の関係を改善するための会議がリトル・トーキョーで開かれたが、成果はなかったと報告され、両者の関係がなかなか進展しなかったことが示されている。
オキヒロは、日系人が黒人との関係に消極的だったのは、黒人と関係することによって、黒人に対する差別が自分たちに及ぶことを恐れていたからであると説明している（Okihiro, *Margins* 59）。戦後のロサンゼルスにおいては、日系人に対するより黒人に対する差別が激化したので、[12]その結果差別を恐れる日系人は黒人とのあいだに意識的に距離を置いたと考えられ、そうした事情も、両人種の関係を疎遠にした原因の一つだっただろう。

またスコット・クラシゲは、日系人と黒人との関係が改善されなかったのは、「統合（integration）」を巡る日系人と黒人の認識に差異があったからだろうと指摘している。黒人にとって「統合」は、「白人優位」の主流社会に対する闘いを目指す上で重要な要素であったのに対して、強制収容への衝撃から、戦後の日系人にとって「統合」とは主流社会への同化を意味していた。このような同化志向を黒人が理解するのは容易ではなかったとクラシゲは論じ、日系人と黒人との歴史的体験の差異が戦後のリトル・トーキョーにおいて見いだされたと述べている（Kurashige, Scott 177-78）。

以上のような黒人に対する日系人の偏見や警戒心などから判断すると、戦後のヤマモトが黒人コミュニティで働くことを選んだ選択自体が、当時の日系社会の規範から大きく逸脱したものであることがわかる。しかもヤマモトは、記者としての仕事に加え、CORE（Congress of Racial Equality 人種平等会議）という公民権運動の組織にも積極的に参加していた。これは一九四二年にシカゴで設立され、ガンジーの影響のもと非暴力による公民権運動や平和運動を進めた組織である。[13]ヤマモトは、ワカコ・ヤマウチや二世のアクティヴィストらとともにこの支部をロサンゼルスに設立して、一九四七年から四八年にかけ、デパートのランチや市内プールの人種隔離に反対して座り込みやデモを行った（Robinson, *After* 65）。このような活動も、人種隔離の状況におかれた黒人との境界を越えた理解や共感をヤマモトが求めてのことに違いない。ヤマモトの『ロサンゼルス・トリビューン』記者への道は、人種間の境界への挑戦でもあったと言えよう。

「スモール・トーク」を読むと、ヤマモトが主流社会への同化を求める大方の日系人とはことなり、黒人や日系、ユダヤ系、メキシコ系など多様な人種が住むロサンゼルスで、他の人種との交流を積極的に求め、人種間の融和に向けて期待も寄せていた様子が繰り返し示されている。一九四五年一〇月一日の「スモール・トーク」においては、リトル・トーキョーの人種関係、特に黒人と日系人との関係は最悪であると書いたサミー・イシカワ（Sammy Ishikawa）の報告書にヤマモトは反論を展開している。イシカワの報告では黒人は日系人の強制収容所からの帰還を歓迎していないと指摘しているが、黒人の多くは生活に追われていて余裕もなく、ただ日系人に無関心なだけだ。リトル・トーキョーから黒人を追放したいと考えているのはむしろ日系人のほうではないか、とヤマモトは反撃する。「日系人の経営者たちや、以前リトル・トーキョーに住んでいた住民たちは、黒人を追い出すつもりでリトル・トーキョーに戻ってきていることを恥ずかしながら認めざるをえない」（"Small," *LAT*, October 10, 1945: 12）。これに続けてヤマモトは、人種間の対立を即刻解決するのは困難かもしれないが、重要なことは、「他のマイノリティの人々と触れ合う時には、肌の色や信仰などへの偏見から生じる優越感や軽蔑などから自由でなければならない」と主張する。加えてヤマモト一家もロサンゼルスに帰還後、ようやくメキシコ系が多くすむ地区（ボイル・ハイツ）に住まいを得たこと、父も黒人コミュニティで働きはじめ、弟のユーキやジェモもスポーツや仕事を通してさまざまな人種・民族との交流を日常的に楽しんでいることを報告し、家族の様子を生き生きと描き出している。このような日常生活の変化を通して、ロサンゼルスにおけるマイノリティ間の関係の発展に希望を託しながら、ヤマモトが新たな生活を始めたことがうかがわれる。

デイヴィッド・J・オブライアンらの研究によると、戦後日系人は急速に同化を進め、アメリカ的価値観を受容しながらも、一方で日系人同士の絆を重視し、さまざまな文化活動をおこなう二世を中心とした組織が活発化したという（O'Brien and Fujita 93）。このような組織は、日系人同士の関係を再生するうえで重要な役割を果たしたが、他の人種や民族との交流を視野に入れたものではなかった。当時の『羅府新報』などでも、二世がほかのマイノリティに関心を持たないこと（*RS*, July 23, 1947）や、大学内のさまざまな団体に二世が参加しようとしない傾向（*RS*, September 2, 1948）などが指摘されている。[14] 以上のような戦後の二世の状況を考えると、黒人コミュニティで働くことを選んだヤマモトが、戦後の日系人としていかに稀有な存在だったかが了解されよう。[15]

## 3　親近感と違和感

しかし、ここでさらに注目しなければならないのは、黒人に対する日系人の偏見を批判し、黒人への共感と理解を示しながらも、一方でヤマモトが、記者としての経験を深めるにつれて、黒人に対する距離をも次第に意識していく過程である。そのことはまず、しばしばヤマモトが人種差別について語ることに疲労感を訴えるようになった点に認められる。一例をあげると、一九四六年四月一三日の「スモール・トーク」では、『トリビューン』の記者として九ヶ月が経過したが、黒人の持つ強烈な人種意識をどのように受けとめればよいのか揺らぎはじめている、と書いている。大勢の黒人を生まれてはじめて知るようになり、今や白人と知り合うほうが珍しくなった。黒人の言葉やジャズなども身近になったが、「黒人の心のパレットは黒と白しかなく、その現実に本気で取り組むと本当に辛い」(“Small,” *LAT*, April 13, 1946: 8) とヤマモトは嘆く。

このようなヤマモトの嘆きには、アメリカの人種編成において アジア系が不可視化されてきた歴史が関わっている。オキヒロは「アメリカの人種形成が黒人と白人の問題に二極化されてきたなかで、アジア系は周縁化された」(Okihiro, *Margins* xi) ため、「黒人と白人だけを見ることによって白人は、アジア系やインディアン、ラティーノを不可視化し、二極の間にあるスペクトラムの濃淡や複雑さを無視している」(62) と指摘している。黒人たちのあいだで交わされる議論を聞きながら、ヤマモトが疎外感を感じたのも、白人/黒人という二分法に基づく対立関係から取り残された日系人の状況を反映していると理解することができる。

ヤマモトは、アメリカ社会における日系人の位置を実感した出来事を、四七年一月二五日のコラムで語っている。父のいるポストン収容所に再定住先から戻るバスが停車した南部の町で、トイレが有色人用または白人用と書かれていることを知ったヤマモトは、どちらを選べばよいか逡巡する。非難されることを覚悟して白人用に入ってみたが何事も起きなかった。掃除をしていた黒人女性から軽蔑されるのではと覚悟もしたが、ヤマモトがトイレを出るときは彼女のほうが後ずさりをしただけであったと述べて、自身の曖昧な位置を意識させられて居心地の悪い思いをした経験を打ち明けている。白人対黒人と二分化されているアメリカの人種構成において、アジア系としての曖昧な位置をここでヤマモトは実感している (“Small,” *LAT*, January 25, 1947: 15)。[16]

さらに、ヤマモトが黒人の強烈な人種意識に覚える違和感は、四七年一月四日のコラムでも再び取り上げられる。ミディ(編集者のアルミーナ・デイヴィスのこと) は、ふだんは「人間の違いは個性の違いにある」と言っているのだが、こと黒人のミュージシャンの話になると「黒人の魅力をたたえ」、「白人のミュージシャンにはない情熱的な要素」があると言い放って、ミディも冷静ではなくなる。ヤマモトがある歌手のことをほめたとき、その歌手が白人であることがわかると、「時代遅れで、野暮ったい」と悪口を言いはじめた、とヤマモトは書いて、ミディの矛盾を皮肉っている（"Small," *LAT*, January 4, 1947: 11）。このように、黒人たちはとかく「黒人」という人種カテゴリーに基づく差異を強調する本質主義的な人種アイデンティティに執着しており、それに対するヤマモトの抵抗が、このコラムでは示されている。

人種やエスニシティを本質主義的に捉えることへの抵抗は、四八年五月一日のコラムでも認められる。ヤマモトはここで、「私は名前を変えた」というエッセイを取り上げている。エッセイの筆者はユダヤ人であることを隠すために偽名を用いるようになって、生活が快適になったという。だがヤマモトは、偽名はユダヤ人を差別するアメリカ社会に対する作者の自己防衛かもしれないが、それは、「浅薄な行為」であると批判する。さらに、「私は自分の名前を守った」という別のエッセイを取りあげて、宗教、国籍などはそれ自体「実体」をもつものではなく、「口紅やコートのように着たり、脱いだりするものである」という筆者の見解にヤマモトも賛同したと述べ、このエッセイを「もっとも現実的で美しいものである」と評価している（"Small," *LAT*, May 1, 1948: 20）。

このようなヤマモトの黒人に対する違和感は、当然のことながら、人種上の境界を乗り越えることの難しさを彼女が実感する要因ともなった。一九四六年一二月二一日の「スモール・トーク」では、友人が編集しているハワイの雑誌に『トリビューン』での経験を書くように求められたが、それは自分にはできないと答えたという。ハワイにおける反黒人感情を鎮静化するためにも、ヤマモトの経験を書いてほしいと要請する友人の趣旨はよくわかるのだが、しかし「私には邪悪な私もいて」「すべての人間を憎んでいるし、憎悪で穢れてしまっているのだ」とヤマモトは述べ、友人の期待に沿うようなものは自分には書けないと説明する。『トリビューン』で学んだことは「すべてとは言わないまでもほとんどの白人、いやただ白人というのではなく、黒人ではないすべての人々は、白人社会の中で黒人であることが何を意味するのかわからないだろうということだった」と書き、他者、とりわけ社会的弱者を理解することの難しさを告白している（"Small," *LAT*, December 21, 1946: 26）。白人、黄色人種、黒人という三つのヴェールを通して社会を見るようになったヤマモトが、複合的な人種・民族関係の中での日系人としての複雑な位置を、あらためて認識するようになったことを、このコラムは示しているだろう。

## 4　デイヴィスとの論争——非暴力平和主義

黒人に対するヤマモトの距離感をさらに深めたのは、編集者デイヴィスとの論争だった。一九四六年九月一四日の論説「日系人と黒人の関係は本当に最悪だ、サイ（ヤマモトのあだ名）（"Japanese-Negro Relations Do Stink, Si"）」で、デイヴィスは黒人との関係の促進に消極的な日系人を厳しく批判している。日系人、特にビジネスをしている男たちは黒人を軽蔑している。リトル・トーキョー内の黒人と日系人との関係は、当初予測されたほど「血なまぐさい争いの兆し」が見られるわけではないが、両人種間の亀裂は一年前より広がっている、とデイヴィスは指摘する。日系人が黒人を暖かく受け入れないのは、日系人のほうに非がある。日系人がリトル・トーキョーに戻ってきたころ、黒人側は日系人に雇用を提供しようとしても拒否された。また、人種偏見に共同で抵抗すべく、黒人の組織に日系人の参加を求めたが、反応は冷ややかだった。そもそも日系人の性格は、「三〇〇年ものあいだ言葉に表せない仕打ちをうけてきた」黒人には不可解である。日系人もメキシコ系のように「人種的、国家的伝統」から脱するべきであろう。確かにヤマモ

●ヤマモトとデイヴィス

トの弟のように、メキシコ系の若者のあいだで流行していたパチュコ・スタイルを取り入れ、文化変容を遂げている若い世代もいるが、移民世代や年長の二世はそうではない。日系人は抑圧に対する黒人の「激しい反応」に驚いているようだ。日本人はアメリカでの歴史が浅いので多くのものを望むことはなかったし、不満もそれほどではなかったからだ。しかし、「自分たち黒人はアメリカで長く暮らしてきたので、多くを望むし、要求も執拗にして、いつも岩の壁に頭を激しくぶつけているのだ」と述べて、デイヴィスは差別と偏見に抗してきた黒人の歴史を強調する。このような黒人の現実を理解していないために、日系人は軽蔑とは言わないまでも黒人に対して思いやりを持つことができないのだ、とデイヴィスは結論づけている（*LAT*, September 14, 1946: 12）。(17)

一方、同日のコラムでヤマモトは、デイヴィスの批判に答えている。ミス・D（デイヴィスのこと）は日ごろから日系人の冷たさを感じ取っているようだが、それは彼女が「人種に関して神経過敏である」証拠でもあると思うとまずヤマモトは述べる。しかも、日系人と黒人の関係が進展しないことに関して、ヤマモト自身に責任があるかのように言うのは不愉快であると書き、デイヴィスがヤマモトをまるで日系人の代表であるかのように捉え、同じ日系人と言ってもさまざまな個人的差異があることを認めない点に不満を抱いている。ミス・Dは黒人と日系人との関係は最悪だというが、弟のユーキに聞くとリトル・トーキョーでは黒人と日系人が一緒に遊んでおり、交流があるというではないか。

ただし、先述したように、日系人が白人との関係のみを重視し、他のマイノリティとの関係については冷淡であることを、ヤマモトも感じていないわけではなかった。JACL（日系アメリカ市民協会）が主催する、二世の帰還兵を表彰し「戦争中に援助をしてくれた白人の友人に感謝する夕食会」への招待状をあらためて読み返してみると、黒人やメキシコ系、フィリピン系、中国系などさまざまな人種が住むコミュニティで、日系人と白人だけの会合をもつことは排他的だと感じて不快になり、その招待状をゴミ箱に捨てたと述べ、ヤマモトが他の日系人とは一線を画していることを明示する。また、ユーキのメキシコ系の友人が、日系兵士は素晴らしかったが、黒人兵士は最悪だと言っていたと聞くとヤマモトは、その友人に何も言い返さなかったユーキに対して怒りを覚えると同時に、思わずその友人を蹴ってやりたい衝動に駆られたが、「いつか本物の平和主義者になりたい」と思っているので、けっきょく自分の中の怒りを抑制してしまったという（"Small," *LAT*, September 14, 1946: 13）。

このようにヤマモトは、黒人に対する差別や偏見への怒りを強調するのに精一杯で、日系人と黒人の関係が改善されないことにいらだっているデイヴィスから仕掛けられた論争に対して、どうしたらいいか明確な答えを出さないまま、中途半端にコラムを終えてしまう。支配社会の抑圧に抗してきた長い歴史を背景に、黒人としての人種アイデンティティを重視するデイヴィスから見れば、他の日系人との差異を指摘するだけに留まっているヤマモトのコラムは、日系人と黒人との関係の改善を強く求めるデイヴィスへの応答として十分なものとは言い難かった。

さらにヤマモトとデイヴィスとの論争は、COREの活動をめぐっても行われる。先述したように、COREは平和主義を理念に掲げ、非暴力による直接行動と人種を超えた組織作りを実践していた点に特色があった。もともと『トリビューン』の記者になった初期のころから、「スモール・トーク」においてヤマモトはたびたび平和主義を話題にしており、COREの思想や運動に深い関心を寄せていた。一九四五年八月一三日のコラムでは、通信教育を受けながら平和主義について学んでいることや、かつては、「最悪の主戦論者」であったが、「平和主義を知ることによって他はたいしたものではないことがわかった」と述べてもいる（"Small," *LAT*, August 13, 1945: 12）。翌週の「スモール・トーク」では、自分が戦争に反対する唯一の根拠は「感情」であったとして（"Small," *LAT*, August20, 1945: 14）、弟のジョニーのイタリアでの戦死が平和主義に目覚めるに至った最大の契機だった事情をうかがわせている。この日のコラムでも、平和主義に関する本や雑誌を取り寄せてその思想を学んでいる様子が報告されている。こうしてヤマモトは、キリスト教的非暴力主義を掲げて公民権運動を進めていたCOREに共感を覚え、活動に参加するようになる。

ヤマモトはコラムで、COREの運動に参加したことを進んで報告している。一九四七年七月五日のコラムでは、黒人の入店を拒否するブロックズ・ティールーム（Bullock's Tearoom）に対する抗議運動に参加し、同年七月二六日にも三度目の座り込みに参加したと書かれている。[18]「異人種間のランチョン」をブロックズ・ティールームで実現したいというCOREの要請が受け入れられず膠着状態にあるあいだ、ヤマモト自身も無力な自分に苛立ちを感じて「このころ、私の自己評価が数段、低くなっていることを認めざる得ない。そのことが本当に一番の問題の核心になりつつある」と悩みを打ち明けている（"Small," *LAT*, July 26, 1947: 19）。八月一六日のコラムでは、四回目の座り込みでようやく店側が要求を受け入れ、黒人にも給仕するようになったと報告している（"Small," *LAT*, August 16, 1947: 19）。このようなヤマモトの活動は、彼女が平和主義の立場から人種差別に抗していくCOREの戦略に意義を見いだすようになったことを示している。

しかし一方でデイヴィスは、四七年一月二五日の論説「人間それともネズミ？（"Men or Mice?"）」においてCOREを手厳しく批判し、袂を分かつべきときが来たと宣言している。COREの方針である「静かな抵抗」

は賠償の請求もせずに「屈辱と傷とを我慢せよ」と言っているようなものであり、黒人を動かす抵抗運動にはなりえないとデイヴィスは断言する（*LAT*, January 25, 1947: 14）。デイヴィスの考え方は、言うまでもなく、公民権運動を通じて高まりつつあった全米規模の抗議活動の方向性に合致していた。

両者のCOREをめぐる対立は、一九四八年六月二六日のヤマモトのコラムによってさらに激化する。黒人やアジア系など有色人種の入場を禁止しているロサンゼルスの「ビミニ浴場（Bimini Baths）」で「異人種間水泳大会」を企画したCOREの抗議活動に関するヤマモトの報告を、デイヴィスが「ぼやけていて」「お粗末な」ものであると批判したうえ、「新聞売り場で人目をひくために」ヤマモトの報告に修正を加え、あたかも警察官がCOREのメンバーを銃で脅迫したかのように「でっちあげた」ことをヤマモトは非難している。[19] デイヴィスのやり方は、ゴシップを否定し「事実を包み隠すことなく、ありのままに伝える」という『トリビューン』本来の編集方針に反するものだからである。さらにヤマモトは、「非暴力による直接行動は不正に抵抗するのに現在の段階でもっとも優れていて、現実的な方法である」であると主張し、これは長い模索を経て獲得した自分自身の信念でもあるとしている（"Small," *LAT*, June 26, 1948: 6,18）。

以上のようなデイヴィスとヤマモトの論争を通じて明らかにされるのは、人種差別に対する抵抗運動の戦略の相違である。あくまでも白人との対立を前提として激しい抵抗運動を求めるデイヴィスから見れば、対立よりも和解と協調に基づく平和的な解決を求めるCOREを支持するヤマモトの立場は、理想主義的で楽天的なものとして映ったことだろう。このような両者の対立には、先の論説でデイヴィスも指摘していたように、人種マイノリティとしての黒人と日系人の歴史の違いが反映されている。それに加えて、すでに述べたように、白人／黒人という二分化された人種編成の中でアジア系が占める中間的な位置も、差別や偏見に対する黒人の意識との差異をもたらした要因だろう。さらに強制収容によって、ナガタの言う「二級市民」

の烙印をおされた日系人にとってみれば、戦後間もない時期に権力に抗して闘うことを本能的に恐れたという状況も見逃せない。

『トリビューン』時代の最後の年に、ヤマモトは平和運動に積極的に参加するようになる。四八年二月二八日のコラムでは、良心的徴兵忌避者の刑務所からの解放を求める「友和会（FOR =Fellowship of Reconciliation）」のピケに参加したことが書かれている。弟のジェモは、「戦争のない世界は不可能だ」と思っているので、自分がまた「不毛なプロジェクト」に参加することに反対したが、自分は「張り切り屋」なので参加を決めたと意気込みを述べている（"Small," *LAT*, February 28, 1948: 8）。

だが、こうした平和運動への参加は、黒人との距離を広げる結果をもたらした。たとえば四八年五月二二日のコラムでは、平和運動を黒人に理解してもらうことの難しさを再び痛感している。CORE主催の講演会のビラを配布するように頼まれたが「平和より人種を優先する」黒人は、「白人と平等に闘うことが出来るなら、アメリカが必要と認めたどんな戦争にも参加するだろう」として、「黒人としてより大きな問題との戦いに取り組みたい。その後であれば、人間として平和をもとめて戦おう」と言う。だが、果たして差別の問題を優先させることで「世界の非武装という問題」を曖昧にしてしまってよいのだろうか、とヤマモトは考える。もっとも、黒人に「ジム・クロウ法より兵役忌避を優先すべきであると説く自分とは一体なにものなのか」と自らに問いかけてもいる（"Small," *LAT*, May 22, 1948: 16, 20）。自身の平和主義者としての立場が鮮明になればなるほど、黒人との距離がいっそう深まっていくことを実感しているのだ。

このような黒人への共感と距離感という二重の感情を抱えたまま、ヤマモトのコラムは四八年七月二四日のものが最後になる。『トリビューン』でのヤマモトの最後の仕事は、同年九月一八日の「新刊読書」欄での書評だった。

ではその後、ヤマモトは人種をめぐる自身の葛藤をどのように解消しようとしたのだろうか。そしてそれは後の創作活動にどのように反映されているのだろうか。ヤマモトの記者時代の経験をもとに書かれた二つの作品を順に検討して、戦後のヤマモトの歩みにさらに接近していきたい。

## 5 「ハイヒールシューズ――回想」――作家としてのデビュー

ヤマモトが『トリビューン』を辞めた直後に書かれた最初の作品は『パーティザン・レヴュー』一九四八年一〇月号に掲載された「ハイヒールシューズ――回想（"The High-Heeled Shoes, A Memoir"）」で、ヤマモトのデビュー作となった。『パーティザン・レヴュー』はラディカリズムと文学との融合を理念に掲げた政治的文芸誌として評価されており、ヤマモトのような無名の日系作家の作品が掲載されたのは、当時としては画期的な事だったと思われる。[20] とかく「自己充足的な」（Tajiri, Larry, Nisei 4）二世文学の枠を脱して、日系作家としての新しい方向性を模索していたヤマモトの試みが評価されたことを、この登用は示すだろう。

この作品について逆説的に興味深い点は、ヤマモトが『トリビューン』を辞めた直後に書いた最初の作品でありながら、記者としての経験を反映している箇所はごくわずかで、テーマにも人種問題は反映されていない、という点である。語り手が正体不明の男から受けた不快な電話や、友人が性的暴行を受ける危機に立たされた出来事や、ハイヒールを履いた全裸の男を見たときの衝撃など、ジェンダーやセクシュアリティの観点からここではエピソードが連なっており、他方語り手のエスニシティは最初から曖昧で、ようやく最後になって日系人であることが明らかにされるだけである。友人を襲った男や、語り手に衝撃を与えたハイヒールの男についても、人種は明記されていない。先に述べたように、黒人への両義的な思いを解消できないまま『トリビューン』を辞めたヤマモトは、この作品ではあえて人種関係や差別の問題を回避しているようにも思われる。

こうした事情から、従来のヤマモト研究では、「ハイヒールシューズ」は、「働く若い女性の恐怖感を鋭くかつ知的に伝える」物語として（Rolf 92）、または「セクシュアル・ハラスメントについて描かれた小品」（Cheung, Introduction xi）として位置づけられ、女性へのハラスメントを一般的に描いたものとして読まれてきた。しかし、『トリビューン』記者時代のヤマモトの葛藤を踏まえてあらためてこの作品を読むと、他者との開かれた関係を求めた戦後の彼女の模索が投影された作品でもあることもまた了解される。というのも、この作品が彼女としては珍しく一人称で書かれ、物語というよりは語り手の心理や感想を披瀝した自伝的エッセイに近いものである点や、友人夫妻であるワカコとチェスター[21]や、近所に住む子供マーガリータなど、コラムでおなじみの人物たちが実名で登場し、戦後のヤマモト自身の状況をさまざまに反映している点に、彼女の率直な自己投影を認めることができるからである。そこで以下、『トリビューン』時代のヤマモトの経験を踏まえながら、「ハイヒールシューズ」の再読を試みてみよう。

この作品は、語り手のある一日の出来事を中心に、語り手を取り巻く社会状況を描いている。語られるのは、主として三つの出来事である。まず第一は、語り手がトニーと名乗る男から電話を受けた出来事で、それが性的嫌がらせの電話であることに気がつき、語り手は怒りをこめて電話を切る。この電話で語り手が思い出したのが第二の出来事、友人のメアリーが痴漢に襲われた事件である。[22] 勤務先に向かう途中でメアリーは、背後から襲われてレイプの危機に見舞われた。これらの出来事を通じて、ヤマモトは女性への暴力が日常生活の中にさまざまな形でひそむこと、すなわちジェンダー化された社会における女性の周縁性を描き出している。

劇場に行けば、体をさわってくる男がいた。電車に乗れば、腿を執拗にくっつける男がいた。黄昏時に霧雨の降る道で、後をつけてきた男が不意にレインコードの下に手を入れることに成功した後、勝ち誇ったようににやりと笑って、足早に去っていったこともあった。(Yamamoto, *Seventeen* 4)

「ハイヒールシューズ」が書かれた一九四〇年代後半のアメリカでは、まだセクシュアル・ハラスメントという言葉自体が存在していなかった(Douglas 198)。セクシュアル・ハラスメントやレイプが、性差別の一形態であるという認識に基づき、私的な問題とみなされていた問題を「公的、かつ組織的な問題に変貌させ、アメリカでは徐々に法制化が進むところとなった」のは、フェミニズム運動以後の一九七〇年代に入ってからだった(ハム 二九八)。こうした状況を考慮すると、女性に対する暴力を性差別として捉え、女性全体に関わる問題として捉えている点に、まずヤマモトの先見性を認めることができるだろう。

しかし「ハイヒールシューズ」で重要なのは、ヤマモトのフェミニズムに通ずる先見性だけではない。ヤマモトは、戦争中の強制収容や戦後の日系人差別について直接触れてはいないものの、メアリーの事件や嫌がらせの電話を通して、戦後の日系人の周縁性や閉塞感を示唆しているように思われるからだ。それを端的に示すのが、メアリーに対する警察の対応である。メアリーは、職場の同僚から「警察への通報は全女性の義務であると説得されて」(Yamamoto, *Seventeen* 3)警察に被害を届けに行く。しかし警官は真剣にメアリーの訴えに耳をかさず、「愉快そうだった」。しかも、メアリーが話しを終えて警察を去るとき、警官は「クスクス笑っていた」(3)とも書かれ、メアリーの事件にまともに取り合おうとしない警察の姿勢が強調される。

ところが、メアリー本人の訴えには誠実に対応しなかったにもかかわらず、メアリーの上司にあたる男性からの要請に警官は即座に反応し、事情を聞くためにメアリーを訪ねてきて、早朝のパトロールを約束する。ただしメアリーは「数回、ビクビクしながら早朝に歩いてみたが、パトロールを見かけることはなかった」(3)。結局メアリーは、早朝に出かけるときはタクシーを使い、自衛手段をとらざるをえなくなり、行動にも制約が出てしまった。

メアリーのような若い女性の訴えに真摯に対応しようとしない警察をアイロニカルに描くことで、警察、ひいてはその背後にある国家権力に対する不信感を、こうしたエピソードを通してヤマモトは示唆している。そうだとすると、人種差別によって周縁化され、異議申し立ての機会もないまま強制的な立ち退き命令に応じなければならなかった、戦争中の日系人の状況が、メアリーと警察との関係には重なり合う。したがって「ハイヒールシューズ」には、キャンディス・チューが指摘するように、「強制収容のロジックに対する強烈な批判」(Chuh 76) が、ふたたび巧妙に、暗号的に隠されていると捉えることも可能だろう。[23]

さらに、冷戦初期のアメリカの時代的背景に即して「ハイヒールシューズ」を読み直すと、ヤマモトが戦後のアメリカにおける支配的言説との距離感、それに取り込まれることへの抵抗を表現している点も見逃せない。たとえば第三の出来事、ハイヒールを履いた男に対する語り手の反応を見てみよう。語り手はこの男との遭遇が「メアリーの一件よりも尾をひいた」とし、「これまで私に起きた出来事でいかなるものも、これに立ち向かう術を教えてはくれなかった」(Yamamoto, *Seventeen* 3) と述べて、深い衝撃を受けたことを打ち明けている。

第二次大戦後から一九五〇年代にかけて、アメリカではセクシュアリティについて多くが語られるようになった。「ハイヒールシューズ」が書かれた一九四八年には、アルフレッド・キンゼイによる『男性の性行動（*Sexual Behavior in the Human Male*）』がベストセラーになっている。ジョージ・ダグラスによると、それまでのアメリカでは性について語ることはタブーだったので、当時キンゼイの報告書は衝撃的なものでもあった（Douglas, 162）。

語り手自身も、フロイトやクラフト＝エビン（Krafft-Ebing）、ハヴェロック・エリスなど代表的な性科学者の本を読んでみた。だが、黒のハイヒールを履いた裸の男について説明できる言葉を見つけることはできなかった。「読書は読書にすぎず、話は話にすぎず、思考は思考に過ぎず、現実とは異なっているのだ」（Yamamoto, *Seventeen* 4）と語り手は述べて、流行の絶頂にあった科学や知識の絶対性を否定する。

また、一九四〇年代末のアメリカでは、冷戦イデオロギーによる「封じ込めの文化」が支配的になりつつあった。この時期のセクシュアリティをめぐる言説にもそれは反映され、結婚や生殖に向かわないセクシュアリティは、正常から逸脱した病であり、社会秩序を乱すものと見なされ、話題にすること自体がタブーでもあったとされている（Douglas,162; De Hart,133-34）。アメリカの精神医学会が同性愛を治療の対象から外し、正常な発達と位置付けるようになったのは一九七三年のことだった。このような状況下で、語り手はハイヒールを履いた全裸の男に衝撃を受けながらも、男を当時の支配的言説に従って、単に異常な性的逸脱者として捉えるのでなく、その男のセクシュアリティについて説明する方策をあくまでも探ろうとしている。

こうした模索は、冒頭の嫌がらせの電話をしてきた男トニーについても同様に行われる。トニーの行為を単に非難するだけではなく、「女性の名前を求めて、電話帳を手早くめくる衝動を知っている男にとって、夜も昼も確実に荒涼たるものであるに違いない」（Yamamoto, *Seventeen* 6）と考え、そのような「とてつもなく暗い病」（6）を生み出している社会にこそ問題があるのではないかと語り手は感じている。このような語り手の述懐に、セクシュアリティを正常と異端とに二分化する当時の「封じ込め文化」への抵抗を認めることができるだろう。したがって「ハイヒールシューズ」は、嫌がらせ電話やメリーの事件を通して、それらの出来事が単に個人的な事件であるにとどまらないことをヤマモトは暗示している。すなわちマギー・ハムが定義したように、セクシュアル・ハラスメントとは「社会全体に広がる権力と無力の構造がもたらす徴候」（ハム 二六八）であることをヤマモトは見ぬき、社会の支配的言説と風潮から排除された周縁の人々に眼差しを向けていたことを告げていると言えるだろう。

さらに「ハイヒールシューズ」には、強制収容を経た日系二世の新たな主体形成に向けての模索が見いだされる。というのも、語り手はトニーからの電話やメアリーの事件の背景にあるものを尋ね、どのように対応すべきかを探る過程で、平和主義者のガンジーならどう対応するかを考えはじめるからである。平和運動に接近していた当時のヤマモトの自画像らしく、語り手はガンジーこそ「このような出来事について語るように求められる人々のなかで唯一、非難されることのない権威者」（Yamamoto, *Seventeen* 5）であると尊敬している。しかし、「女が悪漢に襲われたとき、どうすべきでしょうか」と尋ねられたガンジーが以下のように答えたことを思い出す。

私は暴力に対してはなんの準備もしません。最高の勇気を得るためには、すべての準備は非暴力に向けられなければなりません。暴力が許されるとすれば、せいぜいそれは臆病であるよりはましだという点だけであります。従って、私が逃げるための ボートを準備することはないでしょう……（5）

最初この言葉を読んだときに、語り手はガンジーの言葉を理解できたが、メアリーの事件後やハイヒールの男を経たあとは、その言葉を「冴えないものであると感じた」（5）と率直に語る。女性への暴力に対して、ガンジーは「明確な例を与える代わりに曖昧な言葉を与えただけだった。至るところに見られる女性特有の恐怖に直面して、ガンジーは失敗者だった」(5)と語り手は感じるのだ。

結局、ガンジーはガンジーであり、老人であり、それ以上に死んだ人だった。一方、私は若い女であり、ともかく生きているのだ。私には平和主義者にふさわしい対応を思いつくことはできなかったし、この種の危機に際して、平和主義者として対応することの有効性に疑問も覚えていた。(5-6)

語り手は、ガンジーを尊敬しながらも、そのジェンダー規範に対しては疑義を呈し、ガンジーに欠落していたものを明らかにしている。このようにヤマモトの語り手は、平和主義者としてのガンジーを「道徳的権威」として位置づけながらも、ガンジーを神聖視し、無条件に肯定しているわけではない。(24) けっきょく語り手は、三つの出来事をどのように理解し、どのように対応すべきか、さまざまに揺らぎながらも、最終的な答えを見いだせないまま語りを終えている。出口のないアポリアに突き当たり、揺らぐ語り手に、戦後のアメリカ社会で新たな出発を始めた日系二世が社会的、文化的境界を意識しながら、それをどのように乗り越えればよいか、あるいは自らをどのように位置づければよいのか、模索していた状況がそのまま投影されていると言えるだろう。

こうしてヤマモトは、語り手の問いに対する答えを提示しないまま作品を終わらせているが、最後の場面で語り手を支えるものとして、コミュニティの存在を示唆している点には注意しておく必要があるだろう。暗澹たる気持ちになって閉塞感を覚えている語り手に、叔母のミネから電話が入る。おにぎりや散らし寿司、刺身などの夕食を夫妻で届けてくれるという申し出を受けた語り手は、叔母の優しさに感激し、自分でも恥ずかしくなるほど感謝の意を伝える。このような語り手の反応を通して、戦争で崩壊した日系社会が再生されつつあること、そしてそれが語り手の日常生活においても重要な役割を果たしていることが示される。エリザベス・ウィーラーは、戦後のヤマモトには「コミュニティにたいする想像上の願望」（Wheeler 79）が見られると指摘したが、「ハイヒールシューズ」には早くもそのようなヤマモトの願望が示されている。

ただ、ヤマモトが求めているのが戦前のようなモノエスニックな日系社会ではないことは、たとえば隣にすむ七歳の少女でメキシコ系と思われるマーガリータとの交流からも明らかである。一日に何度も語り手の家を訪問して、花を届けてくれるマーガリータのやさしさは、嫌がらせの電話を受けて不快になっている語り手に安堵感を与える重要な役割を果たす。語り手の日常生活を支えるコミュニティが日系人のみならず、マーガリータのような他人種との交流によって成立する可能性も、ここでははっきり見すえられている。こうした日常生活の一コマを通して、ヤマモトが展望していたのは、戦前のような日系人の閉ざされたコミュニティではなく、『トリビューン』の記者時代に求めていたように、人種的境界を超えて、多人種が共生できるコミュニティにほかならなかった。

## 6　強制収容のトラウマ——「ウィルシャー通りのバス」

ヤマモトが第二作目として書いたのは、「ウィルシャー通りのバス（"Wilshire Bus"）」（1950）である。ここでも黒人と日系人の関係などについては触れられていないものの、主人公のエスター・クロイワを通して、

『トリビューン』時代のヤマモトの差別や偏見に関する洞察や葛藤は十分に反映されている。以下、これまでのヤマモト研究ではあまり取り上げられることのなかった「ウィルシャー通りのバス」を、彼女の『トリビューン』での経験と関連させながら検討してみたい。

「ウィルシャー通りのバス」は、戦後間もないロサンゼルスに設定され、主人公のエスターが入院中の夫を見舞うために乗った病院行きのバスの中での出来事が描かれている。デイヴィッド・ファインは、ロサンゼルスを舞台にした小説が他の地域小説と異なるのは、それらが基本的に「アウトサイダーの小説」であり、「疎外感や喪失感」が描かれる点にあるとしている(Fine 2)。ヤマモトの「ウィルシャー通りのバス」もこのようなファインの説明を裏づけるものである。新婚間もないエスター夫妻にとって、ロサンゼルスは決して「約束の地」でもなければ「希望の地」でもない。それを端的に象徴するのが、戦場での背中のケガが悪化して三ヶ月の入院を余儀なくされ、仕事を中断しているエスターの夫、ブロウである。[25]

バスが通るウィルシャー通りは、ロサンゼルスの経済的発展を象徴する通りである。ロサンゼルスの道路建設が盛んに行われるようになったのは一九二〇年代のことで、住民の車の保有率も全米一となった。いわゆる「ウィルシャー通りのミラクルマイル」と呼ばれたこの通りの建設も二〇年代に始まり、バロックス百貨店などが通り沿いに建てられ、華やかな消費文化の象徴となった(Fishman 173)。言うまでもなく戦後のロサンゼルスはさらに拡大し、ハイウエイ・システムによって巨大な都市圏を出現させた。だがエスターは、メガロポリスへと華やかに発展しつづけるウィルシャー通りの「紛れもなく上品な世界」(Yamamoto, *Seventeen* 34)をバスから眺めるだけで、戦後の豊かな消費生活には参加できていない。ヤマモトはウィルシャー通りの世界と対照させながら、戦争の影が強く残り、繁栄とは無縁の生活を送るエスターの「疎外感や喪失感」を描いていく。

前章以来議論してきたように、ヤマモトの語りは「暗号化」された「二重の語り」に基づく場合が多く、物語の中に「埋められたプロット」(Yogi, Legacies 144)を読み取ることが読者にはしばしば求められる。「ウィルシャー通りのバス」の隠蔽された物語は、強制収容のトラウマであり、それを読み取る指標として重要なのは、エスターの内面の揺らぎを示す視線の変化である。

バスに乗ってきた中国系の老夫婦のうち、妻のほうがエスターの隣に座った時、エスターは彼女に向かって微笑み、「私たち、同じオリエンタルがこうしてバスでご一緒しているのですね」（Yamamoto, *Seventeen* 35）という感慨を伝えようとする。しかし、たどたどしい英語で運転手と話す夫に気をとられていたために、妻はエスターの微笑に気づかないで終わってしまう。

やがてエスターの後ろの席に座った酔った白人男性が、中国系の妻に向かって差別的な言葉を投げかけはじめたとき、エスターの態度は一変する。とっさに窓の外に視線を向けて、エスターは「バスの窓の外を見るふりをした」（36）。隣に座った中国系の妻の「身体の緊張」や、妻が手に持っている「キクの花束の揺れ」で妻の動揺を感じ取りながらも、エスターは「無表情を装っていた」（36）。彼女は出身地に帰れという白人男性の「退去命令（“exclusion order”）」（36）に、自分も含まれているかどうかという不安に襲われていたからである。

ここで、強制収容の立ち退き命令を喚起させる「退去命令」という言葉によって、エスターの不安が強制収容と関係していることがはじめて暗示される。これ以後、エスターがバスの中で見られることも見返すことも怖れ、もっぱら視線を窓の外に向けることで、危機的な状況を凌ぐべく必死になるのも、強制収容のトラウマによるものではないかと理解が進んでいく。というのも、カシマによれば、再定住期の日系人は、強制収容について一様に沈黙し、一種の「社会的記憶喪失の状態」に陥ることで主流社会に適応しようとしていた（Kashima 113）。またマツモトも、再定住期の日系人は、戦後もなお差別や偏見にさらされたが、「その怒りを抑圧し、差別的な反感をかうのを最小限にとどめようとした」（Matsumoto, Nisei 120）と説明している。強制収容により「二級市民」と烙印を押されたことによるスティグマから、日系人は偏見や差別への怒りを極力抑制して、戦後の抑圧的な状況に耐えぬこうとしていたのである。

こうした考察を踏まえると、冒頭の場面でエスターがバスの道中を楽しむ様子が強調して描かれるのも、日常的にはエスターが強制収容を意識的に封印してきたことを暗示するように思えてくる。その証拠に、今バスの外に視線を転じたエスターは、強制収容所から戻ってきたばかりの時期に見た光景を思い出す。その時電車に乗っていたエスターは、窓の外に一人の韓国系の老人を見つけて、同じアジア系として親近感を覚えて微笑みを送るのだが、その老人の胸には、日系人と誤解されるのを避けるために「私は韓国人です」と書かれたバッジが付けられていた。それに気づいた時のエスターの「激しい怒り」と「みじめで裏切られたような気持ち」が突然エスターに蘇り、彼女は激しい動揺に襲われる。今バスのなかで、自分も「私は日本人です」というバッジをつけて白人男性に見せたいとすら思っている自分に気づくからだ。差異化される苦しみを経験しながら、人種主義を内面化しているため、状況次第で差別する側に転じてしまうエスターの差別への屈折した意識がここでは如実に示されている。

エスターが中国系夫妻や韓国系男性に対して、同情と拒絶という相反する感情の間で揺れ動く場面には、戦後のロサンゼルスにおいてマイノリティが分断化された状況が直射されている。アメリカではアジア系がひと括りにされてきた長い歴史（Espiritu 20）があるため、アジア系相互の関係は複雑なものであり、それはとりわけ日系人の強制収容時に顕在化した。日系人と誤解されて差別や偏見を被るのを、他のアジア系は恐れたのである。また、安価な労働力をマイノリティ人口に依存してきたカリフォルニアにおいて、それぞれの人種・民族集団は、「自分たちを排除した白人社会の人種主義、ネイティヴィズム、保守主義などを取り込んだ」結果、相互に差別し、偏見を抱いていたという（Fogelson 203）。バスの中でのエスターの態度は、アメリカ社会の周縁において、アジア系が相互に差別や偏見を抱いてきた歴史を反映していることが理解される。

さらにヤマモトは、エスターを取り巻く戦後の主流社会の状況を、バスの乗客を通して描いているので、バスの中は戦後のアメリカ社会の縮図のように捉えることができる。先の酔った白人男性は、自分の発言に対して「バスの乗客の支持を確信したかのように」（Yamamoto, *Seventeen* 35）勢いづき、偏見に満ちた発言をさらにエスカレートさせる。これに対して、乗客は一様に沈黙を保ち、注意をする者もいない。後に発言したのは、一人の「温和な」白人男性のみである。しかも彼が口を開いたのは、酔った白人男性がバスを降りた後のことであり、先の男性との直接の対決を避けたことは明らかである。彼は中国人夫妻に対する同情を示しながら、「全員があの人のように感じているわけではないんです。私たちは大勢の人々が集まるメルティング・ポットの国、アメリカを信頼していますから」（37）と述べ、アメリカ社会への信頼を強調する。戦後のアメリカでは、「階層、地域、人種、信仰は異なっていても、すべてのアメリカ人が同じ興味と価値観をもっているという統一感を反映した文化」（Brinkley 62）が形成された。戦後の経済的繁栄も豊かさをもたらし、国民全体を浮き立つような一体感が支配していた。だが、バスの乗客の無関心は、そのような一体感が現実のものではないことをはっきり物語っている。しかも、バスの中で発言するのはいずれも白人男性のみである。これらの点に、「メルティング・ポット」はあくまでも白人優位、男性優位で、中心と周縁の支配―被支配関係を維持したままの人種統合の理念でしかないことが示され、戦後のアメリカ社会に対するヤマモトの批判的なスタンスをここにも認めることができる。

冷戦期のアメリカ社会における日系人の孤立感や閉塞感は、バスを降りた後のエスターの動揺や葛藤を通してさらに描かれる。バスから降りたエスターは、中国人夫妻の行き先が同じ復員軍人ホームであることに気づき、夫妻も自分と同じように家族に戦争の犠牲者を抱えていることを知らされ、後ろめたさを募らせる。この時、エスターを襲ったのは、「この世で自分がはっきりと説明できるような確実なものは何もないという腹立たしくなるほど救いようのない、不快な吐き気」(37) である。このエスターの「吐き気」をアン・チェンは、アジア系に共通して認められる「鬱病的反応」(Cheng 67) として捉えている。すなわち、同化の指標である「アメリカ性は白人性を意味する」ために、差異化され、他者化されるアジア系の同化には常に「自己否定や自己叱責はいうまでもなく、挫折感、恥辱や屈辱感」を伴い、それが身体的感覚として現われるのである (Cheng 69)。バスのなかでの出来事が、その後も長いあいだエスターに「激しい苦痛」(Yamamoto, *Seventeen* 34) を与えたのも、エスターが強制収容のトラウマから脱却できないまま、同化を進める過程で喪失感や恥辱感を募らせていたからに相違ない。

さらにエスターは、バスの中のみならず、夫との関係においても抑圧されていることをヤマモトはアイロニカルに描いていく。病室で夫に会った時に、突然泣き出したエスターであるが、夫の前ではバスの中での出来事を何も語らない。それどころか、夫に会って涙を流す無邪気な妻として振舞い、夫もそのように受けとめる。一九五〇年代のアメリカでは、家庭内のジェンダー化が進んだとされているが、エスターもそのような支配的な規範に沿って、良き妻としての役割を演じてみせる。こうしてエスターの沈黙には、強制収容のトラウマ的記憶に囚われたまま、冷戦期の支配的な規範に封じ込められ、出口を見失っている戦後の日系人女性の閉ざされた状況を、ほとんどそっくりそのまま確認することができる。

しかしヤマモトは、エスターを単にアメリカの人種主義の犠牲者として一面的に捉えているわけではない。

ヤマモトはエスターの沈黙を、他者の苦しみへの応答という倫理的な観点から見すえることで、独自の洞察をつけ加えていくのである。すなわち、エスターは中国人夫妻に対する差別を「自分には関わりのないこと」として黙認しただけではなく、優越感すら覚えた自分の「道徳的やましさ」を「重大な怠慢の罪」（34）と捉え、自分を責める。こうしたエスターの罪悪感は、先に検討した『トリビューン』のコラムで示された通り、他者の苦しみを目撃しながら、それを傍観し、沈黙するしかなかったヤマモト自身の葛藤を踏まえて書かれたように思われる。

この点は、主人公の名前に注意を向けることによってさらに明確に理解されるだろう。もともとエスターという名前は、旧約聖書の「エステル記」からとられた。孤児であったエステルは、ユダヤ人である事を隠してペルシャの王妃となったが、陰謀により騙された王がユダヤ人虐殺の指令を出したことを知らされる。この危機的な状況で、それまで慎み深く、従順な王妃であったエステルは、自分がユダヤ人であることを公にして、その信仰を告白する事を決心する。そして自分の命を自分の民族のために賭けることを決意して王に真実を告げ、ユダヤ人虐殺命令の撤回を取りつけて同胞の危機を救うことができる。エステルは、「勇気を奮って行動を起こし、他に依存せずに自ら決定して事態を収拾する指導者」（ボールドウィン　三二）となったのである。エステルという名前は、星を意味するペルシャ語であるが、この出来事でエステルはユダヤ人全体の希望を象徴する輝かしい星として崇められるようになったとされる。このような救済者としてのエステル像とは対極的な人物としてエスターを描くことで、沈黙が強制収容のトラウマからの脱却を困難にする、というヤマモト自身の体験に基づく苦い認識が示されていると言える。

エスターの名前にも端的に示されているように、彼女の罪悪感には、ヤマモトにおけるキリスト教の影響、とりわけ、カトリック・ワーカーの理念の影響を認めることも可能だろう。ヤマモトは『トリビューン』で働くようになった初期のころから、カトリック・ワーカーの機関紙を読み、平和主義への関心が高まるのと並行して、その運動に関心を抱くようになった。「スモール・トーク」でもそうした関心は繰り返し表明されている（"Small," *LAT*, August 20, 1945: 14; September 3, 1945: 12; October 29, 1945: 24）。

カトリック・ワーカー運動は、「貧しい人々を救済する非暴力革命」（Kleiment 113）を目指し、信仰に基づいて社会運動を進めていく新しい運動として、ピーター・モーリン（Peter Maurin）とドロシー・デイ（Dorothy Day）によって一九三三年に始められた。戦後、卓越した指導力で運動を発展させたデイは、アメリカ社会で周縁化された人々、「労働者、多様な民族的、人種的背景を持つアンダークラスの人々」（O'Connor 63）の救済にその生涯を捧げた。政治だけでは社会を変革できないと考えていたデイは、キリスト教的価値観に基づいて個人の自発的な行動を重視し、個人を国家に支配される対象ではなく、責任のある主体として捉えていた。同時に社会で周縁化された人々とともに生き、「心の革命」を志向して他者の苦しみに対する責任を果たすべく、さまざまな困難に対峙したデイの思想に、戦後アメリカ社会に閉塞感を募らせていたヤマモトは、一つの可能性を見いだしたように思われる。実際、『トリビューン』を辞めた後、一九五三年から二年間、ヤマモトはカトリック・ワーカーの共同体であったピーター・モーリン農場（"Peter Maurin Farm"）で生活している。「ウィルシャー通りのバス」におけるエスターの名と彼女の苦悩には、そのようなヤマモトの選択がすでに予見されていると言えるのかもしれない。以上の検討を通して、「ウィルシャー通りのバス」は、強制収容のトラウマに囚われながらも、自らを閉ざすことなく、周縁的な場所から他者に開かれた関係性を求めていたヤマモトの戦後の真摯な思想的模索をひそかに提示する作品として捉えることができるだろう。

# 第6章　「カトリック・ワーカー」への参加

## 1　作家としての活躍と転機

一九四八年七月三一日付の「スモール・トーク」をもって、ヤマモトは「学校にいくため」という理由で『トリビューン』を去った。その後はしばらく創作活動に専念し、「十七文字」や「ヨネコの地震」などヤマモトの代表作となる作品を発表していった。

記者としての仕事を辞めたこの時期にヤマモトが創作活動に専念できたのは、弟ジェモの協力と第二次大戦中に戦死したジョニーの「死後の援助（posthumous help）」のお陰だったという（Cheung, "*Seventeen*" 65）。また一九五〇年には「ホイットニー奨学金（John Hay Whitney Foundation Opportunity Fellowship）」を受けたことで、養子となったポール（Paul）を育てながら創作に専念できる環境を得ることができたという（65）。[1]

この時期のヤマモトについては、友人のメアリー・キタノの『羅府新報』コラム「大混乱（"SNAFU"）」に載った紹介記事からその日常がうかがわれる。『パーティザン・レヴュー』にヤマモトの「十七文字」が掲載されたが、本人はこの件を知られたくないようだ。続いて『ケニヨン・レヴュー』も彼女の作品の掲載を検討中のようだと書かれ（*RS*, November 21, 1949：1）、[2]ヤマモトが主流社会の文芸誌に積極的に原稿を送っていたことが察せられる。

同日のキタノの記事によると、ヤマモトは高校や短期大学で優秀な学生だった。行動派で、『ロサンゼルス・トリビューン』の記者もして、ヤマモトの「平和主義や社会主義のみならず人生についての皮肉たっぷりなコメントで、多くの読者や支持者を獲得した」。現在はボイル・ハイツに弟のジェモとともに暮らしており、もう一人の弟ユーキはマサチューセッツ州に移り、父はラスヴェガスで働いている。ヤマモトの日常は計画的で、家事の合間に小説を書いたり、COREの活動も続けているようだ、とキタノは報告している。

一九四〇年代後半から五〇年代にかけて、アメリカではジェイド・スノウ・ウォン（Jade Snow Wong）による『五番目の中国娘（*The Fifth Chinese Daughter*）』（1945, 50）やソネの『二世の娘』（1953）など、中国系や日系作家による自叙伝が相次いで出版され、アメリカ社会への同化の成功例として評価されて注目を浴びた。ジンキ・リンが指摘したように、当時のアメリカの人種やエスニシティをめぐる言説の構築は、ラルフ・エリスンやリチャード・ライトらの黒人作家によって担われ、アジア系作家に期待されたのは、アメリカ社会への批判を「封じ込める」冷戦イデオロギーを強化するための同化モデル像の提示に過ぎなかった（Ling 39）。

冷戦期におけるこうしたアジア系への抑圧に加えて、戦争中の強制収容の衝撃を抱えている日系作家は、他のアジア系作家より複雑な状況に置かれていた。戦後から一九五〇年代にかけて出版されたトシオ・モリやミルトン・ムラヤマ（Milton Murayama）らの作品が、戦前の日系社会に設定され、第二次大戦中の強制収容について直接的に描くことを回避していたのも、戦後の日系作家たちが支配社会や日系社会との複雑な交渉を重ねながら書くことを求められたところに、原因の一つがあったと考えられる。事実、一九五七年に出版されたジョン・オカダの『ノー・ノー・ボーイ』は、兵役を拒否した日系二世の苦渋を描いたために、主流社会からも日系社会からも取り上げられることはなかった（Kim 156）。ヤマモトの「十七文字」や「ヨネコの地震」が、やはり戦前の生活に題材を求めているのも、そうした複雑な状況と無関係ではなかったかもしれない。

戦後の日系作家を取り囲むこのような状況下で、一九五一年一月にヤマモトに一つの転機が訪れた。第四章で触れたように、詩人・批評家のアイヴァー・ウィンターズから、スタンフォード大学の「創作プログラム」のフェローシップに応募するように勧められたのである。[3]

ヤマモトへの最初の手紙において、ウィンターズは「ヨネコの地震」が「感動的な状況を扱っている」とし、「現代の機械で書かれたような短編のパターンに応じたものではない」と述べて、ヤマモトの独自性を評価している（Barth 7）。以後、ヤマモトが最終的にスタテン島のカトリック・コミュニティに行くまで、約二年間二人の文通は続いた。

ウィンターズは、スタンフォードでの住まいやその他の生活面での助言も送り、当時養子として育てていた息子のポールへの配慮も示してフェローシップへの応募を熱心に勧めている。またすでに第四章で見たように、作家としては駆け出しのヤマモトに創作上のアドヴァイスも与えてもいる。リーディング・リストを送り、ヤマモトの方もそれに応えてメルヴィルやウォートンの作品を読み、感想文を送って意見交換をしている。

出版された手紙集で注目したいのは、メルヴィルの「ベニト・セリーノ」を巡る二人のあいだのちょっとした論争である。ウィンターズは、「ベニト・セリーノ」においては「人種が問題ではない」として、「メルヴィルは彼の時代の文化にいきわたっていた考えをもとにして」この作品を書いたと説明する（Barth 155）。これに対してヤマモトは、この作品を理解する上で奴隷制度という歴史的、政治的コンテクストは見逃せない要素であり、奴隷のバボウの沈黙の中に、のちにマシュー・エリオットが指摘した「語られない対抗的歴史、すなわち、存在しているが語られない物語」（Elliott 60）を見いだし、バボウに深い抵抗の意思を認めたのである。これに対してウィンターズは、バボウを「悪の権化」と捉え、この作品は「もっとも興味深く、奇妙で深淵な悪の物語」なのだと反論して、ヤマモトの読解が稚拙だと主張した（Barth 10）。バボウのように不可視化された存在に声なき声を見いだそうとするヤマモトの解釈には、ヤマモトの眼差しが、初期から一貫してアメリカ社会の周縁に目を向けていたことを証明するだろう。なお、ヤマモトのバボウ解釈は、近年のメルヴィル研究の動向にも連なるものとして、エリオットはヤマモトの先見性を評価している（Elliot 50）。

ウィンターズとの論争がヤマモトに与えた影響は大きく、スタンフォードのフェローシップに応募するか否か迷う要因の一つとなったと思われる。もう一つの要因は、当時彼女が強く惹かれていた「カトリック・ワーカー」の運動だった。作家としてのさらなる飛躍が期待される貴重な機会を断ってまでも、信仰に基づく社会運動へ彼女を向かわせたものはいったい何だったのだろうか。

## 2　ヤマモトとキリスト教、平和主義

戦後、日系社会の外に活動の場を求めたヤマモトが、人種主義の壁を越えた新しいコミュニティのあり方を探っていたことは、これまで何度か言及してきた。彼女は具体的に、どのようなコミュニティに実践の足がかりを見いだし、そこで何を考えたのか、それを探るために、彼女が一九五三年から二年間参加した「カトリック・ワーカー」のコミュニティを概観し、そこでの経験が彼女にどのような影響を与えたのかについ

て検討を進めていきたい。

ヤマモトがスタンフォード大学でのフェローシップへの応募を辞退し、カトリック・ワーカーに参加することを選んだ背景を理解するためには、再び『トリビューン』記者時代の彼女のコラムを参照する必要がある。カトリック・ワーカーが掲げる平和主義に対する彼女の関心は、この時期に見いだされる。

「もともと最悪の主戦論者であった」（"Small," *LAT*, August 13, 1945: 12）と自ら語るヤマモトが、戦後間もない時期から平和主義への関心を抱くようになった経緯は、前章でCOREへの注目や活動参加の形ですでに見ておいた。こうした関心が、やがてキリスト教信仰に裏打ちされる様子も、やはり当時のコラム「スモール・トーク」を通して、次第に色濃くうかがわれてくる。たとえば、一九四五年八月二〇日付の「スモール・トーク」で、ヤマモトは若い落下傘兵と話した時の様子を報告している（"Small," *LAT*, August 20, 1945: 14）。第二次世界大戦は中国の混乱に決着がつくまで継続するべきだと主張する彼が、暴力による解決を肯定する点にヤマモトはまず驚いたという。さらなる戦争が起きることを避けるために、日本の天皇などは処刑されるべきだと主張する彼の過激な発言にもヤマモトはショックを受ける。そして彼が「無神論者」であることを知らされたヤマモトは、自分の立場との違いを強く意識する。自分の平和主義についての考えは、「神の存在の可能性や来世の可能性」の議論と重なりあうものであると述べ、信仰を基盤にした平和主義への共鳴を明らかにする。このコラムでは、特にカトリック・ワーカーについての記述があるわけではないが、記者になりたてのころから、ヤマモトがキリスト教に基づく平和主義に共感を覚えていたことが、このコラムからも認められる。

同年九月三日の「スモール・トーク」（"Small," *LAT*, September 3, 1945: 12）では、友人から招待されて、南カリフォルニアのマンハッタン・ビーチにあるプロテスタントの教会にメアリー・キタノと一緒に行ったことが報告されている。「これはメアリーや私にとって、ちょっとした出来事だった。ふたりとも不可知論者に傾いていたし、時としてどっぷりと無神論に浸ることもあったから」とヤマモトは書き、もともとキリスト教の信仰とは程遠い存在だったことをまず打ち明けている。ところが、朝の礼拝から夕食会に至るまで、一日を教会で過ごした彼女は、教会の若い牧師の活動を知らされる。神学の修士号を目指して勉強中のかれは、日本の宗教について学び、「神道の廃止が日本の軍国主義的な傾向を止める解決策にはならない」と述べる。また、広島や長崎の人々が原爆の後遺症で亡くなっていることを牧師から聞き、牧師夫妻がキリスト教非暴力主義の「友和会」のメンバーでもあることを知って、夫妻と知り合えて本当によかったとヤマモトはその感動を強調する。前章で触れたように、ヤマモトはやがて四八年、この友和会の活動に参加することになる。

このときの教会での体験は、ヤマモトに強い感銘を与えたようで、「教会に行って、平和に暮らすということがどのようなことかがわかった」とも述べ、キリスト教に基づく平和運動に惹かれている様子が確認される。さらに四五年一〇月二九日の「スモール・トーク」では、コミュニストで『デイリー・ワーカー（*Daily Worker*）』のエディターであったルイス・F・ビュデンズ（Loius Francis Budenz）がカトリック教会に復帰した出来事を取りあげて、共産主義とキリスト教との関係を論じてもいる。この改宗の問題を取り上げた『カトリック・ワーカー』を読むと、「共産主義の掲げる社会目標」はカトリック教とも共通するものだが、目標を達成する際に暴力を肯定しているか否かがカトリック教と共産主義の唯一の違いであると書かれていた、と述べて、非暴力主義の立場から「放蕩者の帰還」を冷静に歓迎したカトリック・ワーカーに共感を覚えている様子がうかがわれる（"Small," *LAT*, October 29,1945: 24）。

しかし、平和主義者としての自覚を深めるにつれ、戦後のアメリカで、平和主義者は家族や周囲の理解を得るのが容易ではないことを、ヤマモトはさまざまな形で思い知らされるようになる。たとえば一九四五年一二月三日の「スモール・トーク」では、手遅れにならないうちに平和運動から手を引いた方が良いとの忠告を受けたという（"Small," *LAT*, December 3, 1945: 24）。また、平和主義者は「体制に適応できない人（unconformist）」や「変わり者（"eccentrics"）」が多いとも言われ、高邁な理想を掲げていても理想通りには行かない運動の難しさを感じ取ってもいる。このようにヤマモトは、平和主義者としての自覚を持つ一方で、どのように自身が運動にかかわっていけばよいのか、しばらく模索していたように思われる。

自身の信仰について、ヤマモトはインタヴューで問われて以下のように語っている。

> 私も仏教徒として育ちました。きちんと教会には通わなかったけど、仏教式の葬式や結婚式には出ていたのです。イエス・キリストが神の子であるという教えを受け入れたのは、もう三〇過ぎでした。それで自動的に、私はクリスチャンということになるでしょう？　でも、仏教のこともぜんぜん否定してないんです。ちょうどカトリックをメキシコまで持っていけば、グアダルーペの聖母を信仰するようになるのと同じですね。統合していいわけなんです。（Chueng, *Words* 350）

この発言から判断すると、ヤマモトはあくまでも日系二世らしく、仏教とキリスト教を自然に両方受け入れる立場に立っていたが、平和主義に関するかぎり、キリスト教、特にカトリック・ワーカーの運動や理念がもっともヤマモトを動かしたことは、当面否定しえなかった。信仰の問題としてよりむしろ、『トリビューン』の記者時代に影響を受けた平和主義に対する共感が、ヤマモトのキリスト教への接近を促した最大の要因だったことになる。

それにしても、ヤマモトがアメリカで主流のプロテスタントではなく、カトリックによる運動に惹かれたのはなぜなのだろうか。アメリカにおけるカトリックは「アメリカ的生活様式」を脅かし、「宗教的に理解不能な他者（religiously undigestible otherness）」として、アメリカでは長いあいだ捉えられてきた（Massa 2）。その上、後に詳しく述べるように、冷戦時代におけるカトリック・ワーカーはその異質性によって、アメリカ社会からもカトリック界からも批判や非難を受けた組織だった。一九五〇年代、大方の日系人がアメリカ社会への同化を進めていた中で、周縁的な存在だったカトリック・ワーカーのコミュニティへの参加をヤマモトに促したものは、いったい何だったのだろうか。次にそれを探るべく、まず最初にカトリック・ワーカーの歴史や理念を概観してみたい。

## 3　ドロシー・デイとカトリック・ワーカー

前章末で簡単に説明したように、カトリック・ワーカー運動は、ドロシー・デイ（1897-1980）とピーター・モーリン（1877-1949）によって一九三三年に始められた、キリスト教非暴力主義の社会運動である。[(4)] モーリンは、フランスからカナダを経てアメリカに移住してきた移民だった。カトリック・ワーカーの思想的基盤は、かれに負うところが多いとされる。中世のアイルランド社会に理想を見いだしていたモーリンは、教会を中心とした農耕生活による「素朴な社会」を再創造することを望んでいた。社会的な階層を超えて自由に人々が語り合う場の提供や、住む家のない人々を受け入れる「歓待の家（The House of Hospitality）」などの建設も、モーリンの思想をもとに進められた。[(5)] 一九三三年にはニューヨークに最初の「歓待の家」が作られる。「歓待の家」は、失業者やアルコール依存症など社会の底辺にいた人々を分け隔てなく受け入れるユニークな施設となり、カトリック・ワーカー運動を進める上で重要な役割を果たした。

一九三三年五月には『カトリック・ワーカー』と題された月刊新聞も発行された。この新聞では、デイのコラムや、カトリックの教義に関する説明に加えて、当時の社会問題や労働問題なども論じられ、カトリック系の新聞というよりは、内容的にむしろラディカルな社会派の新聞に近かったと言われる。当初の発行部数は二五〇〇部だったが、一九三〇年代の終わりには一九万部にまで部数を増やし、運動の支持者が当時急激に増加したことがわかる。

ヤマモトは、『トリビューン』の記者時代に月刊新聞『カトリック・ワーカー』を読み、その理念に惹かれるようになった。また、一九四八年七月に『トリビューン』を辞めたあとも、定期的に同新聞を購読するようになり、読めば読むほど「コミュニティで生活して、労働に参加したいと思った」と後にインタヴューで語っている（Crow, Interview 77）。物質主義と体制順応主義が蔓延した一九五〇年代のアメリカの風潮に反するように、「自発的貧窮」や「平和主義」などの理念を掲げ、人種的、文化的境界を越えて自給自足の共同生活を行うカトリック・ワーカーのコミュニティに、彼女は理想の生活を見いだしたのだろうか。

●ドロシー・デイ

ヤマモトは一九五二年にドロシー・デイに手紙を書き、カトリック・ワーカーへの参加希望を伝えたという。その年のクリスマスに、デイが講演でロサンゼルスに来たとき、ヤマモトははじめてデイに会い、感銘を受けてコミュニティへの参加を決めたと説明している（77）。[6]

デイは、一九四九年にモーリンが亡くなったあと、カリスマ的な指導力でカトリック・ワーカー運動を推進した人物である。ヤマモトは、後にデイを「アメリカが生んだもっとも重要な人物です」(78)と述べて、デイに対する深い尊敬の念を表明している。同時に、「言葉で説明するには、あまりにも複雑な人物です」(78)と述べているように、デイは多様な側面を持つ女性だった。その点は一九五二年に出版された自伝『長い孤独(*The Long Loneliness*)』からも明らかである。この自伝では、デイの幼少期から一九四九年のモーリンの死までの生活が語られ、デイが起伏に富んだ激しい生き方をしてきた女性であったことが示されている。一九一四年にイリノイ大学を中退すると、ニューヨークに出て、『マッシズ(*Masses*)』や『コール(*Call*)』で記者として働き、若いころは社会主義者だった。一九二〇年代にアナーキストと恋愛したこともあり、その後信仰に目覚めて、二五年に娘を出産したのちに洗礼をうけてカトリック教徒になった。カトリックへの改宗のために、アナーキストの恋人とも別れ、一人で娘を育てる決心をしたという(Day, *Long* 132-43)。その他、自伝では省略されているが、デイはニューヨーク時代にユージン・オニールら作家や芸術家と奔放な交際をしたり、別の恋人と不幸な恋愛をして、中絶や自殺未遂も経験している(Forest 56-63)。このように、若いころのデイは、伝統的規範から逸脱し、数々の恋愛の破綻を経験しながら信仰にたどり着いたことになる。[7]

一九三二年にモーリンと出会い、ともにカトリック・ワーカー運動を始めたデイは、労働運動や公民権運動などにも積極的に参加していく。デイの活動でもっとも注目されたのは平和運動である。四〇年六月にはカトリック・ワーカーの新聞紙上でデイは「ワーカーの平和版(“Peace Edition of the Worker”)」を組み、「私たちの立場(“Our Stand”)」と題された論説で戦争反対の立場を表明し、非暴力の重要性を訴えた。このデイの立場は、「大義の戦争」を支持してきたアメリカのカトリック界の伝統的な姿勢とは相容れないものでもあった（Chernus 156）。戦争反対の立場から良心的兵役忌避を訴えるデイに対しては、カトリック・ワーカー内部からも批判が出て、デイの方針に反対してグループを去る者もおり、組織も分裂の危機を迎えることになる（Forest 161）。このような状況においても戦争反対に対するデイの意思は強固で、四二年一月には、キリスト教に基づく平和主義をあくまでも貫くことを宣言し、戦争に対するいかなる協力をも拒否することを明らかにした（Forest 160）。

デイの平和主義は、反共主義が席捲した一九五〇年代にも貫かれた。赤狩りが行われた時期にも、若いころからの友人だったマイク・ゴールド（Mike Gold）やエリザベス・G・フリン（Elizabeth G. Flynn）などコミュニストとの交流を続け、コミュニストが逮捕されるたびに抗議活動を行っていたため、冷戦期に反共を掲げていたカトリック界とふたたび対立した。核戦争を想定して定められた市民防衛法に基づいて、一九五五年に避難訓練がニューヨークで実施されたときも、平和主義の立場から参加を拒否して逮捕された。また、冷戦期を象徴する事件となった、一九五三年六月一九日のローゼンバーグ夫妻の死刑執行に際しても、メディアの姿勢を批判し、国家権力の犠牲となった夫妻の死を悼んでいる。

以上のようなデイの多彩な活動からも推察できるように、一九五〇年代のアメリカにおいて、カトリック・ワーカーは、反アメリカ的な組織として、さまざまな非難や批判にさらされていた。会員数が減少するという厳しい状況にあっても、デイは「私たちは、非アメリカ人です。私たちは、カトリック教徒なのです」（Day, *Selected* 270）と述べて、自分たちが目指す運動は「心の革命」であると主張し、冷戦期アメリカの狭隘なナショナリズムを批判しつづけた。「キリスト教の慈悲と友愛に基づいた社会平等」（273）の実現を探るデイは、国家権力を否定し、政治制度への不信から選挙での投票も拒否するに至った。ヤマモトも、このようなデイの思想に強く影響を受けたことを示す発言を数多く残している。たとえば、政治と文学の関係について聞かれたヤマモトは、みずからを「クリスチャン・アナーキスト」であると規定し、「できるだけ支配しない政府が最上の政府です」と説明し、投票にも行かないと述べている(Cheung, Interview 84-85)。

アロニカによれば、カトリック・ワーカー運動はその理念自体が「競争、自由、成功」などのアメリカ的な価値観と対立するものであり、その非アメリカ性に特質があった(Aronica 15)。特に一九五〇年代のアメリカは、「豊かな社会」が実現し、物質主義と体制順応主義が支配的だった。日系人も当時のそうした風潮のもとで、生活の安定を最優先させ、政治的には保守的だったとタカハシは説明している(Takahashi 153)。冷戦時代に国家権力への抵抗を試みつづけたデイの戦略に惹かれてカトリック・ワーカーに参加したヤマモトが、日系二世としていかにラディカルだったかがわかるだろう。

## 4 カトリック・ワーカーでの活動

ヤマモトは、一九五三年から二年間、五歳の息子ポールとともに、ニューヨークのスタテン島にあったカトリック・ワーカーの農場「ピーター・モーリン農場」にボランティアとして移り住んだ。農場でのヤマモトの仕事ぶりは真面目で、デイにも評価されたという(Wald 109)。(8)

ピーター・モーリン農場では、当時二十数名の人々が自給自足の生活を行っていた。ヤマモトはここでポールを育てながら、動物の飼育や料理などを担当し、時折りコミュニティの新聞『カトリック・ワーカー』のコラム欄「ピーター・モーリン農場」にエッセイを書いていた。ヤマモトが担当したコラムの数自体は少ないが、農場内での生活の報告を通して、当時のヤマモト親子の生活や心境を推察することができる貴重な資料である。[9]

一九五三年六月号のコラムで、ヤマモトは農場内で働く仲間を紹介しながら、出身も年齢も異なる多様な人々が「一つの家族」としてお互いの個性を尊重しながら生活していることを「奇跡」であると説明して、農場での新しい生活に意義と喜びを見いだしている（CW, June, 1953: 3）。五四年六月号では、「シーブルック農場――二〇年後（"Seabrook Farms: 20 Years Later"）」と題されたエッセイにおいてヤマモトは、ニュージャージーにある同農場で一九三〇年代に起きた農場労働者によるストライキ以後、経営者と労働者たちがどのような抗争をつづけてきたか、その歴史を辿っている。信仰と社会との連結を求めたデイの方針で、労働問題などにも積極的に関わってきたカトリック・ワーカーの活動方針を、ヤマモトが評価し実践したことがここでも示されている。

一方でヤマモトは、カトリック・ワーカー内の生活の厳しさや仲間同士の対立も率直に報告している。もともとヤマモトは、一九五三年にスタテン島に向かう前にニューヨークの「歓待の家」を訪問し、いきなり入口の通路で寝転んでいる人を見かけた時は驚き、またデイの寝室を借りて一夜を過ごしてみると、翌日はダニに噛まれていることがわかり、再び唖然としたと述べて、コミュニティの劣悪な環境に相当のショックを受けていた（Crow, Interview 77-78）。

だが、問題は生活環境だけではなかった。五五年一月のコラムでは、気候の厳しい冬を迎え、室内に閉じ込められる苛立ちから、お互いに対立する者も出て、農場内での生活が理想どおりには決していかないことを実感している。すなわち、「コミュニティ内の空気も悪く、不穏な空気が漂っていた」[10]と、共同体内の人間関係の難しさに触れて困惑している様子がうかがわれる（CW, January 1955: 3, 7）。また同年七-八月号のコラムでは、田舎での牧歌的な生活を夢みてやってきた人は、農場での厳しい生活に耐えがたいものを感じるだろうと書き、あらためてこの農場での共同生活の厳しさに言及している。農作業の困難よりも、むしろ「共同生活にともなうさまざまなハラスメントが現実の問題よりも大きくのしかかってくることがある」という一節から、コミュニティ内の衝突や不和がもっぱら問題となっていたことがわかる。後にインタヴューでもヤマモトは、デイがカトリック・ワーカーの「暗い面」については意識的に言及するのを避けてきたことを実感した、と述べており、理想どおりにはいかないコミュニティの共同生活が、予想を超えて難しいものだったことが察せられる(Crow, Interview 78)。

『カトリック・ワーカー』に掲載されたヤマモトのエッセイで特に注目したいのは、一九五七年六月号のアイバ・トグリ(Iva Toguri D'Aquino, 1916-2006)について書いた「神は真実を見給う、されど待ち給う――東京ローズ」("God Sees the Truth But Waits: Tokyo Rose")である。これはヤマモトがカトリック・ワーカーを辞め、結婚したあとに『カトリック・ワーカー』に寄稿したものである。このエッセイでヤマモトは、十分な証拠もないままにアメリカでの裁判において反逆罪で有罪とされた、「東京ローズ」と呼ばれたトグリの悲劇を振り返っている。ヤマモトの文体は抑制されたものではあるが、トグリの裁判が誤審であったことや、政府のスケープゴートとして有罪になったことを指摘する記事などを引用しながら、アメリカ人としての権利を剥奪されたトグリに対する深い同情の念を表明している。

ことわざに言う通り、伝説はなかなか消えないものである。これまでの歴史によれば、東京ローズは裏切り者であり、大戦中に南太平洋のアメリカ兵士たちに日本のプロパガンダを放送し、選りすぐりのアメリカ本土の音楽で説得するために甘美な声で熱心に語りかけたアメリカ生まれの日本人女性として断罪されてきた。

ルーベン氏によって一つ一つ資料が集められるにつれて、実際の話はカフカの小説のように、悪者だったはずの側が、

誤った法の裁きによって困惑しつつ異議申し立てをする被害者として徐々に浮かび上がったのである。(6)

キャロライン・C・シンプソンは、冷戦期のアメリカの「政治的、文化的揺らぎ」を表象するものとしてこの事件を捉え、一九五六年にトグリが出所したあとも、日系社会は自分たちへのはねかえりを恐れて事件への関わり合いを極力回避しようとした、と指摘している（Simpson 102）。このようなトグリに対する日系人の反応には、一九五七年に出版されたジョン・オカダの『ノー・ノー・ボーイ』に対する日系社会の冷やかな反応とも通じるものがある。徴兵を拒否したことから非難や批判をうけたオカダの主人公イチローのような存在は、強制収容に関する記憶を封印し、アメリカ社会への同化を求めた一九五〇年代の日系人にとって、否定もしくは忘却すべき存在だったからだ。五〇年代当時のこのような社会状況のもとで、忘却の闇に葬られたトグリの事件を語りなおすことで、自由と平等を謳う民主国家アメリカの矛盾を堂々と指摘したヤマモトの姿勢は、勇敢で意義深いものとして評価することができるだろう。またこれは、ヤマモトがカトリック・ワーカーを辞めた後に書かれたエッセイであるが、カトリック・ワーカーの新聞に寄稿したのは、コミュニティを去ったとはいえ、カトリック・ワーカーとの思想的な絆を彼女が維持していたからだろう。

## 5　新たなコミュニティを求めて――「祝婚歌」

二年間におよぶカトリック・ワーカーでの生活を終えた後、農場で知り合ったアンソニー・デ・ソート（Anthony De Soto）と一九五五年に結婚して、ヤマモトは再びロサンゼルスに戻った。(11) 結婚したことも一つの契機だっただろうし、当初の理想通りにはいかないコミュニティ内の厳しい現実に直面していた事情も、農場を去る理由の一部だったように思われる。

ロサンゼルスでヤマモトは、『羅府新報』や『パシフィック・シチズン』などにエッセイや短編を発表するが、創作のペースは以前ほどではなくなった。この時期に書かれたエッセイには、次々に子どもも生まれ、育児に追われて忙しい彼女の生活が自然に反映している。

たとえば「もう片方の頬（"The Other Cheek"）」では、三人の子どもを抱えたヤマモトが、育児をめぐって試行錯誤する様子が詳細に描かれる。三歳になる娘のキボー（Kibo）は、隣に住む子どもに手を出すことが多い。だが、相手も成長すると逆に娘のほうがやられることが多くなり、関係は逆転した。やられているだけの娘を見て、ヤマモトはつい仕返しを勧めてしまった。その後、嬉々として相手に仕返しをする娘を見て、平和主義者でありながら仕返しを勧めた自分を反省する、という内容である。

他にも、短編「蕾のうちに悪を摘み取る（"Nip in the Bud"）」でも、育児の難しさがテーマになっている。七歳のスティーブが親の目を盗んで貯金箱のお金を使っていることに気づき、母親は慌てる。その後もスティーブが友達のお金で自分の好きなものを買ってしまったことや、学校に支払うミルク代を使い込んでしまったことを知って、はじめて体罰を与えることを決心する。このように、当時のヤマモトは好むと好まざるとにかかわらず、母親としての生活を優先していたことがエッセイからはうかがわれる。

ティリー・オルセン（Tillie Olsen）は、「文学における沈黙（"Silences in Literature"）」（1962）において、結婚した女性はコンスタントに創作することは困難であると述べて、自身も育児のために創作活動ができなかった期間が長く続き、「不自然な沈黙」を強いられたとしている（Olsen 6）。ヤマモトもインタヴューで、自分は家事を優先しており、創作は二の次だったので、作家と呼べるような存在ではないと述べて、オルセンのように家庭生活と創作の両立の難しさを経験していたと察せられる（Crow, Interview 74）。ところが同時に、ヤマモトはこの時期に「神経衰弱」にかかり、ロサンゼルスのレストヘイヴン病院（Resthaven Psychiatric Hospital）でひと月ほど治療を受けていたとも語っている（Cheung, "*Seventeen*" 67）。医者からは病名は「不安症」で、「責任への怖れ（fear of responsibility）」がその原因であると説明されたという。カトリック・ワーカーのコミュニティを去って、ロサンゼルスで新たな再出発をしたヤマモトが、精神疾患を自覚するほど追い込まれた背景には何があったのだろうか。

この時期のヤマモトについては、これまで十分な解明がなされてこなかった。ヤマモト自身も、カトリック・ワーカーを辞した理由やその後の心の病について、詳細には語っていない。だが、この時期におけるヤマモトの模索や葛藤を知ることは、平和主義者としての彼女の活動を総括し、その後の生活の基盤を探る上で言うまでもなく重要であり興味深い。そこでまず、ヤマモトが病を得た後、「セラピーの手段として」（Cheung, "*Seventeen*" 67）書いたという「祝婚歌（"Epithalamium"）」（1960）を手がかりに、この時期のヤマモトの内面を追ってみたい。

「祝婚歌」は文芸誌『カールトン・ミセラニー（*Carleton Miscellany*）』（以前の『フューリオーソ』）に掲載された作品で、マーサ・フォリー（Martha Foley）による「一九六〇年 傑作短編リスト（"*Distinctive Short Stories*"）」に選ばれた（Cheung, Introduction, xi）。ロバート・T・ロルフ（Robert T. Rolf）が指摘したように、この作品においては、ホプキンズの詩やフローベールの『ヘロディア』、修道士たちが歌う応答聖歌など、カトリシズムのモチーフが繰り返し用いられており、ヤマモトのカトリック・ワーカー参加の経験が投影された作品としてまず捉えることができる（Rolf 91）。

「祝婚歌」は、主人公のユキ・ツマガリが、キリスト教のコミュニティに参加し、そこで知り合った、アルコール依存症患者でイタリア系のマーコ・チマラスティと秘密裏に結婚し、コミュニティを去るまでの経緯が書かれている。ユキが参加したツアラット・コミュニティ（Zualat Community）は、「キリスト教的愛と自発的貧困に基づいて共同生活」（Yamamoto, *Seventeen* 63）を行い、「行き場を失ったあらゆる人間」（63）を受け入れるコミュニティであること、コミュニティの場所もスタテン島に設定されていることや、その創始者として登場するマダム・マリーにドロシー・デイを髣髴とさせる要素が散見されることなどから、この作品はヤマモトのカトリック・ワーカーでの経験に基づいていると見ることができる。

また、ユキが新進作家であることや、ヤマモト自身がカトリック・ワーカーに参加した時期と同じ年齢に設定されていることからも、当時のヤマモト自身の状況がユキに反映されているといえる。したがってユキは、ヤマモトがカトリック・ワーカーに参加した理由を探る上でも、同時にヤマモトが戦後新たに求めたコミュニティの方向性を探る上でも、興味深い人物となっている。

そもそも、サンフランシスコの日系社会で新進作家として活躍していたユキに、ツアラット・コミュニティへの参加を促したものは何だったのだろうか。ユキはコミュニティの創始者マダム・マリーの自叙伝を読み、「人生を変えてしまった」（63）と実感するほどの影響を受けた。若いころはグリニッジ・ヴィレッジで、ボヘミアン的な生活を送っていたマリーだが、恋人と同棲中に啓示を受けて神の存在に目覚め、「いく夜にもわたる苦しい日々」（64）を経て、最終的には信仰を選び、教会での結婚を拒否する恋人との別れを決意した。そして「キリスト教の愛のなかで自ら清貧の生活」（65）をいとなみ、精神障害者やアルコール患者など、社会から見放された人々を受け入れるコミュニティを創設した。このようなマリーの激しい生き方に心動かされたことが、ユキがツアラット・コミュニティに参加した積極的な理由である。

だが、その背後には別の理由もひそんでいたと考えられる。ユキは、「偉大な二世小説」を目指し、日系新聞にもコラムを持っており、若い世代から人気を博していた。しかし三〇歳を過ぎても独身で、恋人もいないために仲間からあらぬ詮索をうけ、「レズビアンではないか」との噂も立てられている。保険外交員として成功し、優しい女性と結婚して安定した市民生活を送る弟タローとは対照的に、ユキは親が勧める、条件の整った二世男性との結婚話にも耳を傾けようとはしない。親の期待に沿った生活ができない自分を、ユキは「カタワ（"*katawa*"）かもしれないわ」（67）と自嘲気味に説明して、母親を大いに嘆かせてもいるが、このようなユキの言葉に、若い二世女性に求められる伝統的規範の抑圧が映し出される。

マツモトによると、戦後の二世は主流社会のミドルクラスの恋愛観や結婚観を受容し、戦前の一世のように見合いによる結婚ではなく、自分で相手を選んで恋愛結婚するようになった（Matsumoto, Nisei 125）。しかし、結婚の方法には変化があったものの、二世女性の大半は結婚して家庭を持つことを当然の義務として受けとめていた点で一世女性と共通していた。したがって恋人もいないユキは、周囲の好奇心の対象となり、日系社会において居心地の悪い思いをさせられている。このような日系社会における閉塞感が、ユキを日系社会とは全く異質のコミュニティへ駆り立てた原因の一部ではないかと思われる。要するにツアラット・コミュニティへの参加は、トパーズ収容所を出てからサンフランシスコの日系社会に帰還して再スタートを切ったユキにとって、社会的、文化的越境の試みだった。ヤマモト自身にも、そうした思いがあったのだろう。[(12)]

物語はユキがマーコと結婚して、コミュニティを去る当日の様子を中心に描かれているが、ユキとマーコとの関係で特に注目したいのは、マーコに対するユキの両義性である。ユキはマーコとの恋愛を通して「予想していた以上のものを得た」（Yamamoto, *Seventeen* 61）と実感し、自分にはないマーコの「精神的、身体的な強さ」（66）や「とてつもないヴァイタリティ」（66）に魅了されている。だが、その一方でマーコが愛を告白して以来、ふたりの関係は急速に進展しながらも、そのプロセスは「美しいが、穢れており、恐ろしいが、甘美でもある」(61) と書かれ、相反する感情がユキのなかで絶えずせめぎあっていることが認められる。

たとえばユキがマーコと最初に関係を持ったときも、「男の欲望についてはじめて知った」(61) と感じ、「殺されるのではないかと思った」(61) とユキは述べ、苦痛だけが残ったと記している。またこのとき、祈りを捧げるために海辺にやってきたコミュニティの若い修道僧に目撃されたことに気づいたユキは、自身が「肉体的、道徳的、精神的に堕落した」(62) と感じ、「コミュニティ内のあらゆる部分をくまなく汚してしまった」(62) と罪悪感すら覚えている。このようなユキの両義的な感情には、性愛を不道徳であり、「好ましくないもの」として捉えるヤマモトの傾向が見いだされると言っていい (Rolf 98)。

こうした性愛の罪悪感は、同世代の二世作家ワカコ・ヤマウチにも共通するものである。たとえば、ヤマウチの「臆病もの (“The Coward”)」(1977) において、主人公の語り手は自分の中に「手つかずにしている部分」(Yamauchi 137) があることを常に意識している。生活の維持を最優先にしてきたので、「生きる喜び」(137) を知らずに来てしまったと感じているからである。特に「欲望」を「悪魔の道具」として捉える母によって教え込まれた「日本の仏教的なヴィクトリアニズム」(137) が主人公を抑圧し、性愛を自分には関わり合いのないものとして排除してきたのである。アートスクールで出会った日系男性と結婚後、語り手は生活のためにアーティストになるのを断念して事務員となる。その後子どもも生まれたが、成功した夫とのあいだに距離を感じるようになった時、出会った白人男性に語り手は魅了される。だが、主人公は母の教えを払拭できず、かれに対する激しい思いを最終的には自ら封印してしまう。彼女の性愛に対するこのような自己抑制は、ユキにも通じるものであり、一世の親から教え込まれたジェンダー規範がいかに二世女性の恋愛観や結婚観に影響を及ぼしていたかが理解される。ソネの長編『二世の娘』でも、主人公のカズコ・イトイは思春期を迎えた時に両親から「異性のことに目がいくと頭は悪くなるし、性格も弱くなる」と諭され、異性との交際を厳しく禁止されたと書かれている(Sone 126)。

このように見るならば、マーコとの関係に対するユキの両義的な感情は、二世女性の規範と欲望のあいだの葛藤であると、ひとまず理解してよいだろう。だがそればかりでもなく、この作品は、タイトルとは裏腹にますます複雑な様相を帯びてくる。メイ・ナカノによると、二世女性は一世とは異なって、自分で結婚相手を選ぶようになったが、大半は二世男性と結婚した。その理由は、「他の人種との交流がほとんどないうえ、日系人同士で結婚するという伝統的な考えかたが日系社会にあった」からであるとしている(Nakano, 194-95)。日系社会において異人種間結婚がまずまず受け入れるようになったのは、一九六〇年代以降のことだった。[13] このような状況を考えると、マーコとの恋愛に対するユキの罪悪感や恥辱感は、異人種間結婚に否定的であった日系社会の規範を内面化しているユキの心理状態からも生じていると見なければならない。

さらにユキの両義的な感情は、有色人種と白人との異人種間結婚を、反社会的な行為として長いあいだ否定してきたアメリカの歴史とも無関係ではないだろう。アメリカにおいて異人種間結婚を禁止する法律は、もともと白人とアフリカ系アメリカ人とのあいだの結婚を禁止するものとして、一七世紀半ばに南部で制定されたものだった。しかし、やがて禁止の対象は、アジア系をはじめとする他の有色人種にもおよび、白人の「純血」を守ろうとするアメリカの支配的な言説が、有色人種と白人の結婚を禁止する法へと拡大発展し、定着していった。中国人移民の増加でカリフォルニア州では、一八八〇年に白人とアジアからの移民との結婚の禁止法が成立し、それが撤廃されたのは、一九四八年にカリフォルニア州最高裁が異人種間結婚禁止法は違憲であるとのペレス判決を出してからのことである(Pascoe 215-23)。[14] このような背景を踏まえると、ユキが「小柄なオリエンタル」(Yamamoto, *Seventeen* 63) でしかも「器量のよくない」(67) 自分と「逞しくてハンサムな男性」であるマーコとの関係を自虐的に語るのも、白人と有色人種との結婚を反社会的な行為として否定してきた支配的言説に、ユキが無意識のうちに絡め取られている証拠でもあるだろう。(15)

以上のようなユキの両義性は、物語の最後まで維持されるが、この作品で見逃せないのは、従来のヤマモトのヒロインとは異なり、ユキが最終的には主体的な選択を行っている点である。マーコとの関係が進むにつれて、ユキはマダム・マリーとのあいだに差異を見いだすようになる。マーコとユキの関係をいち早く察知したマリーは、ユキのようなボランティア女性とアルコール依存症患者との恋愛が不幸に終わることが多いとユキに語り、マーコとの結婚に暗に反対する。同情や思いやりだけでは生活が好転しない現実の厳しさを指摘するマリーの助言に、ユキは感謝しながらも、最終的にマーコとの関係を選び、流産の苦しみにも耐え、マリーに内緒で結婚式も挙げてしまう。

ユキ自身、アルコール依存症をいまだ完治することができず、しばしば酩酊状態にあるマーコをなぜ愛しているのか、また、将来の見通しもないマーコをなぜ結婚相手に選んだのか、不思議に思う時もある。しかし一方でマーコの存在に魅了されているとユキは感じており、そうした自分の感情に忠実に生きようとしている。また、マーコとの結婚はユキにとって、社会的越境をさらに確実にする契機であり、それまでの閉塞感から脱するためには必要な行為でもあったのである。

このようなユキとマリーとの差異は、ユキの信仰の問題にも波及する。先に述べた通り、マリーは神の啓示を受けた後、葛藤しながらも、恋人との関係よりも信仰を選んだ。これに対して、ユキはキリストの存在を信じながらも、最終的には洗礼をうけることを断念し、「心の中ではカトリック教徒」であるという曖昧なスタンスをとることを選ぶ。カトリックの教義においては、死後異教徒は「地獄の辺土 (Limbo)」と呼ばれる領域しか与えられないため、洗礼は仏教徒である両親とのあいだに「修復しがたい裂け目」(68)を永遠に作ることになると考えるからだ。このように、日系社会の伝統規範に抵抗しつつも、両親との関係を最終的に否定しきれない点に、戦後のアメリカ社会で日系アメリカ人として新しい生き方を探るユキの揺らぎと苦悩のあとが示されている。ユキはツアラット・コミュニティを出て再びサンフランシスコに戻るが、それは日系社会への単なる回帰を意味するのではなく、両親や日系社会との新たな交渉に向かおうとするものである。

> 遅かれ早かれユキの母は、娘がアルコール依存症で、しかもハクジンと結婚したことを知らされるだろう。突如としてユキは、この先どうなるのか、まったくわからなくなってしまった。ユキはこれから自分が与える苦しみ、あるいは自分自身が蒙らなければならない苦しみについて、あまり考えたくはなかったからだ。(68)

「ハクジン」である上に、無職で飲酒癖が治らないマーコとの結婚を、ユキは大胆にも決意する一方で、異人種間結婚を否定的に捉えている母親との関係を絶つことも最終的に回避する。この点に、差異を乗り越えてあくまでも連結できる共通の場を求めるユキの願望が見いだされるだろう。ユキのキリスト教への関心やマーコとの結婚は、ユキのアメリカ化を象徴するものであるが、他方で両親との関係を重視する姿勢に、二つの文化が横断する領域に自身の居場所をあえて見いだし、新たなコミュニティや関係の構築に向けて再出発を始めようとしているユキの心根がうかがわれる。

戦後の再定住期には、アメリカ社会でのサヴァイヴァルのために日系アメリカ人としてのエスニシティを再定義する試みが盛んに行われた。JACL(日系アメリカ市民協会)を中心に創出された「日系アメリカ人」

像は、南川によれば「戦時強制収容において人種化された「日系」というスティグマを払拭しようとする実践のなかで形成されたものである」（南川 一九七）という。こうして「日系アメリカ人」を「アメリカの市民ナショナリズムを忠実に遵守する市民」として再定義することで、ハイフォンなしのアメリカ人となることが強くアピールされた。また、戦後発行されたアジア系文化雑誌『シーン（*Scene*）』を検討したシャーリー・J・リムは、飛躍的に発展したアメリカの消費文化に参加することが、人種上の平等とアメリカ市民としての権利を獲得する方法であると日系二世は認識していたと指摘している（Lim, Shirley J. 91）。それゆえ戦後の二世は、人種主義に対抗するために、文化活動や消費生活を謳歌する「文化的市民権」を、アメリカ社会にも日系コミュニティにも示そうとしたという。

このように同化志向を強化させた日系二世とは対照的に、ヤマモトが戦後の再出発の時期に、アメリカ社会の中心ではなく、周縁に眼差しを向けていたことは明らかである。二つの文化が横断する境界領域は、当然ながら精神的、感情的な混乱を生み出す領域でもあるが、その両義性および流動性を認識した上で、ヤマモトは境界領域から他者理解の方法を探り、他者との共生を可能にする関係やコミュニティを模索していた。「祝婚歌」は、そのようなヤマモトの戦後の模索を例証する作品として位置づけられる。

先述したように、ユキのマーコに対する感情には希望と不安とが混在し、その両義性は最後まで払拭されないまま物語は終わる。ユキの結婚の行く末を暗示するかのように、この作品の結末は曖昧である。まず、結末でユキは愛唱の詩、ホプキンズの「神のかがやき（"God's Grandeur"）」（1877）の一節を再度思い出している。

世界は充電されている、神の雄大さに。

それは燃え盛る、揺さぶった金箔がきらきら光るように。
それは勢いを増して巨大になる。押し潰した油がじわりと
滲みだすように……[(16)]

新たな旅立ちに向かうユキに、ふたたびホプキンズの「神の雄大さ」をヤマモトが思い出させ、引用したのはなぜだろうか。テリー・イーグルトンはこの詩の曖昧さを次のように説明している。もともとカトリック教において、「人間の堕落」をめぐって二つの説が併存し、人間とともに自然も「堕落に連座した」と捉えることも、「人間だけが堕落した」と捉えることも認められているのだが、ホプキンズは「神の雄大さ」において、この二つの立場について自身の態度を意図的に曖昧にしているため、この詩が不明瞭になっているのだとイーグルトンは説明する（イーグルトン 四一四）。この指摘を踏まえると、引用されたホプキンズの詩は「祝婚歌」の結末の曖昧さとも連動していることがわかる。この曖昧さは、ホプキンズの詩の直後に、マーコと結婚した日が「洗礼者聖ヨハネ斬首の祝日」であることをユキが思いだし、かれの斬首について書かれたフローベールの『ヘロディア』の終行を思い出す場面に直結している。

『ヘロディア』は、『新訳聖書』の洗礼者ヨハネ斬首の挿話を描いたものである。主人公のヘロディアとはヨハネの首を捧げた少女サロメの母の名前であるが、この物語ではヘロディアの残忍さに焦点が当てられている。ユキはさらに、この日が聖サビナの記念日であるとの説もあったことを思いだす。サビナは騎士ヴァレンティヌの妻であったが、偽神に供物をささげるのを拒んだため、ハドリアヌス帝の時に首を刎ねられたとされている。しかし、このサビナについては諸説あり、記録も曖昧なためその実在性はきわめて疑わしいとされている（ウォラギネ 一七九）。以上のように、ホプキンズの詩と二つの伝説を通して、自分たちの結婚

に対し神の祝福を感じながらも、今後の二人の行く末が不透明であることを感じて、ユキが漠然とした不安を抱えていることが最後に暗示される。このように希望と不安が混在するユキの両義的な思いは、かつてスタテン島のモーリン農場を去った時のヤマモト自身の思いと重なり合っていただろうことが推量されるのである。

## 6 「ユーカリの木」――「責任への怖れ」と診断される

前節で、ヤマモトが「神経衰弱」にかかって精神科の診療を受け、「責任への怖れ」と診断されたことを述べておいたが、この時の入院の経験を踏まえて書かれたのが、一九七〇年に発表された「ユーカリの木（"Eucalyptus"）」である。この作品の主人公トキ・ゴンザレスも、ヤマモトと同様に、精神科で「責任への怖れ」と診断される

ただしトキについては、年齢が三八歳であることやヒスパニック系の夫と子どもがいることなどは明らかにされているが、彼女が「精神的バランスを失ったあの怖ろしい感覚」（Yamamoto, *Seventeen* 142）に襲われた理由について、具体的な説明は与えられていない。トキと同様の病で入院していた患者たちとの交流を中心に描くことで、この作品をヤマモトは、まず第一に、トキの個人的な物語としてではなく、「不安な時代」（142）を生きる女性患者たちの「苦悩のこの集合体」（149）の表現として提示することを目指したのではないかと思われる。

トキの回想に登場する患者たちの境遇や世代はさまざまだが、共通しているのは彼女たちの家庭内に葛藤

を深める原因が見いだされる点である。たとえば、父が望んでいたのは息子だったことを知って傷つく娘(145)、母が自殺したことがトラウマとなって自殺の衝動に駆られている娘(146)、難産の末、生まれた息子を受け入れることができずに苦しむ韓国系の母親(148)、などなど、母や娘として期待された役割を果たせないことで罪悪感を覚える女性患者が多い。また、女性たちの病の背景には、しばしばジェンダー間の不均衡が存在する。妻の入院によって生じる生活の変化に狼狽する男たちは、「長いあいだ、世話をしてもらう立場にいて、家庭生活をスムーズに営むために費やされてきたすべての労力を当然のこととして思ってきた」(144)からに相違ない、とトキは男たちを批判的に捉える。そして「私たちがみなここに入院しているのは、男の人たちがすること、あるいはなにもしないことが原因なのだろうか」(149)とトキはさらに問いかけている。このようなトキの観察を通して「現代社会で女性に与えられている制限され抑圧された役割」(Showalter 275)が女性を抑圧し、ひいては精神のバランスを崩す要因となっていることをヤマモトは暗示していくようだ。

ここで興味深いのは、トキの観察が病院での治療方法にも向けられている点である。入院当初は、自分の病が治る見通しがないとすら感じられ、トキは大きな不安を抱えている。しかし、もっとも効果的な治療とされる電気ショック治療法に対しては疑義を呈する。退院後も交流を続けている友人のローレルは、退院を急ぐあまり電気ショック療法を受けたが、その副作用で健忘症にかかったのを知って、恐怖心を覚えたからである。また夫が亡くなったあと、うつ病を発症したアンナも、電気ショック療法が「奇跡」をもたらして退院するまでに回復する。しかしほどなく彼女は再び発病し、病院に戻ってきてしまう。このように電気ショック治療法は、短期間で状態が好転するように見えても、実際は根本的な治癒を意味するものではないことをトキは思い知る。

またトキは、神経症患者に関する研究にも関心を寄せている。精神科医の治療を受けた患者の改善率は四四パーセントだが、「なにも治療を受けない患者の改善率は七二パーセント」（Yamamoto, *Seventeen* 148）であるとの調査結果をトキは読み、心の病に対する治療に限界があることを知らされる。実際に退院が許可された患者の中には、翌日命を断ってしまう者もいて（148）、トキの思いは複雑になる。もともと精神のバランスを崩した女性には、「本当の思いを隠してしまう」（148）傾向があり、それゆえに回復の判断は容易ではない。

さらに、トキは病院内の人種構成についても意識的である。病院のスタッフや患者は白人が多数を占めており、アジア系などのマイノリティはごく少数である。人種構成に偏りがあるこの病院で、トキがもっとも信頼を寄せるのが、アフリカ系の看護師フィリスである。フィリスは「まさに優しさそのもの」（144）であり、「彼女のためならばなんでもやりたいという気持ちを私たちに起こさせるただ一人のスタッフである」（144）とトキは感じている。仕事をルーティンとして淡々とこなすだけの他の看護士とは異なり、フィリスは患者の気持ちに沿った細やかな配慮があるため、患者たちから愛されている。他方、トキが治療を受ける精神科医は、白人でありしかも男性である。

フィリス・チェスラーは『女性と狂気』（1972）において、「精神病院は、家族内で男性が置かれている状況よりも女性が置かれている状況に近いところである」（Chesler 36）としてその体質を批判した。この点に加えて、「ユーカリの木」においては、特にトキのようなマイノリティの女性にとって、白人中心の病院で受ける治療が必ずしも万全ではないことが示されている。たとえば、トキは退院後、時々フィリスから呼び出されて、韓国系や日系の女性患者の相談相手になるように依頼されて相談に乗る。アメリカ社会で周縁化されたマイノリティの女性たちにとっては、同じように周縁的な状況にいる者同士の理解と支援が治療には不可欠なのである。

フェミニズム運動の進展に伴い、一九七〇年代から八〇年代にかけて、女性の狂気やヒステリーなど「女の病」について、ジェンダーの視点から見直しがなされるようになった。「ユーカリの木」は、一面においてそのような時代の変化と共振する作品として捉えることが可能であり、この点でヤマモトのフェミニスト的な意識が認められる作品でもある。

しかしフェミニスト的な観察が「ユーカリの木」の最終的な主題であるわけではない。というのも、トキが自身の病からの回復について語る場面では、彼女の病が他の女性患者たちのように家族関係によって生じたというよりは、むしろ自身のアイデンティティに関わる思想的な葛藤から生じたものだったことがわかるからである。

たとえばトキは、自身が病から回復できたのは、「塩、その気を失わばいかにして塩味を取り戻せようか」という「マタイによる福音書」（五章一三―一六節）からの一節を理解できるようになったからであるとしている（147）。この一節は有名な「山上の垂訓」の一部で、神の恵みにより、人は塩としての役割を与えられており、それぞれが社会を浄化するために義を果たすことが求められている。信徒が社会の塩や光として義を果たすのは、自分自身のためではなく、他者のためである。塩も光も「その周囲とは異質の存在であるからこそ、意味をもつものであり、さらに、そのどちらも僅かであっても周囲の状況を変える」存在であるということになる（山内 三五）。

トキは「地の塩」としての自分の存在意義に気づかされることで、ようやく「責任への怖れ」から解放された。作品では、トキの信仰については触れられてはいないものの、彼女が日ごろから聖書に親しみ、聖書の言葉を自身の支えにしてきたことは明らかである。一方、「山上の垂訓」はカトリック・ワーカーの基本的な理念を示すものだった（Day, *Long* 264）。それゆえヤマモトが囚われた「責任への怖れ」は、結局のところカトリック・ワーカーの理念に立ち戻ることによって快方へ向かったと理解される。[17]

「山上の垂訓」を実践する上でカトリック・ワーカーが重要視するのは、「個人のイニシャティヴ」による主体的な行動と、それに伴う「個人の責任」である（O'Connor 43）。この「個人の責任」をカトリック・ワーカーの理念の中心に据えたのは、運動の創始者の一人ピーター・モーリンだった。若い時にマルキシズムに対抗する新しい労働運動を模索していたモーリンは、フランスの哲学者であるエマニエル・ムーニエ（Emmanuel Mounier, 1905-1950）の「人格主義」の影響を受けた。ムーニエは一九三二年に、雑誌『エスプリ（*L'Esprit*）』を創刊し、社会問題と宗教や道徳とをリンクさせる方法を模索する過程で、「人格主義（personalism）」に到達し、これに依拠した。この思想は、当時実存主義やマルキシズムに対抗する思想として、ヨーロッパ各地の大学やサロンを中心に広まっていた（Day, *Peter* 35）。ムーニエは個人を他者に開かれた存在であり、「他者に向かう運動」として定義した（Mounier 20）。個人を近代社会におけるような他者から切り離された利己的な存在としてではなく、他者との関係において存在するものとして捉えたのである。他者との関係において自己を認識し、成長することを目指す人格主義に、ムーニエは新たな社会的連帯の可能性を見いだした（Mounier 21）。そして、哲学者であると同時に社会活動にも参加していたムーニエは、思索のみならず「個人の責任」を果たすべく行動することを重視していた（Zwick 100-01）。

このようなムーニエの人格主義をアメリカ社会に合わせて修正し、実践する道を探ったのがピーター・モーリンだった。モーリンはエッセイ「人格主義者のコミュニュタリズム（"Personalist Communitalism"）」において、ムーニエを参照しつつ、人格主義者とは「自己に向かうのではなく他者に向かう」存在であり、「言葉のみならず行動を通して」コミュニティために貢献することが求められているとした（Day, Peter 77-

78)。カトリック・ワーカーの共同農場や「歓待の家」などは、このような人格主義を実践する場として設けられたのだった。

ヤマモトはインタヴューにおいて、カトリック・ワーカーに惹かれた理由を訊かれた時に、デイとともにモーリンの名前を挙げており、モーリンの思想への共鳴もカトリック・ワーカーに参加する一因になったとしている(Chenug, Interview 85)。この点は「ウィルシャー通りのバス」以後、他者への応答や責任に伴う倫理的な問題がヤマモトの作品において主要なテーマになっていったことにも反映されている。

「ユーカリの木」でトキは、「うつ病は、怒りがすべて自分の心に向けられたもの」(Yamamoto, *Seventeen* 149)であると語る。このトキの言葉は、ヤマモト自身が他者への責任という理念と自身を取り巻く現実との挟間で葛藤を募らせ、無力な自分に対して感じた苛立ちの表れとして受けとめることも可能だろう。黒人コミュニティでの活動に限界を覚え、新たな希望を求めてカトリック・ワーカーに参加したが、カトリック・ワーカーの高邁な理念通りにはいかないコミュニティの実情に触れることで、ヤマモトの幻滅も徐々に募っていったに違いない。表向きには結婚を機にコミュニティを去ったことになっているものの、カトリック・ワーカーへの期待が大きかっただけに、喪失感も少なからずヤマモトを苦しめたことだろう。それまでのヤマモトは、作家であるとともに社会運動家として活動を継続させてきただけに、結婚という新生活をスタートさせつつも、作家としての新たなヴィジョンが見つからないまま、しばらくヤマモトは停滞の時期を迎えたように思われる。

以上のように、「ユーカリの木」はカトリック・ワーカーのコミュニティを去った後のヤマモトの心象がトキを通して吐露された作品であり、カトリック・ワーカーの理念が、彼女の生き方の根幹に関わるものであっただけに、そこを去った苦しみや無力感が彼女をさいなんでいたことがあらためて想像される。それではその後彼女は、他者への責任の問題をどのように引き受け、考え続けていったのだろうか。その答えは一九八〇年代に書かれた二つの作品によって認められるように思われるので、次にそれらを検討してみたい。

# 第7章　一九八〇年代のヤマモト――境界線上からのまなざし

## 1　他者からの呼びかけ――「エスキモーとの出会い」

ヤマモトの作品において、異人種間の関係は、初期から繰り返し示されてきた重要なテーマだった。振り返るなら、戦前のカリフォルニア農村地帯に住む日系移民の家族を描いた「十七文字」や「ヨネコの地震」におけるように、日系人と他のマイノリティとの関係が家族関係にも影響するプロセスは積極的に描かれ、多人種社会カリフォルニアにおける日系人の状況を提示していた。ヤマモトは異人種間関係を、時としてアイロニカルに描くことはあっても、「さまざまな民族的背景をもつ人々のあいだに存在する緊張関係と良好な関係の双方」(Cheung, Introduction xiv)を描き、決して一面的には捉えていない。

ヤマモトのバランスの取れた観察を可能にしたのは、第二次大戦後、アフリカ系新聞の記者となって公民権運動や平和運動等に参加したり、その後はカトリック・ワーカーのコミュニティに参加したりして、他人種との交流をつねに積極的に図り、身をもってその困難にも直面してきたなかで、豊かな経験が蓄積されたからだろう。

ヤマモトは一九八〇年代に入ってから、これらの経験を踏まえた作品として、「エスキモーとの出会い」("The Eskimo Connection")(1983)と「フォンタナの火事」("A Fire in Fontana")(1985)の二作品を発表している。本章ではおもにこの二作品を検討して、絶え間ない自己省察によってヤマモトが八〇年代に獲得したヴィジョンを明らかにしたい。

まず「エスキモーとの出会い」は、二世のエミコ・トーヤマとユピック・エスキモー（Yupik Eskimo）の囚人オールデン・ライアン・ワルンガとのほぼ二年間に及ぶ文通の物語である。ヤマモトの後期に書かれたこの作品については、これまでのヤマモト研究では単独で取り上げられることも少なく、評価も曖昧なままにされてきた。[1] しかしこの作品には、従来のヤマモトには見られない新たな要素がある。まず第一に、ヤマモトはここで、日系人とアラスカ先住民との関係をはじめて取り上げている。物語は一九七〇年代半ば、いわゆるレッド・パワーによる先住民の権利回復運動が進展した時期に設定されており、それに対するヤマモトの関心もこの作品を通してうかがうことができる。[2]

さらに、この作品は他のヤマモトの代表作とは異なり、少女の視点からではなく、当時のヤマモトとほぼ同世代の中年の主婦、エミコの視点から語られている。オールデンのエミコ宛て手紙からの直接の引用はごくわずかであり、彼の手紙の内容については、もっぱらエミコの関心と解釈に基づいて語られる。

詩人でもあるエミコは、「詩を書くことではなく、孫たちの世話をすることが仕事のようになっている」（Yamamoto, *Seventeen* 96）とはいえ、繊細な感性を持ち合わせている。そのことは、オールデンへの観察を通して次第に明らかにされる。従って「エスキモーとの出会い」は、表層的にはオールデンの物語であるが、同時にエミコの物語として読むことも可能である。ここではこの作品を、エミコに焦点を合わせて読み直すことで、一九七〇年から八〇年代にかけて日系人の強制収容への補償請求運動が進展するなか、ヤマモトが初期から探ってきた他者への応答という問題をどのように捉えていたのかを検討してみたい。

中西部にある連邦刑務所に収監されているオールデンは、アジア系雑誌に掲載されたエミコの詩を読み、「アジア系アメリカ人に仲間意識をもって」（96）、刑務所内の新聞に投稿した自分のエッセイを「批評」して欲しい、と手紙でエミコに要請してくる。二三歳の「辛酸をなめたに違いない若者」(96)と中年の未亡人である自身とのあいだに、何ら接点を見いだすことができず、エミコは直ちに返事を書く気にはなれない。その上かれのエッセイは「論点が著しく曖昧で」(96)、言葉遣いも不正確であるため、エミコは辟易する。しかしオールデンのエッセイに見いだされる「両極端の苦しみ(dichotomous anguish)」(102)を感じ取ったエミコは、最終的にはエッセイに対して短くコメントを書いて、二人の文通が始まる。そもそもオールデンがどのような罪を犯して刑務所にいるのかも知らされないまま、かれから送られてくる手紙だけを手掛かりに、エミコはかれの内面を探るようになる。

オールデンのエッセイでエミコが最初に印象づけられたのは、「生まれ育った土地の略奪に対する強い感情的な叫び」(96)である。土地の略奪に対するオールデンの怒りは、一九七〇年代のアラスカにおける先住民社会との関連で捉えると、決してかれの個人的感情の爆発ではなく、先住民が抱えた「集団的トラウマ」(Roderick 70)に連なるものであることが明らかにされる。アラスカでは、一九六八年のプルドーベイ(Prudoh Bay)における油田発見を契機に、油田開発のためにパイプラインの敷設が計画され、それまで曖昧にされてきた土地の権利関係を明確にする必要が生じ、一九七一年に「アラスカ先住民土地請求権解決法(Alaska Native Claims Settlement Act)」が制定された。しかし、この法律によって先住民の生活は保障されたものの、実質的には先住民にとって不利な状況が決定づけられていった。本来ならばこの法律によって先住民に土地の所有権が与えられることになっていたが、実際は、先住民はあらかじめ定められた集落に登録され、土地は特定の地域会社の所有という形が採られた。その結果、先住民が普段使用しない土地は地域会社の所有となってしまったのである。

この法律によって、先住民の伝統的な遊動生活は不可能となり、かれらの生活は一変する(Fienup-Riordan

31）。特にオールデンのようなユピック・エスキモーのあいだでは、アルコール依存や自殺、犯罪の増加などが見られたという（Napoleon 137）。アラスカ先住民文学を代表する作家ヴェルマ・ウォーリス（Velma Wallis, 1960- ）による自伝『私たちの自立（*Raising Ourselves*）』（2002）においても、この時期の先住民の「喪失感」（Wallis 5）がいかに大きなものだったかが詳細に語られている。ウォーリスは、「一九七〇年代にフォート・ユーコンでは皆が飲酒を始めていた」（Wallis 179）と述べて、土地請求法後の精神的な荒廃を指摘する。請求法が制定された後、父のアルコール依存が家族を苦しませ、やがて母も「生活保護のお金を飲酒につぎ込むようになり」（177）、家族やコミュニティ全体に負の連鎖が広がったという。ウォーリス自身もこの状況に耐えきれず自殺を考えるようになり、自らも酒に依存するようになった（179）。[3] このような七〇年代におけるアラスカ先住民の状況を踏まえると、オールデンがアルコール依存で苦しんでいることや、うつ病の治療で大量の抗うつ剤を服用していることなども、土地請求法後におけるアラスカ先住民の状況とパラレルになっていることがわかる。

　一方でエミコは、オールデンが自身のなかの相反する感情のせめぎあいから脱するために必死になっていることも知らされる。刑務所内の教育によりオールデンはキリスト教を受け入れ、聖書の勉強に日々熱心に励み、「キリストのことばに関する研究」が自分の「人生の最優先事項だ」（Yamamoto, *Seventeen* 97）と説明して、信仰に邁進する様子をエミコ伝える。しかしエミコは、オールデンが真剣に聖書を学んでいるにもかかわらず、キリスト教は必ずしもかれが求める精神的な安定をもたらすものではなく、混乱を招いていることに気づかされる。キリスト教が先住民にもたらした混乱は、先述したウォーリスも触れている。自分たちの伝統的な宗教を信じ続ける父とは違って、キリスト教を受け入れた母の影響でウォーリスも教会に通うようになった（Wallis 27-29）が、教会の指導者たちの先住民への差別的な発言を疑問に思い、教会に行くのもやめたと述べて、キリスト教への不信感を示し、キリスト教が先住民にもたらした混乱を描いている（177）。

エミコは、オールデンが信仰に揺らぐ背景には、彼がユピック・エスキモーとしてのアイデンティティを強化したことと関係しているのではないかと推測する。たとえばオールデンは、刑務所で「アメリカン・インディアン・アルコール依存症患者救済協会」のメンバーとなって、「その霊的な側面を楽しんでいる」（100）とエミコに報告する。仲間とダンスを楽しみ、「アメリカン・インディアンの同胞意識をもって」（100）パウワウにも参加したとして、刑務所内での先住民同士の交流が、オールデンに解放感を与えていることを伝えてよこす。自身の信仰について書く時の深刻で重苦しい文章とは異なり、先住民同士の交流について触れる時のオールデンは、年令に相応しい躍動感をエミコに伝える。先住民との触れ合いが、オールデンを孤立感やスティグマから解放するのに大きな力となっていることがわかる。

このような変化に応じて、オールデンはエミコに、『ピーター・フロイヘンのエスキモーの本（*Peter Freuchen's Book of the Eskimos*）』（1961）や、アラスカ先住民についての研究書を読むように勧め、両方とも「彼の民族を正確に表している」（97）と説明する。ユピック・エスキモーとしてのアイデンティティを強く意識するようになって、オールデンは自分たちの伝統への誇りを取り戻し、それらへの理解をエミコにも求めるようになったのである。一九六〇年代の公民運動やそれに触発された七〇年代の先住民による運動の発展で、アラスカの先住民も政治的結束を固め、民族意識を募らせた影響がオールデンにも認められる。

さらに、キリスト教とエスキモーの伝統文化とのあいだで引き裂かれているオールデンの状況には、一八六七年にアメリカの領土となった後に強力に推進された同化政策の反映がある点も見逃せない。その中心となったのが公教育における伝統的な部族言語の使用禁止だった。こうした同化政策がエスキモーに与えた影響は大きく、一九七〇年代以前に学校教育を受けたアラスカ・エスキモーは「母語にまつわる屈辱的な記憶」（宮岡 二〇〇〇）に苛まれていたという。オールデンもそのようなトラウマ的経験を持つ世代に属しており、同化政策による抑圧がオールデンにもその痕跡をとどめている。キリスト教を信仰し、忠実な信者になることを求めながら、先住民同士の「霊的な」交流や伝統的行事に心躍るオールデンの分裂した心理に、それが象徴されていると言えるだろう。このような二つの文化の境界線上に揺らぐオールデンの葛藤を、エミコが敏感に読みとるのも、エミコ自身も若いころ、同じように異なる文化の狭間で揺らぐ経験をしたからだろう。

以上のように、オールデンの「両極端の苦しみ」には、アラスカ先住民の歴史が反映されていることが明らかにされたが、同時にヤマモトは、オールデンが負っている内面の傷が、エミコ自身のそれにも通じるものであることを示していく。たとえばエミコは、オールデンが収容されたマクニール島刑務所（McNeil Island Penitentiary）の規則書を読み、その体制に疑義を呈している。[(4)] 刑務所に外部から本を送る場合は、宗教関係のものに限定されており、読書好きのオールデンにとっては耐えがたい状況である。実際、エミコが送ったアジア系アメリカ文学の雑誌も、送り返されてきた。刑務所に何かを送る時には、教戒師からの許可が特別に必要であることなど、細かい規則があることを知ってエミコは苛立つ。刑務所の抑圧的で煩雑な管理体制を知らされたエミコは「冷たい手に触れられたような気がした」（Yamamoto, *Seventeen* 98）と不快感を覚えている。

この作品でエミコの強制収容所体験について触れられているのは一箇所のみであるが、刑務所の規則に対するエミコの批判的な眼差しは、厳しい監視のもと、自由を剥奪された強制収容時代の経験があったからだろう。ヤマモトも強制収容所を「監獄（prison）」と呼んだことがあった（*PC*, May 30, 1943: 2）。

監禁状態にある人は、心理的に「ダブルシンク」という複雑な状態に陥るという。「相矛盾した複数の信念を同時に保持する」ことで、苦痛や恐怖、屈辱感などを抑制しようとするからである（Herman 132-33）。エミコがオールデンから送られてきたエッセイにいち早く「両極端の苦しみ」を認めたのも、エミコの強制収容所での経験があったからに相違ない。(5)

もともとエミコは、刑務所や死刑制度に対して批判的だった。(6) エミコは「刑務所が囚人の犯した罪に対する解決策にはならない」（Yamamoto, *Seventeen* 99）と確信し、「更生しやすい社会を求める賢人の意見」（99）に賛成しているからである。ここで注目したいのは、この「賢人」とは、カトリック・ワーカーの創始者であったピーター・モーリンを指しているという点である。「更生しやすい社会」はモーリンの言葉であり、前章で見た経緯を踏まえると、ヤマモトはエミコに自身の理念を反映させていると思われる。

エミコはオールデンからの呼びかけに応じて文通を重ねながら、かれとの距離を次第に縮めていく。しかし同時に、オールデンとの関係には制約もあり、限定的であることを意識してもいる。二人には二度ほど面会の機会があったにも関わらず、最終的には会うこともなく物語が終わってしまう点に、それが端的に示されている。最初に面会の機会が訪れたのは、オールデンがマクニール島刑務所に移送されることになった時のことである。移送の途中で休憩をとる場所でエミコに会いたい、とオールデンから要請があり、はじめてオールデンに会うことができる機会だったが、エミコは家族の用事を優先させて、面会に行くことを断ってしまう。だが、その直後にエミコは「後ろめたさを覚えて」（100）、面会を断るべきではなかったかと後悔する。

エミコはオールデンに対して共感を募らせつつも、一方で、主婦としての日常生活を常に優先させる。次々と起こる「現代家族が抱える雑事に取り紛れて」（104）、オールデンからの手紙が途切れても、それに気がつくのは、時間が経過してからである。エミコは家族が次々と引き起こすトラブルを一人で処理しなければならず、詩を書く余裕もない。

オールデンとの二度目の面会の機会は、エミコの友人の息子がシアトルで結婚式をあげることになり、友人夫妻とシアトルに出かける際に訪れる。エミコは、シアトルに近いマクニール島刑務所に、面会予定を申し込むが、出発までに面会許可書が送られてこなかったため、二度目の機会も実現できないままに終わる。皮肉にも、シアトルから帰宅した後、刑務所から通知が来るが、シアトルを訪れる機会は二度とない。

エミコとオールデンのこのようなすれ違いは、何を意味しているのだろうか。ヤマモトは、オールデンに対して可能な限り応答するエミコの様子を描きつつも、その一方で両者の差異を浮かび上がらせてもいる。たとえばエミコは、亡くなった夫が遺した保険で、豊かではないがそれなりの生活を送っている。エミコのそんな生活は、戦後の日系人が特に一九六〇年代以後、「モデル・マイノリティ」と呼ばれて社会的安定や上昇が注目された状況にも呼応している。「マリファナ、結婚しないままの同棲」(98)など、子どもたちが引き起こす問題の対応に追われながらも、子どもや孫に囲まれたエミコの生活は、刑務所にいるオールデンとは対照的である。ヤマモトは二人の置かれている状況の相違を通して、マイノリティ同士が社会的、人種的差異を乗り越えて相互浸透的な関係を構築することは容易ではないことを示唆しているのではないだろうか。

だがヤマモトは、マイノリティ間の相互理解の困難を単に暗示するだけで終わっているわけではない。作品の結末には、オールデンが送ってきた自作の短編物語「一九七四年の棺」からの抜粋が紹介されている。物語は、ベーリング海を飛んで渡ってきたユキホウジロの描写で始まる。「春の歌をうたいながら」(103)飛んできたユキホウジロは、春の訪れに伴う躍動感を予感させる。季節ごとに海をわたり、次の居場所を求めて軽やかに越境するユキホウジロの自由な生命力に対するオーデンの憧憬の念がここでは示されている。

次に、物語は一転して異様な光景に移り、「六人の浅黒い肌の人々」(103)が棺を運ぶ様子が描かれる。「押し黙った雲」や「殺されたセイウチの生臭い臭い」(103)など、重苦しく、残忍さも漂う暗い風景とも相まって、周囲は先の風景とは対照的な世界に一変する。棺に入っている亡くなった男が殺人犯であることは、ごく短く触れられてはいるものの、詳細は省略され、荒涼とした土地に根ざして生きる人々の苛酷な運命が映し出される。しかも、棺に入れらた男は、その後奇跡的に再生するという予想もつかない結末で物語は終わる。殺人を犯した男は、「罪を洗い清められ、キリストのなかで再生し、新しい人間となった」(103)と書かれ、罪を犯した男すなわちオールデン自身を投影していると思われる男の再生が、最後に高らかに謳われる。生と死、明と暗とが混在するこの物語を読んだエミコは、オールデンの「両極端の苦しみ」を再び感じる。そしてオールデンは、殺人やレイプといった残忍な罪を犯した可能性が暗示される。

ヤマモトは、このようなオールデンの物語の抜粋を結末に挿入することで、エミコのオールデンに対する応答の意義を提示している。ジュディス・ハーマンによると、トラウマを抱えている人の回復は、自身のトラウマ的経験を語ることによって可能になるという。凍りついてしまった記憶を「言語による、具体的な、有機構造を持った、時間の前後関係と歴史的文脈との方向づけ」(Herman 177)に基づく物語を構成する過程で、失っていた世界を取り戻すからである。従ってオールデンが自身の過去を語り直す物語行為は、かれの回復の第一歩となるものであり、その契機となったのがエミコとの文通だったと思われる。自分の犯した罪について沈黙していたオールデンが、トラウマ的経験を物語化することが可能になったのは、エミコの応答があったからである。

しかし、ヤマモトはエミコの応答が果たした役割を明らかにしつつも、オールデンとエミコの関係には最後まで一定の距離を保ち、単なる異人種間の友情物語として物語を終わらせてはいない。実際、マクニール島刑務所から故郷のアラスカに移送された後、二人の文通は一気に終息にむかう。エミコが最後に受け取った手紙には刑務所のスタンプはなく、通常の切手が貼られていることから、オールデンは仮出所が認められたのかもしれないとエミコは想像する。そして、オールデンが故郷のアラスカに戻ることで、家族の面会も受け、「主なるイエス・キリストにしっかりと従い、他のことに気をそらすことなく」(Yamamoto, *Seventeen* 104) 忙しくしているだろうと想像し、文通が終わったことを特に感傷的に捉えることもなく、冷静に受けとめている。

「エスキモーとの出会い」は、一九七〇年代から八〇年代にかけて、強制収容の補償を求めたリドレス運動の進展によって日系社会が変化しつつあった時期に書かれた。この時期には、リドレス運動を通して他のマイノリティとの連帯を強化する運動を進める日系人アクティヴィストが数多く登場した。たとえばエディソン・ウノ (Edison Uno) のように、六〇年代からリドレス運動を始め、その後アルカトラズ島を占拠したインディアンを援助する委員会を組織する者も現れたし、サンフランシスコで抵抗運動を行う二世の日系アクティヴィストたちもいた (Murray 187-88)。また、アリゾナからの強制移転を拒否したナバホ族の人々をサポートする運動を担う日系人も登場した (Murray 440)。さらにこの時期には、日系アメリカ文学の分野でも、ローソン・イナダ (Lawson Inada) やジャニス・ミリキタニ (Janice Mirikitani) のような、文学の政治性を意識した「三世のアクティヴィスト作家たち」により、日系文学の新たな潮流が形成された (Yogi, Japanese 140)。

このように、他民族との政治的連帯を求めるようになった日系社会の変化を、ヤマモトはどのように捉えていたのだろうか。それを検討するために好都合なエッセイが、一九八六年に書かれた「黄葉 ("Yellow Leaves")」である。このエッセイで、六五歳の誕生日を迎えたヤマモトは、自身の老いを痛感しており、自分たち二世が「消えゆく世代」であるとしながらも、ジョージ・ヤマダ (George Yamada) やユリ・コチヤマ（Yuri Kochiyama）など、依然として活発な社会運動を行っている二世に対する尊敬の念を表明している。また、日系人以外で尊敬できる人としては、ドロシー・デイやマザー・テレサおよびガンジーなどの指導者の名前を挙げてもいる。

ヤマモト自身も、反核デモの集会に参加したり、デイについての集会にも参加しており、自分の理念や投票をしないという政治的な信念にも変化はない。ただ、それらの集会に参加しても、隅に座ったり、柱の陰に身をよせたりして目立たないようにしている。それは「私が闘うための確信に欠けている」からではは決してなく、「陰鬱な世界の状況で、私は今もなおこれが唯一の方法だと確信しているのだ」（Yamamoto, Yellow 38）と続けて、運動に対しては距離をおいて参加していることを表明している。

このような距離感を、「消えゆく世代」の一人となったヤマモト自身の老いや、アメリカ社会の実状に対する諦観の現れとして受けとめるべきではないだろう。ここでヤマモトが表明しているアクティヴィズムへの距離感とは、公民権運動をはじめとする社会活動を自ら経験し、葛藤や失望を経てヤマモト自身が見いだした日系作家としてのヴィジョンに根ざしたものであると思われるからである。

振り返ってみれば、ヤマモトは作家としての志向を抱きつつも、一方で『加州毎日』や『トリビューン』のコラムなどで見てきたように、早くから社会思想に関心を寄せ、自ら公民権運動や平和主義を掲げるカトリック・ワーカーの運動にも参加したアクティヴィストであった。この二つの側面が日系作家としてのヤマモトに独自性を与えたことは言うまでもないが、二つの異なる方向性をどのように自身の中で融合させていくかという点が、ヤマモトにとって大きな課題だったように思われる。「エスキモーとの出会い」や「黄葉」で表明されたヤマモトの「距離感」は、そうした課題が年月とともにもたらした一つの解答だったのではないだろうか。さらに次節でこの点を考えてみたい。

## 2 「フォンタナの火事」——他者への応答

ヤマモトの後年のヴィジョンを知る上でさらに示唆的な作品が、「エスキモーとの出会い」から三年後に書かれた「フォンタナの火事（"A Fire in Fontana"）」（1986）である。[7] 短編集の増補第二版が一九九八年に出版された時に加えられたこの自伝的なエッセイの中で、ヤマモトは記者としての仕事をしながら、戦後のロサンゼルスにおける黒人の状況をつぶさに見ることで、自身の中に大きな変化が起きたことを以下のように説明している。

> 第二次大戦が終了して間もないころに奇妙なことが私に起きた。日系アメリカ人である私が黒人になったとまで言うつもりはない。それはあまりにも感傷的な説明になってしまうから。しかし、何らかの変化が起きたのは確実だった。そしてその影響は今でもなお私に残っている。（Yamamoto, *Seventeen* 150）

この引用が示すように、ヤマモトは『トリビューン』で働くことで、黒人が戦後もなお厳しい人種隔離を受けている現実を知らされ、自身が「黒人になった」と感じるほどの大きな内的変化を自覚した。その背景には、黒人への差別と「バラック小屋が立ち並ぶ暑くて風の吹きすさぶ場所に収容されたということのあいだには、関連性がある」（151）として、黒人と日系人の周縁性に共通したものを見いだすヤマモトの視点があった。

このような内的変化を経験しても「私は、依然として日系人にしか見えなかった」（150）と書き、内面の変化と日系人であるという現実とのあいだに埋め難い距離があることをもヤマモトは意識していた。先に「スモール・トーク」を通して検討したように、黒人への共感と距離感という二重の意識が記者時代のヤマモトに去来していた経緯が、ここにも見いだされる。

こうしたヤマモトの葛藤をさらに深める事件が、『トリビューン』の記者となった最初の年に起きる。ロサンゼルスの公民権運動の黒人運動家としてよく知られていたオーディ・ショート（O'Day Short）は、一九四五年秋に、白人居住地区であるロサンゼルスの郊外、フォンタナに家を購入した。ロサンゼルスでは、二〇世紀初頭から白人居住地区を保護するために、住居の「制限区域」が黒人に対して設けられ、黒人コミュニティとのあいだにまさに「白い壁」が張り巡らされていた。住居面におけるこうした人種隔離の状況は、戦後のカリフォルニアにおいて一段と厳しいものになっていた（Davis 160-64）。ショートのフォンタナ地区への移転は、このような人種隔離に対する抵抗だった。

当時、KKKの活動が再活性化しており、ショートも周囲の住民からさまざまな嫌がらせや脅迫を受けた。そして一九四五年一二月一六日、ショート家は火事で全焼し、妻と子供はその日のうちに焼死するという悲劇が起こる。[8] 警察は石油ランプが引火した事故が火事の原因であると発表した。この警察の発表に対する疑義は、一二月二四日の『トリビューン』社説でも触れられ（*LAT*, December 12, 1945: 24）、さらなる調査の必要が求められたが、放火を疑う黒人社会からの抗議もむなしく、警察の捜査はやがて打ち切られ、「白人至上主義の犠牲者ともいうべきショート家の運命は公式には忘れ去られてしまった」（Davis 401）。警察発表に疑問を持ったある白人の牧師は、ショート家の火事を芝居にして上演したが、ほどなくアリゾナの辺鄙な教区に移動させられたという（Yamamoto, *Seventeen* 155）。[9]

火事が起きる数日前に、ショートはFBIに脅迫を受けていることを知らせて保護を求め、さらにロサンゼルス内の三つの黒人新聞社を訪問して、一家の窮状を記事にしてもらうように頼む。ヤマモトもショートの訪問を受け、その要請に従って、ショート一家に関する記事を書いていた。

それからほどなく、ショートの家の火事を知ったときのヤマモトの衝撃は大きかった。ショートの苦境を救う機会がありながら、それを果たすことができなかったことへの自責の念があったからだろう。特にもっとも後悔したのは、ショートの悩みを直接聞いたヤマモトが、忙しい編集者に代わって、「言い分によれば（"alleged"）」や「本人は主張している（"claimed"）」などを駆使した「慎重なジャーナリストの文体（"cautious journalese"）」（154）で「冷静で客観的な（"calm, impartial"）」（154）記事を書いてよしとした自分自身の行為に対してである。「フォンタナの望まれない家族に関する記事を読んだ人は、誰もがそれ（ショートの訴えの正当性）を疑ったことだろう」（155）ともヤマモトは書き、ショートの要請に傍観者としてしか対応しなかった自分を責めている。本来ならば自分はショート一家の苦境を「エヴァンジェリストのように」声を大にして叫ばなければならなかったが、実際は、戦争前にリトル・トーキョーで見かけた「車椅子の大柄な少年」のように無力で沈黙するだけの存在でしかなかったことを自覚したとヤマモトは告白している（155）。

以上からも推察されるように、ショート一家の事件は、ヤマモト自身の書き手としての位置を問い直し、その変容を迫る出来事でもあった。

すでに第五章で繰り返し確認したように、記者時代のヤマモトは、自身の発言の位置を定めることができないために、しばしば無力感に苛まれていた。そうした無力感から脱するために、ショート一家の死後、差別や偏見に敏感に対応するようなったと、ヤマモトはいくつかの例を挙げる。ある文通相手から「人種関係の話題になると、あなたは本当に理性を失う」（154）と言われ、その相手との手紙のやり取りも途絶えたとしている。また、黒人の南部訛りを誰かが真似をしただけで、「まるでピューマのようにつかみかかった」（154）

ので、周囲を驚かせたとも書いている。先述したように（第六章一節）、「有名な大学教授」との間で交わされたメルヴィルの「ベニト・セリーノ」の黒人奴隷バボウをめぐる議論にも触れている（155）。

このように記者時代の葛藤を語りながら、ヤマモトはショート一家の事件以後、出来事を客観的に報道する記者としての仕事に限界を感じたことで、新たに書き手としてのあり方を模索しはじめた。こうした模索に一つの方向性を与える事件が、二〇年の時を経て起きる。それが一九六五年のワッツ暴動（Watts Riots）である。(10)

ヤマモトは、テレビに映し出される暴動の様子を自宅で見ながら、次のように感じている。

怯えて、内心、身のすくむ思いをしながら、私は画面に映る火事や略奪の場面を見たり、死者や負傷者の数が報告されるのを聞いたりしていた。しかし、私の悲しみの奥底には別の思いもあった。それはほんのかすかな温かい気持ちであり、漠然とした喜びでもあると私には感じられた。（157）

この場面でヤマモトは「中年の主婦」として、夕食の用意をしている自身の日常とテレビの画面に映し出される黒人たちの暴動との距離を、繰り返し意識しながら画面を見ている。「黒人の家族が移り住んできたらパニックが必ず起きるような通りにある家で、安全に暮らしている」（157）郊外での中産階級としての生活は、劣悪な環境で貧困にあえぐワッツの黒人たちには獲得できない豊かさや安定の象徴である。ヤマモトはこのような現実的な距離を認識しながらも、暴動のニュースを単なる傍観者として見るのではなく、また、以前のように「先を争って身を引いてしまう」（150）こともしない。周縁化された歴史を持つ人種マイノリティでありながら、安定した日常生活を享受している「白人のようで」、それでいて周縁化された「黒人にも近い」

日系人としての位置、すなわち中村理香の言葉を借りればアジア系の「雑種的共犯的」位置（中村 五三）に、ヤマモトは自身の発話の場を見いだしたからである。そのような位置から、客観的に出来事を報告する記者としてではなく、自身の記憶に根ざした語りに基づいて、ショートの事件を語りなおすことで、四〇年前にショートを見殺しにした人種主義が、現在でもなお支配的であることをヤマモトは指摘していく。

ヤマモトは、暴動は「何年間ものあいだ、心の奥にちらついていた古い映画にあらたにつけ加えられた満足すべき一章であり、長いこと待ち望んでいたものでもあった」（Yamamoto, *Seventeen* 157）と語る。それは画面に映し出された燃え盛る火の向こうに、ショート夫妻や子供たちの「叫び」をヤマモトが聞くことで、暴動はショートがヤマモトに伝えようとした絶望や怒りの象徴でもあると認識したからである。「カリフォルニアで起きたもっとも恥ずべき事件」（Davis 401）とされたショート一家の悲劇は、真実が究明されることもなく闇に葬られた。しかしヤマモトは、ショートの悲劇を自身の内面に即して語りなおし、抹殺されてしまったショートの声を回復させることを試みつつ、ショート家の火事は、人種差別による放火事件だったことを明示していく。ショートの訴えに四〇年という年月を経て応答することで、長いあいだ払拭することができなかった後ろめたさからようやく解放されるのだ。マイケル・M・フィッシャーが述べたように、「記憶によってのみ人は、過去の罪をあがなうことができる」（Fischer 197）からである。

しかしヤマモトは、このエッセイを単に個人的なメモワールとして終わらせてはいない。この点で、「長い間、忘れられていた罪を効果的に暴くこと」によってヤマモトの「最終的な勝利」（Cheung, *Dream* 127）をこのエッセイが達成している、というチェンの評価については留保も必要であろう。このエッセイで示されるヤマモトの自己省察は、安易な自己肯定を許していないと思われるからである（Broines 458）。

ヤマモトは黒人への差別に憤り、黒人との連帯に可能性を求めながらも、自身の曖昧な立場についてもっねに意識していた。「雑種的共犯的」というアジア系の両義的な位置も、他の人種マイノリティとのあいだに新たな亀裂を生じさせる要因となりうることを、彼女は十分に認識していた。ヤマモトの友人のコリア系で不動産業を営む女性は、子供たちを「人種統合された」地元の公立学校には行かせず、カトリック系の学校に送り込んでいる。アフリカ系の人々には地元の土地を売りつけて、その利益で彼女の「未統合地域への上昇的な移動」(Yamamoto, *Seventeen* 157) が可能になるのだ。このような人種マイノリティ間の社会的、経済的格差が、新たな差別や偏見を生む要因ともなっていることをヤマモトは見抜き、再び暴動が起こりうることを予見しており、冒頭で述べたとおり、その先見性が再評価につながったのである。

白人対有色人種の関係のみならず、有色人種間の抗争や対立によって人種間の関係が以前にも増して錯綜するアメリカにおいて、人種的境界を乗り越えて理解や共感を成立させることが決して容易ではないことを、こうしてヤマモトは知り抜いていった。ヤマモトの現実に根ざした予見を可能にした大きな要因は、人種的、社会的境界への挑戦を試みながらも、現実にはショート一家の死に対して何もなしえなかった自身の曖昧さや矛盾を思い知り、葛藤を深めていった『トリビューン』時代の経験であったことがあらためて確認される。この後にヤマモトが一時、精神の不調をきたした背景には、記者時代の悔恨の念も要因の一つであったのではないかとさえ思われる。ショート一家の悲劇を自ら語ることができるまでに長い時間を要しなければならないほど、ヤマモトは苦悩し、葛藤を深めていたと考えられるからである。

ヤマモトはショートとの一件を忘却の彼方に追いやるのではなく、時間をかけて検証し、自身の弱さと向き合い続けた。その結果ヤマモトが到達した倫理は、理想を追求するがその実現にむけて直情的に走るだけでは限界があること、人種間の連帯を求めるが同時に距離も存在していることを忘れないでいること、といった現実的で慎重な姿勢に帰着するだろう。それは理想主義的な一面においてアメリカ的であるといえるが、しかし公民権運動や平和運動に参加しながらも、一方ではアクティヴィストとしての自身をどこかで抑制するヤマモトの内省的な側面が、必ずしも理想の実現に向かって邁進できない自身を意識させ、葛藤を深めることがあったに相違ない。ヤマモトはこの二つの面に引き裂かれ苦しみながらも、自分自身を賭して生き抜いたと言えるだろう。

## 3　晩年のヤマモト――トラウマを語る

一九八〇年代末にヤマモトの作品集が出され、再評価が高まる中でも、ヤマモトは自身のペースで主として日系新聞にエッセイや作品を発表していた。先に取り上げた「黄葉」で述べているように、自身の老いを意識し、時代の変化を感じながらも平和主義者としての立場も貫いていた。アクティヴィストであることはやめたが、反戦や反核に対する彼女の信念は変わらなかった。(11)

さらに創作面においても、異人種間の関係が引き続きヤマモトにとって重要なテーマであったことは、「フォンタナの火事」の後に書かれた作品を通しても確認される。たとえば、一九八八年に書かれた「読み書き（"Reading and Writing"）」（1988）は、日系女性のカズコと白人女性ハリーとの長年に及ぶ友情物語である。カズコは夫のアキラがハリーの夫と趣味仲間であったことでハリーと知り合いになる。ハリーと自分との関係は、両者ともアメリカ社会では周縁的な存在であることからカズコには感慨ぶかいものがある。もっぱら電話を通しての交流が主であったが、やがてカズコは二人の間には差異もあることを知らされる。ハリーは読み書きができないため運転免許も取得できず、看護婦になりたくても資格も取れない。ハリーは読み書きができないことをカズコには秘密にしていたため、当初、カズコは「スクラブル」や「ことばのパズル」に夢中になっているとハリーに述べて、結果的にハリーを苦しめたのではないかと後悔する。ハリーとカズコはともに「もともとのアメリカ人だと主張できない」(122)マイノリティである点では共通性があるものの、両者の間には社会的、階層的差異もあることをヤマモトはこの作品において提示する。だが、マイノリティ間の共感や理解に伴う困難な要素を前提にしながらも、常に他者への配慮を欠かさず心優しいハリーに魅了されるカズコを通して、差異を乗り越えて成立する友情もあることをヤマモトはこの作品においてあらためて確認しているように思われる。従来の作品とは異なって、異人種間の関係の制約を踏まえつつ、可能な限りポジティヴな面を見いだそうとするヤマモトの新たな面がこの作品には認められる。[12]

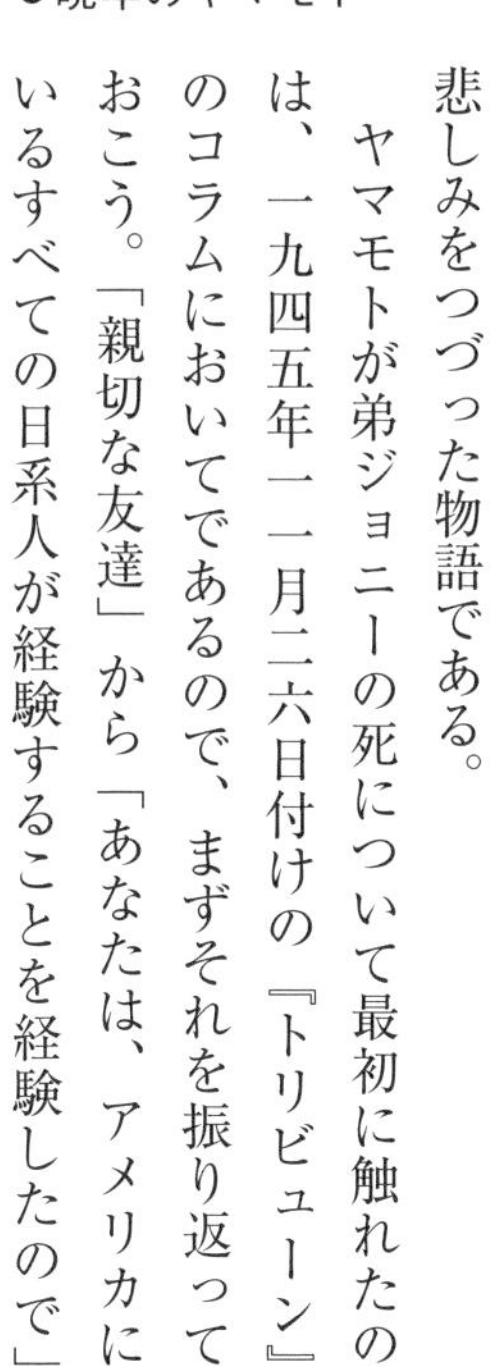
●晩年のヤマモト

こうした観点から見て、ヤマモトの晩年の作品で特に注目したいのは「フィレンツェの庭」(1995)である。この作品は、第二次大戦中に戦死した弟トミーが埋葬されているイタリアのアメリカ人墓地を、夫のアル・ジョレギとともに初めて訪れた時のキミコの喪失感や悲しみをつづった物語である。

ヤマモトが弟ジョニーの死について最初に触れたのは、一九四五年一一月二六日付けの『トリビューン』のコラムにおいてであるので、まずそれを振り返っておこう。「親切な友達」から「あなたは、アメリカにいるすべての日系人が経験することを経験したので」

それを本に書いたらどうかと勧められたという。(13) しばらく毎日のように熱心に勧められたが、ヤマモトはコラムでジョニーについて語ることにしたとまず述べて、その短い生涯を回想している（“Small,” *LAT*, November 26, 1945: 20-21）。ジョニーは一番下の弟で幼い時に亡くなったカナメに一番似ていたこと、一家は各地を転々としていたので、ジョニーも学年が変わるたびに転校したことや、スポーツが得意な無邪気な少年であったことなどが語られる。強制収容所を出たあとコロラド州のサトウキビ農場で働いていたジョニーは、突然日系部隊に志願する。訓練先の基地から送られてくるジョニーの手紙を通して、「ひとたび軍隊を経験すると軍隊を憎むようになった」とヤマモトは察知して複雑な思いをする。そしてイタリアの激戦区で八十八ミリの砲弾がジョニーに命中して亡くなり、アメリカ人墓地に埋葬されたと述べてコラムを終えている。このようにこのコラムでは、ジョニーの幼少時代からの生活を回想することに焦点があてられ、ジョニーの死に対するヤマモトの直截的な思いは可能な限り抑制されており、ヤマモトが冷静さを必死に保とうとしている様子がうかがわれる。

このコラムから五十年経過した一九九五年に、ヤマモトは「フィレンツェの庭」において、今度はフィクションという形で弟ジョニーの戦死を語り直している。これは主人公のキミコが、夫のアルや若いビジネスマンとその友人である女性とともにイタリアやフランスに旅行をするという設定で語られる物語である。それぞれ旅行の目的は異なるが、キミコにとっては、第二次大戦中にイタリアで戦死したトミーの墓を訪れることが第一の目的である。トミーが埋葬されている墓地に向かう道中で、キミコは「身を切られるような喪失感」（Yamamoto, *Seventeen* 163）に襲われる。長い年月が経過したにも関わらず、トミーの死はキミコがいまだに払拭できない「凍り付いた記憶」（下河辺 三二）であったことが次第に明らかにされる。イタリアまでやってきて、トミーの墓を訪れることは、キミコのそれまでの「すべての幻想」（Yamamoto, *Seventeen*

163）、すなわちトミーがどこかで生きているのではないかというかすかな期待がついに消失することを意味し、いよいよ弟の死という現実を受け入れざるをないと覚悟する。

この作品においてヤマモトは、キミコに自身を投影させて、ジョニーの死に対する率直な感情を吐露している。たとえば、トミーが埋葬されているアメリカ人墓地に到着するまでのあいだ、トミーとのやり取りや思い出が走馬灯のようにキミコの脳裏を駆け巡る。収容所を出たトミーが突然、軍隊に志願する決心をしたときのキミコの困惑は大きなものだった。キミコは「正当な理由もなく自分たちを強制収容させ、砂漠のなかに置きざりにした国のために武器を持つことの皮肉に驚く」（166）として、トミーの真意を測りかねていた。強制収容という大きな苦痛を強いた国のためになぜ闘う気持ちになったのか、平和主義者であるキミコは容易には理解できなかったからである。

また、キミコはトミーが戦地から送ってよこした手紙で、「ぼくは変わってしまったよ」「前の僕とは思わないで」（167）と切迫した様子で書いてきた時のことを思いだす。当時のトミーが自分の変化を伝えなければならないと感じたほど「ひとりで苦しんでいたに違いない」とキミコは想像すると、あらためて「胸がせつなくなった」（167）としている。記憶に深く刻まれたトミーの言葉を反芻しながら、生前のトミーの心象にキミコはなんとか迫ろうとしている。このようなキミコにとってみれば、アメリカ人墓地の記念碑に刻まれたペリクレスの作とされる一文は、違和感をもたらすものでしかない。それは、戦場で死に至る兵士を称えた文章で、「彼らの死に行く目にとってみれば、恐怖ではなく栄光に満ちている世界から去って行くのに恍惚としていた」（169）と書かれている。軍隊に入ってからのトミーの葛藤に気がついていたキミコには、トミーが最期を嬉々として迎えたなどとは決して思えず、兵士の死を美化する空疎な言葉に怒りすら覚える。(14)

このような行き場のない悲しみと怒りを抱えるキミコにとって、唯一の救いは夫のアルの存在である。ラティーノであるアルは自らも戦争の経験があり、「初めて派兵されたときに受けた砲弾がまだ体内に残っている」ために空港の金属探知機にいつも引っかかってしまうほどで、戦争の傷跡は彼の身体に文字通り深く埋め込まれている（158）。アルは戦場で即死したというトミーの最期がいかに壮絶なものであったかを、自身の戦場での経験から理解している。「悪魔を見るのに十分なほど現実を見てきた」アルは、自らも戦争のトラウマを抱えている（168）。「ずたずたに切断された死体のある大虐殺の場」（168）に立ち会ったことや、「非武装の囚人を撃とうとした彼の軍曹」に抗議して、逆に軍曹から銃を向けられたこともあった（168）。言葉数は少ないものの、アルがキミコに寄り添い、共にトミーの死を悼んでいる様子をヤマモトは丁寧に描くことで、キミコとアルとが異人種間の差異を越えて絆を深めてきたことが理解される。[15]

アルはまさにキミコの「グリーフ・ワーク（喪の作業）」（野矢　三〇一）のパートナーに他ならないことが物語の結末で描かれる。キミコは墓地で拾ってきた一掴みの小石を帰国後、両親の墓地の周りに並べるつもりでいる。その際にはアルも傍らにいて「大昔からの意味深い儀式を行うかのように」二人とも「黙々と、おごそかに作業を行うだろう」（Yamamoto, *Seventeen* 171）と語り、異なる文化や伝統を超えて戦争のトラウマを分かち合うアルとキミコの関係が提示されている。

以上のように、「フィレンツェの庭」は、前節であつかった「フォンタナの火事」と同様に、ヤマモトの中で長いあいだ封印していた思いを吐露した作品である。熊野純彦の言葉を借りれば、ジョニーとショートの死は、ヤマモトにとっては「抹殺不能で決して現在に回収されることない、真の〈外傷〉」（熊野　一三三）だったのである。と同時に、この二作品は、晩年を迎えても過去の現実と安易に妥協せず、真摯に向きあおうとするヤマモトの作家としての姿勢が、初期のころから一貫して変わらなかったことをあらためて証明している。どちらかといえば寡作の作家であるヤマモトだが、それでも二一世紀に入ってもなお読み継がれ、評価されているのは、若いころにアクティヴィストとして常に社会との接点を模索することで獲得した深い洞察――それは社会への洞察であると同時に自分自身や日系人に対する洞察でもあった――と、それをゆるがせにしない知性によるものであると思われる。二〇一〇年にヤマモトがアジア系アメリカ人作家ワークショップ（Asian American Writers Workshop）の生涯功労賞（Lifetime Achievement）を授与されたのも、そのようなヤマモトの作家としての在り方が評価されたからに違いない。

グレッグ・ロビンソンは晩年のヤマモトを知るうえで興味深いエッセイを書いている。ロビンソンによると、一九九九年一月に初めてリトル・トーキョーでヤマモトに会ったが、ヤマモトはシャイで穏やかな人であるという印象を持ち、気さくで冗談もいうヤマモトに彼は惹かれたという。アジア系の歴史家との交流は、アジア系アメリカ文学の研究者との交流よりも楽しいとヤマモトは述べて、日系人の歴史を研究していたロビンソンの研究にも興味をもって聞いてくれたという。当時、ヤマモト研究が活発に行われるようになっていたが、そのことに感謝しつつも、自身の作品数が少ないだけに文学関係者からいつも同じ質問を受けることに、少々困惑していたヤマモトの複雑な心境をロビンソンは伝えている（Robinson, *Great* 91）。

ロビンソンがヤマモトと最初にあった日は、ちょうど全米日系人博物館（National Japanese American Museum）の新館が開館された日で、ヤマモトとともに展示を見に行ったが、しばらくしてヤマモトは展示を見るのが耐えがたいと述べたので、博物館を離れることにしたという。二〇世紀が終わりを告げようとしている時期で、戦後五〇年以上も経過しても、収容所の生活を思い出すことがヤマモトには辛かったことがこのエピソードからも察せられる。その後ヤマモトとは文通もつづいたが、ほどなくそれも絶えてしまい、ヤマモトの体力が衰えたことをロビンソンは知らされる。それでも二度ほどヤマモトに会い、彼女が書き溜めていたスクラップブックを見せてもらって、時には解説も受けたという。ヤマモトは、かつてインタヴューで自分は「作家などとは思っていません」と述べ、もっぱら家事に時間を注いでおり、「創作に時間をかけることができません」と述べていた（Crow, Interview 74）。だが、晩年を迎えてもヤマモトの書く情熱は衰えず、創作もスクラップに保存するほど継続させていた様子が、ロビンソンのエッセイを通してありありとうかがえる。

二〇一〇年に心臓発作を起こしてから体調を崩していたヤマモトは、二〇一一年一月三〇日にロサンゼルスの自宅で眠るように亡くなり、八九年間の生涯を終えた。葬儀は二月一六日にリトル・トーキョー近くにある日系のフクイ葬儀社（Fukui Mortuary Chapel）にて執り行われたという。

# 第8章　日系アメリカ文学におけるヤマモト

## 1　日系二世文学の開花

一九六〇年代、公民権運動に触発されたアジア系の人々が「アジア系アメリカ人」としての連帯意識に目覚め、それまで主流社会で不可視化されてきた自分たちの歴史や文化伝統を捉え直すアジア系アメリカ人運動が進展した。この時期から七〇年代にかけて、アジア系としての連帯を求めて『ギドラ（*Gidra*）』（1969-74）や『ルーツ（*Roots: An Asian American Reader*）』（1974）、『カウンターポイント（*Counterpoint: Perspectives on Asian America*）』（1976）などの雑誌や解説書の出版も相次いだ。(1)

特に注目されたのは、一九七四年にフランク・チン（Frank Chin）、ローソン・イナダ、ショーン・ウォン（Shawn Wong）ら若手作家の編集によるアジア系アメリカ文学初の本格的なアンソロジー『アイイイー！（*Aiiieeeee!: An Anthology of Asian-American Writers*）』であった。このアンソロジーには従来、主流アメリカ文学において注目されることもなかった中国系やフィリピン系、日系などの作家の作品が収められ、それぞれのエスニック・グループで文学活動を行ってきた作家たちをアジア系としてアピールする試みとして意義のあるものとなった。このアンソロジーによってアジア系アメリカ文学というカテゴリーが形成され、アジア系アメリカ文学研究発展の契機となった。

こうした流れの中で、日系アメリカ文学では『アイイイー！』に掲載されたトシオ・モリやヒサエ・ヤマモトらの作品を集めた選集も出版されるようになり、かれらを中心に日系二世作家の作品も研究されるようになった。第二章以来述べてきたように、二世作家は一九三〇年代から文芸誌を発行して「偉大な二世文学」を目指して創作活動を始めていたが、強制収容という危機的な状況を乗り越えて、ようやくかれらの地道な活動の成果が、この時期に広く知られるようになったのである。

また日系アメリカ文学においては、一九七〇年代後半から八〇年代にかけてのフェミニズム批評の隆盛を受けて、中国系のエイミイ・タン（Amy Tan）やマキシン・ホン・キングストン（Maxine Hong Kingston）らとともに、ヒサエ・ヤマモトやワカコ・ヤマウチら女性作家の作品が注目され、大きな再評価が行われるようになった。ヤマモトとヤマウチは、同世代としてともに同じような経験を重ね、戦争中から友情を深めてきた同士である。そこで最終章では、この二人の作家の比較を通して、日系二世文学の特徴を検討することから始めたい。

## 2　ヤマウチとヤマモト(1)——日系二世文学の多様性

ヤマウチ（1924-2018）とヤマモトは、ともに一九二〇年代前半に南カリフォルニアの農村地帯で生まれ、農業に従事する父親が各地を転々とする、移動続きの不安定な生活を送った点や、一九三〇年代以後、日系移民に対する排斥感情が激化した時期に多感な成長期を過ごしている点など、重要な共通点が認められる。ヤマモトは先述したように、自伝的エッセイ「油田地帯の生活——回想」（1979）において、この時期の日系移民の周縁性や不可視性を、弟の自動車事故の加害者である白人夫妻の横柄な態度を通して描き出している。ヤマモトより三歳年下のヤマウチも、「古い時代、古い話（"Old Times, Old Stories"）」において、幼いときに受けた差別や偏見が「長い間、トラウマになって残った」（Yamauchi 227）と書き、一九二〇年代から三〇年代にかけて、日系人にとって厳しい時代を生きてきたことを証言している。

戦前の日系人に対する偏見は、やがて日米開戦によって頂点に達し、二人はともにアリゾナ州のポストン収容所に送りこまれた。収容所内で発行された新聞『ポストン・クロニクル』の編集に参加して、ヤマモトはコラムを、もともとイラストレーターであったヤマウチは挿絵を担当して、二人の長年におよぶ友情が始まる。戦後ロサンゼルスに戻ったときには、一時的にヤマウチがヤマモトの家に同居したこともあったという（Cheung, *Words* 361）。ヤマモトが十代から創作活動を行っていたのに対して、ヤマウチが短編小説の執筆を始めたのは三〇歳を過ぎてからで、一九六六年に『羅府新報』に掲載された「そして魂は踊る（"And the Soul Shall Dance"）」で注目されるようになった。

同時代を生きてきた二人の作家は、上に述べた経緯からその共通性が、これまで主としてフェミニズムの観点から議論されてきた。すなわち、「一世文化の厳格な規範を切り崩す母親たちの抵抗と反逆の結末」（Yogi, Legacies 132）を通して、母と娘の関係という新たなフェミニズム的課題を模索し、母娘の絆の物語を構築した点が評価されてきたのである。

しかし、二人の作品をあらためて比較すると、母娘関係や日常からの解放を求める母親の抵抗に関して、たしかに共通性は見られるとしても、母親たちを抑圧する側にいる一世の父親表象には、微妙な差異があることにも気づかされる。アジア系アメリカ文学において、アジア系男性像の位置づけは現在に至るまで重要なテーマであるが、ヤマモトとヤマウチの場合、一世男性に対する見方や描き方の差異の中に、同時代を生きた二人の作家のマスキュリニティやエスニシティをめぐる意識の相違が認められる。そこで以下では、二人の代表作でもあり、戦前のカリフォルニア農村地帯に物語が設定された、ヤマモトの「ヨネコの地震」とヤマウチの「母が教えてくれた歌（"Songs My Mother Taught Me"）」（1976）とを比較検討することで、両作家の父親像や男性像、ひいてはエスニシティに対する意識の相違を探りたい。またこの機会に、これまで言及の少なかったヤマモトの父親カンゾーについても、いくつか伝記的な情報をつけ加えておきたい。

## 3　ヤマウチとヤマモト(2)——父への理解と抵抗

ヤマウチの「母が教えてくれた歌」は、語り手のサチコ・カトウが一九三〇年代の少女時代を回想する物語で、みずからのセクシュアリティの解放を求めたサチコの母ハツエの悲劇が主として語られている。父が雇った若い日系移民のヤマダは「父よりずっと若くて、ハンサム」（Yamauchi 33）であり、母がヤマダに惹かれたのも、ヤマダには「父にはなかった東洋的なものがあった」（35）からであるとサチコは感じ、ヤマダに惹かれる母の気持ちを理解する。ヤマダの出現は、父との無味乾燥な生活のなかで母が募らせていた飢餓感と閉塞感を救うものでもあった。

さらにヤマダの登場は、父の引きずる伝統的なジェンダー規範を明らかにする。父はヤマダがマンドリンを弾くのは軽薄であり、その服装も「女のようだ」（35）として、都会風の髪型にまで悪口を並べたて、珍しく饒舌になる。そして「食事以外の時は家の中に入れたくない」（35）と言い、収穫を終えたらヤマダに辞めてもらうとまで宣言する。このように家父長としての権威を誇示しようとする父は、自身のセクシュアリティを犯す脅威の存在としてヤマダを受けとめていたことが推測される。父がもっとも嫌っていたのは、ヤマダがそばにいると「母は、変化した。笑い声は、やさしくなり、声もずっとしとやかになった」(35)という母の変化だったのだ、とサチコも察している。農作業に追われるなかで、変化を拒む父と、ヤマダとの恋愛を通して変化を求める母との亀裂は決定的となる。

しかし、ここで重要なのは、ヤマウチがサチコの父の家父長的側面のみを強調して描いているわけではないという点である。父ジュンザブロウは、カリフォルニア最南端のインペリアル・ヴァレーで、厳しい自然環境と闘いながら農業をいとなんできた。しかも、第一章でヤマモト家に関連して述べておいたように、一九一三年の「外国人土地法」以来、日系移民に対する激しい逆風の中で日系農民は仕事を続けなければならなかった。丹念に土地を開墾してもその土地を所有する道を断たれた父の労働は、報われることのない不毛なものでしかなかったのである。

● 1944年4月、ポストンにおけるヤマモト(左端)とワカコ・ヤマウチ(左から3人目)

頻繁に日本へ戻る夢を語る母のハツエとは対照的に、「アメリカでの子供たちへの夢や自分自身の夢を決して語ることがなかった」父は、喜怒哀楽を表に出さない日本の典型的な男性として描かれる。このような父を思い出しながら、父が報われない仕事を続けたのも、「奇跡的な収穫」で「金持ちになって、誇らしく日本に帰る」(32)ことを夢みていたのだろうかとサチコは考える。サチコは父の苦労を見ながら、父の沈黙の背後に隠されていた思いをできるだけ理解しようとする。

このようなヤマウチの一世男性に対する同情と理解は、サチコ一家に悲劇が起きた後にも示される。ヤマダが去った後、予期せぬ妊娠で日本への帰国の夢も断たれた母は、意気消沈し、家の中も一気に暗くなる。サチコは「家族はそれぞれの場所に退いてしまった」(36) と感じ、家族の崩壊を予感して不安になる。弟のケンジを生んだ後も育児を放棄し、あるときはケンジに斧を振りかざす母を見て、サチコはさらに危機感を深めていく。他方、父は相変わらず日の出前に起きて夜まで働くが、収穫も思わしくなく、「次第に不機嫌になり、私たちにもあたるようになった」(38) ので、サチコは余裕のない父にも依存することができず、孤立感を深めていく。

ここでやはり重要なのは、サチコが、父の抑圧的な側面を観察しながらも、父を抑圧者として、母をその犠牲者として、単純な対立の図式によって捉えるのではなく、それぞれの状況を理解しながら、自身の力で打開策を求めて揺れ動く点である。出産後、ますます不安定になる母の絶望感は、「不毛な生活にとりかえしがつかないほど束縛された」(37) 母の閉塞感によるものであるとサチコは考え、育児を放棄する母を責めることもしない。一方、そのような母の気持ちに触れることもなく、日々の労働に埋没する父が、酒を飲むと「日本のもっとも古くて悲しい歌」(33) を歌っているのを見て、父の無念さや悲哀をもサチコは感じ取る。母と同様に父も常に望郷の念を募らせながら、すでにそれを断念していることをサチコは知らされるのである。このように父と母の心情を、それぞれの事情と立場を思いながら受けとめるサチコのやさしさは、サチコの立場を曖昧にし、サチコ自身の葛藤を深める要因ともなっている。

これに対して、ヤマモトの物語において二世の娘たちは、サチコに認められたような父親に対する深い同情を示していない。たとえば、「ヨネコの地震」において、ヨネコが父を観察する眼差しには厳しいものがある。一九三三年の大地震で、ヨネコ一家の生活は一変するが、もっとも変化したのは、ヨネコの父ホソウメの立場である。地震の際の事故が原因で、ヨネコの父は「永久に車の運転を禁止され」（Yamamoto, *Seventeen* 51）、農作業もできなくなるほど衰弱する。このような父の変化をヨネコは疎ましく思い、反感すら抱く。家で大半を過ごす父は、細かいことで小言をいうようになり、「ヨネコの生活を束縛した」（51）と感じられ、ヨネコは、父の存在をもっぱら抑圧的なものとして受けとめるようになる。

さらに、地震後のヨネコの父の病気は、母をも変化させる。農作業は、ヨネコの母とフィリピン系の移民マーポに任されるようになる。夕食を作り、母を待つのは父の仕事になり、従来の父と母との位置は完全に逆転する。日系家族においては、先に述べたようにジェンダーによる伝統的な役割分担が明確にあったとされており、このようなヨネコの父と母の立場の逆転は、言うまでもなく父自身の危機感を募らせる。地震後に父がことさら抑圧的になったのも、家父長的な権威を失ったことに対する焦燥感のせいである。

ヤマモトは、このようなホソウメと母とが対峙する場面を描くことで、家父長としての権威を失なったホソウメの苛立ちとその権威を否定する母との対立を明確に提示する。その際にヨネコは、もっぱら母に対して情緒的な絆を感じている。たとえば、ヨネコが幼いころに「母の美しさにすっかり心をうたれて、ひざまずいて母の足にしがみついたこともあった」（53）と書かれ、ヤマモトは、ヨネコの母への密着を強調することで、ヨネコが父よりも明らかに母の側にいることを示している。ヨネコの母への憧れは、父に対するアイロニカルな視線と対照的に描かれ、一世男性に対するヤマモトの批判的な視線がヨネコを通して具体化していくことになる。

一方、ヤマウチの二世の娘たちは、概して父親の忍耐や強さを肯定的に捉える。「それでおしまい（"That Was All"）」（1980）においても、語り手は母親が「完璧な日本の妻」（Yamauchi 47）でありながら、父と二人になると「たくさんの小言」をもらすことを知っている。感情の起伏の激しい母親とは対照的に、父は愚痴もこぼさす、常に沈黙を守っている。父の沈黙は、厳しい生活によって生み出されたものであり、父の「強さ」を証明するものとして語り手は受けとめている。

一世男性に対するヤマウチの肯定的な観察が、より明確に提示されているのが、「オトコ（"Otoko"）」（1980）である。この作品は従来のヤマウチ研究において注目されることがなかったが、ヤマウチにおける一世男性の重要性を検討するうえでは見逃せない。昔、両親がよく聞いていた日本の歌をレコードで聞きながら、語り手のミチは、常に移動を余儀なくされた一家の歴史に父の悲哀を重ね合わせている。定住の場を得ることのできなかった一家の住まいの変化を克明に語ることで、困難な状況下で農業によって一家を支えようとした父の挫折が、戦前の日系農民の苦境を象徴するものとして明らかにされる。「忍耐と屈辱の連続」（238）だった父の人生を振り返るミチの回想には、従来の日系文学において十分に語られることのなかった父と娘の物語を見いだすことができる。ヤマウチは一世男性の沈黙が、父の強さの証明であるとともに、父の挫折や絶望の象徴でもあったことを示すことで、母の沈黙と同様に、父の沈黙を解読することの必要性をここで提起しているように思われる。

さらに注目したいのは、ヤマウチがこの物語のタイトルに英語ではなくあえて日本語を用いている点である。この日本語タイトルを通して、ヤマウチはミチの父のような一世男性は、市民権を与えられない外国人として、周縁化されたまま一生を終えたことを示している。また、アジア系男性がアメリカにおいて非男性化されてきた長い沈黙の歴史も、このタイトルには込められている。「オトコ」とは「男性、強さ、勇気、忍耐」（241）などのすべてを意味する言葉であるとミチは説明し、「陰鬱な表情を見せながらも愚痴もこぼさず」（241）働いていた父に思いをはせながら、父の沈黙の裏に隠されていた悲しみと絶望を思いやっている。「錦衣還郷」を夢みて、いつか日本に帰ることを願っていた父は、それを果たせずに戦争中に収容所内で亡くなる。父の死を通してヤマウチは、日本の伝統的規範とそれを支えてきた日本的なマスキュリニティの崩壊をも提示し、あらためて一世男性に対する深い理解と同情を示している。ヤマウチの作品集の編者であるギャレット・ホンゴー（Garrett Hongo）は、その序文で、この作品が「ヤマウチの感情面や文学的な洞察を明らかにする」（Yamauchi 16）ゆえに、作品集のなかでももっとも重要なものであると指摘した。

他方ヤマモトは、ヤマウチと同じように寡黙で実直な一世男性を描きながらも、一世男性の家父長的な意識を抑圧的なものとして強調する。第二章で論じたように、「十七文字」（1949）におけるロージーの父ハヤシは、ホソウメと並んでヤマモトが描く一世男性の典型的な例である。働き者ではあるが、せいぜい花札をするぐらいの趣味しかないハヤシは、妻のトメが没頭する俳句作りを冷ややかに見ている。トメと俳句の話をする余裕もなければ関心もない父の沈黙は、ロージーにとっては抑圧であり、権威の象徴でしかない。俳句の話に夢中になった母にいらだって訪問先を突然、黙って去ってしまい、母を狼狽させる場面や、母が俳句で賞をもらった際の記念品を燃やしてしまう場面など、父の行動は共感をもたらさず、ロージーは「母の言い分を受けいれない父を許せなかった」（Yamamoto, *Seventeen* 12）と感じ、母を抑圧する父に反発を覚えている。

さらに、一世男性の沈黙が家父長的な権威の象徴でもあることが、より明確に提示されているのが「ミス・ササガワラの伝説」（1950）である。第四章で述べたように、娘のマリが後に発表した詩によれば、「解脱することを生涯の目標」（32）としてきた父は、「苦しみに満ちた苦悩の中で、沸きあがっては静まる情欲」（33）には気づかないのだと厳しく批判されている。

## 4　ヤマウチとヤマモト(3)——日系二世女性とマスキュリニティ

以上のような、一世の父親像に関するヤマウチとヤマモトの表象の相違は、まず第一に、日系人のエスニシティをめぐる二人の意識の相違に根ざすものと考えられる。ヤマウチの物語では、一世から二世に継承された日本の「叙情性」が繰り返し強調され、ヤマウチにとって日本文化は否定されるものではなく、日系家族が厳しい現実を乗り越えるためにむしろ力を与えるものでもあると理解されている。

「母が教えてくれた歌」や「オトコ」をはじめ、ヤマウチの作品に繰り返し挿入される日本の歌謡曲や民謡の一節は、叙情的な日本文化の典型的な実例である。これらの歌は、いずれも望郷の念や世のはかなさを歌う、日本ではおなじみのタイプの歌で、しかもそれは、移民世代と二世とを情緒的に結びつける役割を果たしている。ミチの兄キヨは、日本の歌を聞くと感動し、「過去に、つまり日本に戻ったみたいだ」(243)と述べ、日本の歌を介して移民世代とのつながりを再確認している。

デイヴィッド・ヨーによると、一九二〇年代から三〇年代にかけて、カリフォルニアにおける公立学校の教育目標に「アメリカ化」が掲げられ、移民を「愛国的で、忠実で、知的な市民にする」ことが強調されたという(Yoo 26)。このような時期に学校教育を受けたヤマウチは、アメリカ人としての教育を受け、親の世代とは異なった文化変容をとげながらも、なお支配文化にとりこまれない感性を、一世から継承されて受容し、二世のサヴァイヴァルに重要な役割を果たすものとして認識していたように思われる。ホンゴーはこれらの歌の効果について、「ほとんど宗教的と言ってもいいような情感のほとばしりと叙情的なリズムを喚起させ、それは他のアメリカ文学には見いだせないものでもある」と賞賛している(Yamauchi 9)。

また、ヤマウチの物語において二世の娘たちが惹かれる男たちが、日本的なマスキュリニティに基づいて描かれている点にも、日本文化に対するヤマウチの肯定的な評価が反映している。たとえば、「母が教えてくれた歌」におけるヤマダは、日本で教育をうけた帰米であり、その魅力は東洋的な面にあったとサチコは強調し、恋愛においても日本的な要素が重視されている。

ヤマウチの作品においては概して、アメリカ的なマスキュリニティを身につけた二世男性のほうがむしろ批判的に描かれている。たとえば「臆病者」（"The Coward"）」（1997）においては、家族に豊かな生活を与えることが「男らしさの印」（139）であると思い込んでいる現実主義的な二世男性に対する妻の違和感が語られている。アメリカにおけるマスキュリニティの変容を辿ったキメルによると、一九五〇年代のアメリカにおいて、男性に求められた男らしさは、家族を養える経済力だったという（Kimmel 245）。「臆病者」におけるヤマウチの夫も、そのようなアメリカ的マスキュリニティを反映して、家族に豊かな暮らしを提供することを目標とし、常に「ぼくについておいで。そうすればひもじい思いをすることはないから」（Yamauchi 139）と言って、「高い洋服」や「きれいな家」（139）などを次々に買う「気前のよい稼ぎ手」（142）である。ところが、息子にたいしても「自己抑制と交渉」（139）の重要性を説き、自分の個性を大切にしてほしいと願う語り手は、物質的な豊さだけを求める夫に対して違和感を感じる。

また、「シャーリー・テンプル、ホチャ、チャ（"Shirley Temple, Hotcha-cha"）」（1979）においても、やはり戦後、「スーパー・セールスマン」として成功した夫との距離感を感じて悩む二世の妻が描かれている。夫は度重なる流産で傷ついた妻の気持ちにも鈍感で、遂には愛人が妊娠したことを理由に、離婚をビジネスライクに要求する徹底した個人主義を貫く人物である。

このように、アメリカ的な男性規範に基づいて生きる二世の夫の身勝手さやエゴイズムを示し、アメリカ化を遂げた二世男性を一世男性よりも劣った存在としてアイロニカルに描いている点に、ヤマウチの描くマスキュリニティの特質を認めることができる。換言すれば、ヤマウチの二世男性に対する批判的な視線は、アメリカの典型的なマスキュリニティに対するヤマウチの違和感を示すものでもある。特に強制収容以来、二世は日本や日本文化を否定すべきものとして捉えるようになったとされるが、これに対してヤマウチは、移民世代を通して知らされる日本の文化伝統を、自身の拠り所となる根源的な文化として肯定的に捉えている点、ヤマモトや他の日系作家とは異なった独自性を発揮していると認めることができる。

一方ヤマモトにおいては、すでに第二章などで述べた通り、二世の娘たちと他のマイノリティとの開かれた関係が重要な役割を果している。このことは、ヤマモトが描く二世の娘たちが、みずから積極的に文化変容を遂げていく姿勢にも呼応している。たとえばヨネコは、マーポが組み立てたラジオを聞くことに夢中になり、両親と過ごす時間よりマーポと過ごす時間が多くなる。ラジオを通してアメリカ文化に触れ、興奮する様子が示される。また、ヨネコのキリスト教信仰にも、アメリカ化へのヨネコの積極性を認めることができる。もともとヨネコは、キリスト教に憧れ、日系教会で賛美歌や祈りなどはじめての経験をしたときも、見よう見まねで馴染んでいった。マーポの影響でキリスト教徒にもなった。さらにヨネコがよく歌う歌も、学校で習ったアメリカの遊び歌であることが示され、アメリカ文化に接する機会が移民世代よりも増えたことによって、ヨネコの文化変容が急速に進みつつあることが繰り返し示されていく。

このようなヨネコの文化変容における積極性は、「十七文字」のロージーにおいては、親を通じて知らされる日本文化に対する距離感として語られている。「日本語は、あれこれ考えないと浮かんでこない」(Yamamoto, *Seventeen* 8) ロージーにとって、俳句はすでに異文化となっており、母が自作の俳句をいくら説明しても意味を理解することができず、その場しのぎの対応で終わってしまう。また、内密にメキシコ移民のヘスースとつきあっているロージーは、他人種との交際を否定的に捉えたとされる一世の親たちの規範からすでに大きく外れている。このようにヤマモトの場合、移民世代の親が引きずる日本の伝統的規範や文化に対する二世の娘の距離感を通して、二世が日系社会の外に新たな拠り所を求めていたことが強調される。ヤマウチとヤマモト、友人同士でもあった二人の二世作家のこうした相違は、二世作家のメンタリティ、日系社会や主流社会を眺める立場の幅の大きさを物語るとともに、新しい生き方を課題として追求したヤマモトの果敢な姿勢を鮮やかに照らし出すだろう。

## 5　ヤマウチとヤマモト(4)――「ラスヴェガスのチャーリー」

ヤマウチとヤマモトの視点の相違が、もっとも端的に示されるのが、一世の父親像においてである。すでに述べたように、ヤマウチが一世の父親に対して深い同情を寄せて描いたのに対して、ヤマモトの父親像には否定的なイメージがつきまとう。しかし、クロウが指摘したように、ヤマモトは「ラスヴェガスのチャーリー」（"Las Vegas Charlie"）」（1961）において、一世男性への同情と理解を示しており、彼女の父親像には微妙な変化が見いだされる（Crow, Issei 125）。[2]

「ラスヴェガスのチャーリー」では、一攫千金を夢見て「罪の街」と呼ばれるラスヴェガスから離れることができなくなった一世のカズユキ・マツモトが、老いた皿洗いのチャーリーとして放浪の人生を終えるまでの生涯が語られる。父の死後、息子のトモユキが、アメリカ社会で居場所を見つけることがかなわなかった父の不安定な人生を振り返り、挫折しながらも必死に生き抜いた父を最終的には肯定することで物語は終わっている。

確かにここには、従来のヤマモト作品とは異なった、一世男性への理解と同情の視線を認めることができる。ただし、それはあくまでも息子の目を通してフィクショナルに語られた物語であり、ヤマウチが「オトコ」で描いたような父と娘の物語は、ここでは実現していない。この点でこの作品の父親表象には、ヤマモトの父への両義的な感情、同情と批判の両方の感情が見いだされるように思われる。

ヤマモトの父カンゾーの戦後の後半生について、ここで整理しておくなら、一世世代の父にとって、戦後の再定住がとりわけ厳しいものだったことは、『トリビューン』のヤマモトのコラムでも繰り返し示されている。五〇歳になろうとしている父は、「無責任な放浪癖」(“Small,” *LAT*, Aug 24, 1946 : 13)のせいで、収容所から解放された後も各地を転々と漂流し、定着の場を失っていった。ようやくコックや皿洗いなどの仕事についても、理由をつけてはすぐ辞めてしまう父は、ヤマモトを長年困惑させせつづけた。また、父の借金について銀行に問い合わせをしたこと(“Small,” *LAT*, January 4, 1947 : 14)や、泥棒に入られて金を盗まれたので、送金して欲しいと父から要請があったエピソード(“Small,” *LAT*, March 29, 1947: 11)などに加えて、父がラスヴェガスで一日一〇時間も皿洗いをしている境遇(“Small,” *LAT*, May 22, 1948: 16)なども書かれ、困惑と同情が混在する父への両義的な感情が披歴されている。父は、その後も皿洗いをしながら八年間、ラスヴェガスに住みつづけ、一九五九年には病気で亡くなったという(Crow, Interview 76)。このような戦後のアメリカで居場所を見出せない父の不安定な状況に対して揺らぐヤマモトの錯綜した思いが、父の死から二年後に書かれた「ラスヴェガス・チャーリー」の根底にはあると言っていいだろう。(3)

特にこの作品では、息子トモユキの視点に語りが限定されている点、そして日本人移民の歴史を記述することに語りの大半を費やしている点に、ヤマモトの父に対する心理的な居心地の悪さが反映しているように思われる。それでも父の死後、まもなくこの作品を発表したところを見ると、父の死によってヤマモトが、長年にわたる複雑な胸中から脱しようと努めていたのではないかとも思われる。以下、この点を念頭に置きながら検討を進めていきたい。

戦後のいわゆる日系人の再定住期は、中高年となった一世男性にとっては厳しい状況だった。ラスヴェガスで落ちぶれていくチャーリーことカズユキは、その犠牲者の一人だが、[4] ヤマウチの「センセイ」(“Sensei”)」(1977)でも、同様にラスヴェガスが言及されている。ここでは、かつて仏教会の指導者としてトゥーリー・レイク収容所内で一目おかれていたコンドーが、戦後は家族のもとに帰ることもかなわず、ラスヴェガスでギャンブルに浸り、物乞いをするほどまでに落ちぶれていく。

主流社会との交流もなく、余暇を過ごす方法も限定されていた一世男性たちにとって、戦前も収容所内でも、ギャンブルはしばしば抗しがたい娯楽だった。[5] シャンメイ・マーは、小説や映像で繰り返し描かれるアジア系男性のギャンブルへの依存は、故郷やアイデンティティの喪失によるものであり、同時に、フロイトがドストエフスキーの「賭博師」論で指摘したように、一種の「自己処罰」でもあると説明する(Ma 17)。カズユキがギャンブルへの依存から脱することが出来ないのも、「価値のない存在」(Yamamoto, *Seventeen* 77)となった自分への苛立ちや敗北感によって生じた自己叱責としても捉えることができるだろう。

アリゾナ州の収容所を出たのち、カズユキは仕事も長続きせず、ヤマモトの父カンゾーと同様、リトル・トーキョーでビルの管理人となるが、ビリヤードに入りびたりであったため、解雇される。その後はふたたびカンゾーと同様に、カズユキはラスヴェガスに移動し、中国人が経営するレストランで皿洗いの仕事を得る。だが、「罪の町」と呼ばれるラスヴェガスはさらにカズユキを転落させ、中国人従業員との共同宿舎に寝泊まりし、休みの日にはギャンブル場を転々とする生活を送るようになる。二番目の子を出産して亡くなったハルが元気だったころに準備した、新年を祝うための日本の伝統料理をヤマモトは羅列し(74-76)、ラスヴェガスでの酒とスープと御飯だけの粗末な食事との差異を強調することで、戦争による日系社会の崩壊が、とりわけカズユキのような一世男性の精神や身体を蝕むことになった事情を描き出している。[6] カズユキはついには病に侵されて死去する。

カズユキのたび重なる移動が、場所の喪失を意味している事は明らかである。エドワード・レルフは『場所の現象学』において、場所の本質は「場所を人間存在の奥深い中心と規定しているほとんど無意識的な『意識の志向性』に存在する」と定義する(レルフ 114)。つまり場所は、人が「世界の中での自らの方向を見定めていく出発点」(レルフ 115)となるのである。カズユキの移動が不毛であるのも、移動するたびに彼の孤立は深まるからである。ラスヴェガスで時おり、周囲の白人やアジア系移民に親切にされながらも、「チャーリー」と呼ばれて匿名化する点に、アメリカで場所を失った戦後の一世男性の状況が集約されている。

カズユキの死後、語りの視点は息子のノリユキに転じ、ノリユキの父に対する「背反する気持ち」(85)が語られる。父の「弱い倫理観」(85)や、ろくな仕事にもついていなかったことを恥ずかしく思っていたが、父は本来、決して「悪い人」ではなく、精一杯生き抜いてきたことを認め、息子としての父への理解が最後に示されている。父の治療をした日系の医者も、カズユキが少なくとも人生を楽しんで生きたことを認めたいとして、治療費も求めずその死を悼む。[7]

一九五〇年代後半になると、アメリカでは戦後の日系人の社会的、経済的地位の上昇に関心が寄せられた。前章でも触れたように、勤勉に努力して、主流社会への同化に励む日系人をいわゆる「モデル・マイノリティ」として評価する風潮が、この時期には流行し、成功者としての日系アメリカ人のイメージがアメリカ社会に浸透していった。南川によれば、日系アメリカ人の側も、「差別を経験しながらも、それを自助努力や愛国心によって克服したという成功物語を日系人アメリカ人の自画像として描いた」（南川 三〇）という。カズユキの息子ノリユキも、肝臓癌を患った父を診察した二世の医者も、こうした評価を裏書きする経歴の持ち主である。戦後ノリユキは、収容所で知り合った二世女性と結婚し、ロサンゼルスで設計事務所に勤め、堅実な市民生活を送っている。両者とも戦後の日系二世の社会的上昇を象徴する存在であるといえよう。

ここで注目したいのは、社会的には安定しているが、カズユキを診察した二世の医者が、カズユキの生涯にある種の羨望を抱いている点である。社会的には安定しているが、成功だけを求めてきた自身に対して、ある種の空しさを医者は感じている。自分とは対極的な存在であるカズユキに対するかれの羨望には、アメリカ社会での受容を求めて努力を重ね、成功を収めることができたものの、その一方で、主流社会の人種主義による抑圧を常に感じていたことを物語る。モデル・マイノリティの評価とは、あくまでも主流社会への同化や白人優位主義を前提にしたものだからである。

「ラスヴェガスのチャーリー」の結末で、成功した二世たちのカズユキに対する複雑な思いにヤマモトが触れたのは、モデル・マイノリティ礼賛の風潮の中で、カズユキのように周縁化された一世男性の存在が、忘却の彼方に追いやられることへの抵抗が、ヤマモトの側にあったからではないかと思われる。戦前から戦後にかけての日系人の歴史のもっとも過酷な時期に、長いあいだ「帰化不能外国人」としてアメリカ社会で不可視化された多くの一世の「葬られた過去」（Ichioka 282）が、そのまま忘れ去られる状況に抗して、日系二世の成功神話が広く認められるようになった一九六〇年代の初頭に、あえてヤマモトは一世男性を主人公にした物語を提示しようとしたのではないだろうか。

ヤマモトは常に中心よりも周縁に目を向けてきた作家だった。戦後のアメリカ社会で場所を失い、ディアスポラと化した一世男性の声なき声に耳を傾ける行為には、日系二世の社会的上昇に対するヤマモトの屈折した思いが籠もっていただろう。しかもその声なき声は、ヤマモト自身の父の声でもまたあったはずであり、その回復を試みたこの作品から、二世作家としてだけでなく、カンゾーの娘ヒサエとしての複雑な思いも、読み取らねばならないだろう。

ここでヤマウチをふたたび振り返ってみると、「古い時代、古い話」で彼女は自身の父の生涯を綴っている。農業を営んでいた父は、失敗を繰り返し、季節労働者として各地を転々とし、次第に酒を浴びるほど飲むようになった。また父は「笑うことは稀だった」（Yamauchi 229）とヤマウチは述べ、寡黙な一世男性の典型でもあった様子が描かれている。英語も十分に話せなかった父は、電話に出ても聞くだけで答えることもできず、アメリカ社会への同化は決して容易ではなかった。やがて第二次大戦中の強制収容によって、父はさらに喪失感を深め、広島の原爆投下の後、ポストン収容所内で失意のうちに亡くなった。幼いころを回顧するこのエッセイで、その大半が父の思い出に費やされているのを見ても、移民として厳しい時代を生き抜いた父への強い思いが理解される。

父親像をめぐるヤマウチとヤマモトのこうした相違は、キンコック・チャンとの共同インタヴューが大きいだろう。（Cheung, *Words* 343-82）でも明らかにされているように、二人の家庭環境や育った地域の相違によるところが大きいだろう。ヤマウチは、農村地帯の日系社会の中で、日本の伝統や文化を重視する両親に育てられたと述べ、両親から継承された日本文化の影響をみずから認めている。また、他の人種との関係はきわめて希薄だったと振り返っている。他方ヤマモトは、第一章以来述べてきたように、幼いころから多人種的な状況の中で成長し、他人種との交流の影響を深く受けてきた。

こうした環境の相違は、二つの文化の狭間に立たされた二人の語りの戦略にも反映されている。ヤマモトの作品においては、すでに代表作を通じて検討したように、父親に代表される一世男性の家父長的な権威に対する反発と抵抗が繰り返し示され、日本や日本文化に対する二世の娘たちの違和感として表象されている。ヤマモトの場合は、ジェンダー化された日系社会や日系家庭に対する抵抗が、支配社会との境界を踏み越えようとするヤマモト自身の意思の中に組み込まれている。すなわち、他のマイノリティとの関係を通じて人種や文化の境界線を越えることによって、父親をはじめとする日系社会の圧力や日系ゆえのアメリカ社会の差別化・周縁化に抵抗するための場所を見いだそうとしていたように思われる。グロリア・アンサルドゥーアは、『ボーダーランズ／ラ・フロンテラ』（1987）において「境界地帯とは、不自然な境界という感情的なわだかまりによって生み出されたぼんやりとした不明瞭な場所である」（Anzaldua 37）と定義した。ヤマモトの描く二世の娘たちは、まさにこのような「ぼんやりとした不明瞭な場所」、すなわち異なる文化が重層的に交差する地点から、日系社会や支配社会を批判的に観察している。ヤマモトの両義的な父親像も、そうした「不明瞭」さの現れであるし、「十七文字」のロージーが、結婚してくれるなという母の問いかけに対してその場しのぎの対応しかできなかったエピソードも、二つの文化が混在する境界地帯の流動性や雑種性をもっとも誠実に反映しているように思われる。

これに対してヤマウチは、ヤマモトとは異なり、日系社会・支配社会との境界の内側に立って物語を構築している。ヤマウチの物語が、もっぱらモノレイシャルな日系社会内に限定されているのもそのせいだろう。ヤマウチの描く父親が単なる抑圧者ではなく、戦前のアメリカにおける人種主義の犠牲者としても描かれ、一世の父親に対する共感と理解を繰り返しヤマウチが表明しているのも、支配社会と日系社会を隔てる人種や文化上の境界こそが越えがたい大問題なのだと捉えていたことを意味する。

こうして、父親像におけるヤマモトとヤマウチの相違も、戦前から戦後にかけて日系人にとってもっとも過酷な時代をともに生き抜いた二人の作家における、主流社会と日系社会との境界に対する認識の相違として捉えることができるだろう。この点にあらためて二世作家の多様性を認めることができるはずだ。

## 6 日系アメリカ文学の新たな潮流――ヤマシタ、カドハタとヤマモト

パトリシア・チューの言葉を借りるなら、従来のアジア系アメリカ文学においては、「アジア的自己意識とアメリカ的自己意識との間の緊張関係」を描くことがアジア系作家の共通点だった（Chu 18）。日系文学についていえば、モニカ・ソネの『二世の娘』（1953）やジョン・オカダの『ノー・ノー・ボーイ』（1957）などがその代表的な例である。アメリカへの帰属を求めながら、拒絶されることで苦しんだり、生まれ育った国アメリカかそれとも親の出身国である日本か、という文化的な二者択一を迫られて葛藤したりする二世の状況が、それらの作品では描かれている。

しかし、一九六五年の移民法改正により、[8] アジア系移民の増加と多様化が進み、さらに一九八〇年代以後多文化主義が進展するにつれて、アジア系アメリカ文学にも大きな変化が見られるようになった。典型的には、従来の同化主義から脱して、アジア系の歴史や経験を大きな視野から、他者との関係において捉えるトランスナショナルな作品が書かれるようになった。日系アメリカ文学でも、デイヴィッド・ムラ（David Mura 1952- ）やカレン・テイ・ヤマシタ（Karen Tei Yamashita 1951- ）などの作家が一九八〇年代末から一九九〇年代にかけて登場し、新たな注目を浴びる。これらの作家には、日系アメリカ人の経験や歴史を「日系文化やコミュニティとはほとんどもしくはまったく関係しないアイデンティティや共感を模索する」（Yogi, Japanese 147）点に、それまでの日系作家にはない新たな要素を認めることができる。彼らは、「多

様なアイデンティティや場所、および一般的にポストモダンを特徴づける根無し草の感覚」（147）に基づいて新たな物語を生みだしていった。

マジック・リアリズムの影響を受けたヤマシタは、超現実的な設定のもとで『熱帯雨林の彼方へ（*Through the Arc of the Rain Forrest*）』（1990）や『オレンジ回帰線（*Tropic of Orange*）』（1997）において、特定のナショナル・アイデンティティに囚われることなく文化的、社会的境界を横断して、アジア系をはじめとする現代のマイノリティの流動性、越境性を描き、アジア系アメリカ文学に新たな息吹を吹き込んだ。

とりわけ、従来のヤマシタの作品とは異なった新たな視点に基づく野心作として評価されたのが、彼女の『アイ・ホテル（*I Hotel*）』（2010）である。アイ・ホテルとは、サンフランシスコのマニラ・タウンにあった「インターナショナル・ホテル（"International Hotel"）」の通称である。主としてフィリピン系の低所得の労働者たちや高齢者が住むアパートだったが、一九六八年にはホテルを所有していた会社が、駐車場を造成するため住民に立ち退きを通告した。これに対して、教会やアジア系のアクティヴィストたちによる抗議運動が行われる。[(9)]この作品では、この抗議運動が行われた一九六八年から、アイ・ホテルの住民たちが強制的に撤退させられた一九七七年までの激動の時期が語られる。物語は一〇章に分けられ、各章を独立した物語として読むことも可能で、フィリピン系、中国系、日系などをはじめとして多彩な民族が登場する。「あとがき」でヤマシタが述べているように（Yamashita 609-10）、膨大な歴史的資料収集や調査と、一五〇名にも及ぶ人々とのインタヴューなどをもとに、六〇年代後半に進展したアジア系アメリカ人運動や、六九年から七二年までの先住民によるアルカトラズ島占拠などを通して、アジア系間のみならずアジア系と他のマイノリティとの関係の進展が重層的に描き出されている。また、マルクス、エンゲルスや毛沢東、レーニン、マルコム・X、フェルディナンド・マルコス、リチャード・ニクソンなど、次々に政治家や思想家の言葉が引用され、読者の方も様々な知識が求められる挑戦的な作品でもある。英米の古典的作家に加えて、ジョン・オカダやフランク・チンなど、アジア系作家についても触れられ、アジア系アメリカ文学創成期の状況も知らされる。章ごとに時代の推移を追いながらも、アメリカ国内の社会状況のみならず広島の原爆投下なども言及され、国家横断的で過去と現在とを行き来する多様な声のせめぎ合いを通して生み出される「グローバルな声への希求」(Ragain 139) がこの作品を貫いていると言えるだろう。

このように日系アメリカ文学の新しい流れが加速化されるなかで、ヒサエ・ヤマモトの作品をどのように位置づければよいだろうか。小林富久子は従来の日系アメリカ文学をテーマ別に三つのグループに整理した上で、その特徴を明らかにしている(小林　一八二-八三)。第一グループとしては、親子の世代的対立を描くジョン・オカダやミルトン・ムラヤマの作品、第二グループとして一世の夫婦間に見られるジェンダーの相克を描く作品、第三グループとしては強制収容を描くヒューストンやソネらの作品が挙げられる。ヤマモトもその中では特に第二グループを代表する作品が評価されてきた。

だが、ヤマモトの作品が現在でもなお読み継がれている要因としては、それだけにはとどまらない彼女の独自性を考慮に入れる必要があるだろう。これまで検討してきたように、ヤマモトは日系社会の外に目を向け、日系人と他のマイノリティとの関係を早くから模索していた。その点に、たとえばヤマシタの「グローバルな声への希求」の先達として、ヤマモトが現在でも広く読まれている理由を見いだすことができるのではないだろうか。

ヤマシタ以上に、ヤマモトと共振する作家としてとくに取り上げたいのは、シンシア・カドハタ (Cynthia Kadohata, 1956-　) である。ヤマモトはインタヴューで、アジア系で注目している若手作家としてカドハタを挙げている。一九八六年一〇月号の『ニューヨーカー』に掲載された短編「チャーリー・オー」("Charlie O")

を読み、そのシンプルな文体を気に入ったと語っている（Crow, Interview 81）。当時、まだ知られていなかった新進作家のカドハタに、ヤマモトが早くから注目している点は興味深い。

一方のカドハタは、どのようにヤマモトを捉えていたのだろうか。ヤマモトが二〇一一年一月に亡くなった時、『羅府新報』にはヤマモトの死を悼む日系作家からの談話が多数寄せられた。ジャニス・ミリキタニ、ギャレット・ホンゴー、フィリップ・ゴタンダ（Philip Gotanda）、ナオミ・ヒラハラ（Naomi Hirahara）などとともに、シンシア・カドハタもヤマモトは「何が可能であるかの夢を私に与えてくれた（she made me dream about what was possible）」（*RS*, February 11, 2011）として、日系アメリカ文学のパイオニアとしてのヤマモトに哀悼の言葉を寄せている。

カドハタは、『フローティング・ワールド（*The Floating World*）』（邦訳タイトル『七つの月』、1989）が『ニューヨーク・タイムズ・ブックレヴュー（*The New York Times Book Review*）』その他の書評で高く評価され、「日系のエイミイ・タン」（See 48）として注目されたシカゴ生まれの日系三世の作家である。『フローティング・ワールド』は、主人公の一二歳の少女オリヴィアが、奔放な祖母や不安定な関係の両親、自分自身の性や愛の目覚めなどを経験しながら成長する過程を描いた物語であり、語り手の少女が両親の葛藤や対立を観察する物語の構図は、第一章ですでに述べたように、ヤマモトの代表作にも共通してみられるものである。カドハタは二〇〇〇年代に入ってから、ヤングアダルト・フィクションに転じたが、その萌芽はすでに『フローティング・ワールド』におけるオリヴィアの語りを通して予見されている。ヤマモトにおいてもそうだったように、カドハタの作品における少女は、作家としての自己形成と深くかかわっている。オリヴィアをはじめとして少女の視点を繰り返し用いてきたカドハタにとって、少女は、「作家としての主体形成の中心を担うペルソナ」（水田 一八三）として捉えることができる。

一九五〇年代の日系家族を描いた『フローティング・ワールド』で注目されたカドハタは、日系作家でありながら強制収容について直接的に語っていない点が批判されたとのちに述べている（Pearlman 117）。[10] これを受けてカドハタは、主流社会が日系作家に期待するテーマやステレオティピカルな日系人像への抵抗から、意識的に日系人の歴史的体験などを書くことを回避したと述べ、日系作家としてカテゴリー化され均質化されることへの反発を込めて、日系作家の多様性を認めて欲しいと要請している（See 48）。

●シンシア・カドハタ

## 7　カドハタ『草花とよばれた少女』とヤマモト「エスキモーとの出会い」

このように、いうなればハイフン付きの作家として読まれることを否定してきたカドハタだが、近年作風に変化が見られ、初期とは異なるスタンスで作品を発表している。[11] その変化を端的に示す作品が、二〇〇六年に出版された『草花とよばれた少女（*Weedflower*）』である。この作品は第二次大戦中にポストン収容所に収容された一二歳の少女スミコ・マツダの物語で、カドハタによれば「歴史物語」であり、「九歳から九〇歳を対象とした物語」として（Lee 183）、ヤングアダルト・フィクションを超え、幅広い年代層が読める作品として捉えて欲しいと述べている。戦後生まれで自ら収容所体験を持たないカドハタが、強制収容という日系人の特別な歴史を新たな観点からとらえ直すそうと試みる姿勢には、この作品の意義に加えて先輩作家ヤマモトとの重要な接点を認めることができる。ヤマモトは、強制収容は日系作家が直接的に書くか間接的に書くかはともかく、日系作家の知性に刻まれた出来事であり、真摯な日系作家の作品には「このユニークで悲惨な経験を斟酌したことを反映する要素」が必ずや見られるとして、世代を超えて日系作家が継承する出来事だと述べたことがあった（Yamamoto, I Still 19）。

『草花とよばれた少女』の前半では、日系人への偏見が募り、学校でも辛い経験をしている戦前のスミコの日常が描かれ、後半では舞台がポストン収容所に移り、収容所内でのスミコの生活や、日系コミュニティの状況が描かれていく。特に注目したいのは、カドハタが強制収容の歴史を日系人のみの経験だけではなく、先住民の歴史とも交差させて描いている点である。以下、この点に焦点を当ててカドハタの試みを概観し、ヤマモトの系譜を彼女がいかに引き継いでいるかを検証したい。

『草花とよばれた少女』でカドハタは、ポストン収容所が周囲から孤立した場所に設置され、砂嵐やうだるような暑さなど、砂漠地帯に特有の厳しい環境にある様子を繰り返し描いているが、単に自然環境を強調するだけではなく、ポストン収容所のある南西部が「トラウマの空間」（Chen and Yu 553）であり、先住民の歴史と日系人の歴史とが交差する政治的、文化的に複雑な場でもあることも徐々に明らかにしていく。

アメリカ南西部の一〇箇所に設けられた収容所の多くは、先住民の居留地に設置され、日系人は初めて先住民と接触するようになった。ヨシコ・ウチダの『トパーズへの旅（*Journey to Topaz*）』（1971）でも、トパーズ収容所が設けられた土地には以前、先住民が住んでいたことを主人公のユキが思いだし、「今は干上がった湖の底に、何千人もの日本人が住んでいることを知ったら彼らはどう思うだろう」（Uchida 101）と先住民へ思いをはせる場面がある。だが、そのようなユキの思いは一瞬のものでしかなく、土地を追放された先住民に対するウチダの姿勢は曖昧なまま終わっている。この作品におけるウチダの眼差しは、土地を奪われた先住民よりも、収容所の外の世界、すなわちアメリカの主流社会に向けられているからである。収容後もユキ一家と親しかった白人家庭との友情が維持されていることが繰り返し強調されているのも、ウチダにとってユキ一家のサヴァイヴァルは、白人との良好な関係において捉えられていることを示している。

これに対してカドハタは、『草花とよばれた少女』において、アメリカ主流社会との関係においてのみ日系人を位置づけるのではなく、ポストン周辺の土地の歴史とも絡め、より広いパースペクティヴに基づいて捉えようとしている。一八三〇年に先住民を対象とした強制移住法を成立させると、政府は先住民を強制的に保留地に囲い込む政策を推し進めた。アリゾナ州のパーカーに近いポストン収容所が設立された当時、コロラド・リバー・インディアン居留地には、モハベ族とチェメウェビ族合わせて約一二〇〇人が住んでおり、彼らは、最大一七八〇四人の日系人を収容するために収容所建設に動員された。(12)

また、ポストン収容所は他の収容所とは異なり、連邦インディアン局が直接、建設や運営に関わっていた唯一の収容所であった。スミコは収容所でフランクと話すようになって、初めて先住民に出会い、先住民が自分たちの土地を強制的に追放され、排除されてきた歴史をもつことを知らされる。そして先住民の多くが収容所の建設に反対であったこともフランクから聞いて、日系人を迎えた先住民の複雑な思いを知る。鉄条網で囲まれ、兵士たちの監視下にある収容所を「刑務所」(Kadohata, *Weedflower* 143)のように感じて、閉塞感を覚えていたスミコだが、フランクの話を聞いて、先住民から見れば自分たちも歓迎されない侵入者でしかなかったことを実感する。

さらにスミコは、先住民にはいまだに投票権もなく、アメリカ市民としての権利も与えられていないこと、その多くが水道や電気もない不自由な生活をしていることを知らされる。また、物語の最後につけられた「著者注」で説明されているように、第二次大戦中は「何千人ものインディアンが、はじめて居留地を離れ、兵役や戦争に関連する仕事についた」（259-60）。その結果、フランクの兄が戦場で日本兵に撃たれて亡くなったことをスミコは聞いて驚く。

このようにカドハタは、フランクとスミコの交流を通して、先住民の置かれてきた状況を前景化する。実際、ポストン収容所設立までの過程を見ると、そこには土地を剥奪され、連邦政府の思うままに管理されてきた先住民の受難の歴史が浮かび上がる。一九世紀の中ごろ、モハベ族をはじめとする先住民と入植を始めた白人とのあいだに対立が起き、政府は軍隊を送り、先住民勢力を制圧した。一八六五年、連邦議会はコロラド・リバー・インディアン居留地を設置して、モハベ族とチェメウェビ族に移住を命じた。もともと一帯は砂漠地帯であったために、居留地の灌漑整備や農地開拓は、その後のインディアン管理局が取り組まねばならない大きな課題だった。長い時間をかけてその作業が進められたが、実現に至るまでは多くの困難や停滞がつきまとった。

戦時転住局（WRA）が、全般に収容先における日系人の農業労働力に期待していたことは、第四章でも触れておいたが、ポストンではことのほかそうだったと言わなければならない。管理主体たるインディアン管理局が、日系人の労働力によって、灌漑事業や農地開拓を進めようとする意図を長らく持っていたからである。インディアン管理局にとって、収容所建設は居留地の農地化を図るうえで効率的で都合のよい選択だった。要するに、先住民の強制移動も日系人の強制収容も、ともにアメリカ政府の人種主義に基づいて計画され、実行されたものだった。

このようなコロラド・リバー居留地の歴史を投影して、『草花とよばれた少女』では、土地が重要なモチーフとして繰り返し用いられている。早くに両親を交通事故で失い、花農家を営む叔父夫妻のもとで育ったスミコは、将来は花屋になりたいと思っている。学校で「土」と題された作文を書くほど草花が好きなスミコは、友達からも「草花」と呼ばれてからかわれてもいる。強制収容の日が近づいて叔父の農場を去る時も、農園に咲き乱れる花を案じて断腸の思いでスミコは農園を去る。

また、スミコの草花に対する強い愛着心を、戦前の日本人農民の土地との関係を通して捉えると、複雑な様相を帯びてくる。第一章などで述べたように、戦前の日本人農民はさまざまな制約と困難のなかで、借地による農業を営んでいた。強制収容が日本人移民の築き上げてきたものを一気に崩壊させたことは、叔父一家の運命を通してこの作品でも確認される。一方、今しがたも述べたように、先住民にも自分たちの土地を略奪され追放された長い歴史があり、収容所建設は先住民と日系人がともに不可視化された存在であることを象徴するものだった。

チェンとユーは、強制収容を描いた日系文学において、強制収容の経験を詳細に描く作品がほとんどで、収容所の多くが設立された南西部という場所に根差した作品がないため、収容所のトラウマティックな空間が南西部に住んでいた他のエスニックも含めた「複合的なトラウマの場」(Chen and Yu 565) であることが見逃されてきたという。このような指摘を踏まえると『草花とよばれた少女』におけるカドハタの試みが、これまで強制収容について書かれてきた作品やヤングアダルト・フィクションといかに異なって斬新であるか、あらためて確認されることになる。

カドハタは、フランクに対するスミコの初恋にも似た淡い感情を描くことで、マイノリティ間における相互理解の可能性を見いだしている。フランクはスミコと言葉を交わすようになった当初、日系人への不信感や猜疑心をあからさまに示し、スミコを困惑させる。だが、やがて日系人の労働によって収容所内に水が引かれ、荒れ地も緑豊かな農地に変化する過程で、フランクの態度にも変化が見られる。将来農業を志しているフランクは、スミコの従兄ブルから畑作について学び、未来への希望を見いだすことができるからである。

収容所内で「庭づくりの哲学者」（Kadohata, *Weedflower* 251）とよばれるほど花好きなスミコも参加して、日系人が協力しあって作り上げた農地は「著者注」（259-60）でも触れられている通り、日系人が収容所から解放された後は、フランク兄弟ら先住民に引き継がれ、「豊かな農地」（290）に生まれ変わった。収容所での日系人の農作業が、先住民の生活の向上につながったのである。

だが、一方でカドハタは、日系人と先住民のあいだの連帯について、明るい展望を見いだすだけで終わっているわけではない。両者には土地の喪失という共通性がありながらも、さまざまに埋めがたい距離がある事情にもカドハタは目を向けていく。まず第一に、日系人も先住民も主流社会が抱いている偏見を内面化し、互いに互いを差別している点である。日系人が先住民を危険で野蛮な存在とみなし、偏見を持っていることは、一世の親たちが先住民との接触を禁止していることからもうかがわれる。たとえば、スミコの友人であるサチは、先住民が暴力的で危険な存在であることをスミコに強調して、先住民の姿が見えるとただちに逃げ去ってしまう。また、先住民のほうも日系人を「ジャップ」と呼んで差別的感情を露骨に示す。先住民の高校生と日系人のバスケットボールの試合が収容所で行われた時も、試合後に先住民の選手と話していた日系人の女の子をめぐって、チーム間で一触即発の状況になる場面には、日系人と先住民との交流の難しさが端的に示されている。

アメリカ社会で不可視化された歴史を共有しながらも、主流社会の人種主義を内面化することで相互に偏見と差別を抱き、相互理解を成立させることが容易ではないことが、これらの出来事から察せられる。物語の最後でスミコは、収容所から解放されることになった時、フランクと会えなくなることを寂しく感じ、収容所にとどまりたいとすら願う。だが、フランクは自分の未来はポストンの地にあるが、スミコの未来は収容所の外にあることを告げて、スミコを送り出す。このフランクのアドヴァイスは、自分たちと日系人との社会的差異を感じ取っているかれの現実に根差した結論だった。実際、日系人は強制収容所から解放されて新たな生活の再建へと向かう一方で、フランクたちは保留地に留まり、そこでの生活を受け入れるしかないからである。このような先住民と日系人の社会的差異を踏まえた上でのカドハタの現実的な認識が、物語の結末には投影されていると思われる。

以上のように、作家としてデビューした当時のスタンスを変え、日系人の収容所体験を初めて語ろうとしたカドハタの試みには、現代のアメリカにおいてもなお周縁化されているアジア系アメリカ人の子どもたちの未来を見据えるカドハタの強い思いを感じ取ることができる。過去を掘り起こすことは、カドハタにとってヨネヤマのいう「現状を変革し、新しい未来を想像する」（ヨネヤマ 二四一）行為であり、マイノリティの子どもたち同士の共感や理解に、カドハタがアジア系の子どもたちの未来を託して、日系人の強制収容という特異な歴史を捉え直したことがあらためて了解される。

このようなカドハタの試みに通じる作品として、あらためて振り返っておきたいのは、ヒサエ・ヤマモトの「エスキモーとの出会い」である。第七章で述べたように、この作品は日系二世女性とアラスカのエスキモーとの文通物語であるが、カドハタの『草花とよばれた少女』と深く共振しあう作品として捉えることができる。

この作品でヤマモトは、先述したように、強制収容について直接的な言及はしていないが、エミコの収容所生活についてごく短く触れている箇所がある。オールデンから自身の作品へのコメントを求められたエミコは、創作者へのコメントは注意深く行わなければならないと考える。収容所にいたころ、「創造的な仕事に携わっている人たちには、なんともろい心が宿っているかを知った」（Yamamoto, *Seventeen* 98）からである。ここでヤマモトの念頭にあったのは、自身が辛苦の体験を重ねたポストン収容所であったと考えて間違いないだろう。また、オールデンが暮らす刑務所のイメージが、そのまま収容所のイメージに直結していることも、すでに見た通りである。

こうして、カドハタの『草花とよばれた少女』とヤマモトの「エスキモーとの出会い」は、ともにポストン収容所を契機としながら、先住民の歴史と日系人の歴史を交差させ、過去を新たな視点から捉えなおす試みとして注目される。

だが、二つの作品の比較については、ウーが指摘したように一定の留保すべき問題もある。ウーによれば、先住民とアジア系の歴史は大きく異なり、「非白人」であるという観点のみでは両者の比較には限界があるという（Wu, Comparative 12）。たしかに、「モデル・マイノリティ」として捉えられてきたアジア系と、「同化不能な異教徒」として他者化されきた先住民との経済的、社会的格差は、決して小さくないはずである。

このような現実の差異をヤマモトが十分に認識していたことは「エスキモーとの出会い」においても明らかだ。前章で述べたように、この作品でエミコはオールデンの置かれた状況が深刻なものであることに共感を示しつつも、エミコのできる範囲で冷静に応答を繰り返している。文通を通してエミコとオールデンとのあいだに生じた相互信頼や共感は、将来につながる可能性を予感させるものではあるが、両者がついに対面することもなく、文通も自然に消滅していく点に、ヤマモトは、日系人であるエミコとエスキモーのオールデンとの距離が、容易には克服されないものであることを示唆している。

オールデンへの共感と距離感という両義的な感情を抱くエミコを通して示されるヤマモトの見方は、カドハタのそれとも通じるものである。カドハタも『草花とよばれた少女』において、スミコとフランクの関係に希望を託しながらも、収容所を出ていくスミコと保留地に留まるフランクとの差異を最後に明示することで、人種主義や社会的不正義によって抑圧されてきたマイノリティ間の共感や連帯の成立にともなう困難を十分に認識していると思われる。この点に世代も経験も異なる二人の作家が、時代を超えて共振しあう存在であることが理解されるだろう。また同時に、二一世紀に入って書かれたカドハタの『草花の少女』を通して、日系アメリカ文学のパイオニアとしてのヤマモトの先見性をあらためて見いだすことができるのではないだろうか。

# 注

## 第1章

(1) この時期にアメリカにやってきた日本人女性はいわゆる写真花嫁が多かったが、ヤマモトによると母は写真花嫁ではなかった（Cheung, *Words* 349）。母は、故郷で父抜きで結婚式を挙げてから渡米したとヤマモトはコラムで述べている。"Small," *LAT*, August 24,1946: 13.

(2) コンプトン短期大学では、その後ヤマモトの長年の友人ともなったメアリー・キタノ（Mary Kitano 結婚後ディルッ姓）と出会った（Cheung, "*Seventeen*" 62）。キタノは、*Current Life* 創刊号で若手の二世作家を紹介する欄（"Who's Who in the Nisei Literary World"）においてヤマモトとともに二四名（男性作家一五名、女性作家九名）の若手作家の一人として紹介され（*CL*, October 1940: 9）、一九四五年一〇月一日の「スモール・トーク」ではヤマモトが「ロサンゼルス市のニュース局に雇われた最初の二世」とキタノを説明している（*LAT*, October 1, 1945: 12）。戦後彼女はジャーナリストとして活躍し、『羅府新報（*Rafu Shimpo*）』の人気コラム "SNAFU" を担当した。本書第五章、第六章でもキタノに触れている。ハーレムで公民権運動のアクティヴィストとして活躍したユリ・コチヤマ（Yuri Kochiyama）もヤマモトたちの同級生だった。

(3) 『カレント・ライフ（*CL*）』、『加州毎日（*KM*）』、『ポストン・クロニクル（*PC*）』、『ロサンゼルス・トリビューン（*LAT*）』、『羅府新報（*RS*）』などの新聞・雑誌に発表されたヤマモトのエッセイやコラム記事類は、個別のタイトルが与えられている場合もあるが、多くは "Small Talk" などの連載タイトルが付されているだけなので、煩雑を避けるため、各記事を一つ一つ文献表に挙げることはせず、表示タイトルと新聞・雑誌の日付、ページ数が明記されている場合にはページ数を本文中に付記するにとどめた。短編作品や詩はできるだけ個別に文献表に挙げた。また他の著者による記事等についても同様の扱いをした。

(4) ウィリアム・サロイヤンは『カリフォルニア州ヨコハマ町』の序文で、モリを「最初の本物の日系アメリカ人作家」として評価しつつも「アメリカの何千人もの未出版の作家のなかで、モリよりも英語が下手なひとは三人といない」とモリの英語についてユーモラスに皮肉っている。Saroyan, Informal 1.

(5) スコットランドの詩人・小説家であるアンドリュー・ラング（Andrew Lang, 1844-1912）が収集した様々な国や地域の民話や童話の選集で、全二五冊ある。ラングはみずからの詩や小説よりも、この民話収集で今でもよく知られている。とりわけ有名になったのが、『青い童話集』（1889）と『赤い童話集』（1890）である。

(6) ワカコ・ヤマウチの母親については、Osborn and Watanabe 106 を参照。トシオ・モリの母親については、Mori, *Unfinished Message* 221 を参照。トヨ・スエモトの母親については、Suemoto, Writing 73 を参照。

(7) 一九二四年の移民法は、一八九〇年の人口比率に基づいて、出身国別の移民数割り当て比率を、西欧・北欧諸国出身者に有利に定めたばかりでなく、「帰化不能外国人」（日本人は中国人とともにその範疇に分類されていた）の新移民を禁ずる、いわゆる「排斥条項」によって、日本からの移民を完全に禁止することになった。Ichioka 244 を参照。また、合衆国統計局の調べによると、戦前の日本からの移民総数のうち九八％の人々が、一八九一年から禁止される一九二四年までのあいだに渡米したとされる（サエキ・山本 三五八）。

(8) 戦前の日系二世作家として最もよく知られていたのはトシオ・モリだが、ヨギはモリを分類からあらかじめ除外している。その理由として、モリは一九三〇年代の日系作家による創作サークルとは離れて独自の活動をしていたからであるとヨギは説明している（130-31）。この点をモリは後にインタヴューで訊かれて、自身は「出版される作家（published writer）」になることを最初から目指しており、そのためにも主流の文芸誌に掲載されることが必要だと考えて当初からそれを目標にしたと答えている。実際、モリの作品は当時、*New Directions in Poetry and Prose*、*The Clipper*、*Common Ground* などに掲載されるようになった。Mori, *Unfinished* 215-38 を参照。

(9) チエ・モーリについては Matsumoto, *City* 91-93 を参照。

## 第2章

(1) 後のインタヴューで、モリはアンダソンから深い影響を受けたことを明らかにしている。Mori, *Unfinished* 94.

(2) メイヤーは、アメリカの都市におけるユダヤ系や黒人のコミュニティを描いた小説を総称して「アメリカ近隣地域小説（American Neighborhood Novel）」と呼び、そのコミュニティの結束力の強さを明らかにした。Mayer 102-08. モリの作品もこのジャンルに分類できるだろう。

(3) モリはこの母親像をさらに発展させ、戦前から戦後にかけて逞しく生き抜いた移民一世の女性を主人公にした『ヒロシマからきた女（*Woman from Hiroshima*）』（1978）で、改めて日系社会の発展に一世の母親たちが果たした役割の重要性を強調した。

(4) 「日系アメリカ市民協会」は、一九一九年、若い二世によって設立された「アメリカ忠誠協会（American Loyalty League）」が発展し、一九三〇年に結成された。「偉大なるアメリカで、立派なアメリカ人になろう」というスローガンを掲げ、二世が忠誠心あふれるアメリカ人であるというイメージを作り上げようとした。この組織の歴史については Hosokawa 191-215 を参照。

(5) モリは、テルオの態度には自分自身の実感が込められていると述べている。「『花を召しませ』の何割かは、自分の経験を膨らませたものです。私は職業として事業をすることが嫌になっていて、そんな気持ちがエンディングにも影響したのでしょう」（Horikoshi 478）。

(6) 「スクールボーイ」は最初、アメリカ人家庭で家事労働する代わりに部屋と食事を与えられ、学校にも通わせてもらう日本人男子を指していたが、やがて学校に通わずとも、家事労働をする日本人男子を一般にこう呼ぶようになった。Glenn 107-08 を参照。

(7) モリは『カリフォルニア州ヨコハマ町』を書いた動機の一つに、当時の日本人のステレオタイプ化に対する反発があったと述べ、その例として、ウォレス・アーウィン（Wallace Irwin）が日本人スクールボーイを戯画化して作り出した人物像「ハシムラ東郷」の名を挙げている（Horikoshi

474)。

(8) 矢ケ崎によると、イチゴ栽培は技術的に容易であり、販売業者による資金貸し付けも行われていたので、日本人移民にとって近づきやすい職業だった反面、これには投機的性格があり、一儲けして帰国するつもりの人々が先を争ってイチゴ栽培に従事したとされる（矢ケ崎 三六）。多くの日系移民がギャンブルにのめりこんでいった背景には、すでに触れた、帰化不能外国人の土地所有および借地を禁止した一九二〇年の外国人土地法の制定があった（矢ケ崎 五一）。ヤマモトは、生活の不安からギャンブルにのめりこむ一世を「ラスヴェガスのチャーリー（"Las Vegas Charley"）」(1961) でもふたたび描いている。

(9) ヨネコのような二世の少女のアメリカ化のプロセスは、戦後のリトル・トーキョーに舞台を設定された作品「リトル・トーキョーでの一日（"A Day in Little Tokyo"）」(1986) においてより具体的に描かれている。まもなく一四歳になる主人公のチサトは、父や弟と一緒にリトル・トーキョーでの休日を楽しもうと出かけていく。南カリフォルニアの農村地帯に住んでいるチサトにとって、リトル・トーキョーは特別な場所である。チサトは海に行けることを楽しみにしていたが、日本からアメリカにやってきた相撲を父は見たがって、弟を連れて行ってしまった。海を見に行きたかったチサトは相撲には興味もなく、その間、一人で時間をつぶすことになる。リトル・トーキョーの賑わいや華やかさに魅了されるチサトを描きつつ、一方でチサトが当時のアメリカ文化に浸りながら成長している様子が語られる。例えば、自分の名前が気に入らないチサトは、当時の人気女優の名前をあれこれ思い出しながら空想をめぐらす。また、チサトが楽しみにしているのはニューヨークから放送される週一回のおとぎ話のラジオ番組であり、そこで流される歌もそらんじている。このようにチサトは、アメリカの大衆文化に影響されながら、一世とは異なった新たな文化の創出へと向かっていることが改めて確認される。なお、この作品のようにヤマモトの作品集 *Seventeen Syllables* に所収されているものは文献表には記載していない。

(10) ヤマモトは「イングリッシ・ツランシュレイシャン（"Ingurishi Tsuransureishan"）」(1958) において、親や叔母の話す片言の英語が分かりにくいため、時々誤解や混乱が生じたことをユーモラスに綴っている。

(11) 「十七文字」についての新しい読みを示した論文として、Cynthia Wu, Asian を参照。ウーは、「十七文字」において母トメからの質問に対してその場しのぎの返事をするロージーに、強制収容時の「忠誠審査」の際における日系二世男性の心理との共通性を見ることで、ジョン・オカダの『ノー・ノー・ボーイ』にも通底するヤマモトの隠されたテーマを明らかにすることを試みた。

## 第3章

(1) *Pictorial Review* と *Delineator* は、どちらも一九世紀末から一九三〇年代にかけて人気のあった婦人雑誌で、短編小説も載せていた。後者ではシオドア・ドライサーが一時共同編集者を務め、『オズの魔法使い』の著者L・フランク・ボームなどが短編を寄稿した。

(2) やがて英語版編集の中心となったタジリは、英語ページを増やし、二世の読者にもアピールするようになった。タジリのジャーナリストとしての軌跡については Robinson, *Pacific,* xvi-xxxviii を参照。『加州毎日』はその後太平洋戦争によって一時休刊し、戦後間もなく復刊されたが、日系社会の世代交代により読者層も減少し、経営難に陥って一九九二年に廃刊となった。山本（一）一九六を参照。

(3) マツモトによると、特に戦前は日系女性の喫煙はタブーであったらしい。Matsumoto and Allmendinger 296 を参照。

(4) ヤマモトのコラムのタイトルは最初の "Napoleon's Last Stand" —— "napoleon's last stand" と小文字で表記される場合もある——から、"Don't Think It Ain't Been Charming" "Napoleon's Notebook" "Hisaye Yamamoto's Note Book of Napoleon" そして "Hisaye Yamamoto's Small Talk" へと変化した（Cheung, Interview 72）。本文中の表記はそれぞれ、"Napoleon's" "Don't" "Notebook" "Small" と統一し、当時の『加州毎日』ではページ数の記載が曖昧なため、刊行年月日のみを付記する。個別の記事を文献表に記載することはしていない。なお、第五章の注(3)も参照。

(5) ドロシー・R・マクドナルドらは、欧米の文学や思想を作品において反映させている点をヤマモトの特質として挙げているが、若いころからの読書の影響よるものであろう。McDonald and Newman 133.

(6) 「二世作家・芸術家同盟」はロサンゼルスで一九三九年に「アメリカ作家同盟（League of American Writers）」に模して結成された。その目的は「個人や共同の創作活動を促進し、人生、芸術、および様々な社会問題についての批判的な見方を研ぎ澄ますこと」にあった（Yogi, Japanese 144）。オーヤマの自宅で週一回会合が開かれ、創作活動についての議論などを行っていたという（Matsumoto, Nisei 28）。

(7) このコラムでは、若いヤマモトのシニカルな一面も見られる。参加者の一人が「自分の詩を読ませて欲しい」と要請した際には、ヤマモトは「私にそれを先に読ませて」と「皮肉たっぷりに」述べ、「そうすればあなたの声を聞く必要もないから」と説明したと書かれている。その後、友人の気持ちを害してしまったことを後悔した様子も語られている。

(8) 一九三二年に結成された民主党の下部組織「青年民主党（Young Democrats of America）」に賛同した日系人は、サンフランシスコやロサンゼルスで支部を結成し、統一的に「二世青年民主党（Nisei Young Democrats）」と命名されて活動がスタートした。二世の中でも政治的に「進歩的な」者たちが参加したとされている。Takahashi 66-79 を参照。

(9) 『カレント・ライフ』のサブタイトルは、一九四一年一一月号から *The Only National Nisei Magazine* に変更された。

(10) 特にロサンゼルス在住の二世女性の文化創出については、Matsumoto, *City* 84-142 を参照。

(11) 一九四〇年のアメリカにおける日系人総人口のうち、二世は六二・七パーセントだった。Daniels, *Concentration* 21 を参照。

(12) メアリー・オーヤマは一九〇七年、カリフォルニア州フェアフィールド生まれ。『加州毎日』や『羅府新報』をはじめとする日系新聞でコラムやエッセイを書き、二世作家の中心的な存在として多岐にわたって活躍し、とりわけ『新世界朝日（*Shin Sekai Asahi*）』の人生相談コラムで人気を博した。『カレント・ライフ』にも兄のジョーとともに参加し、自身の文芸作品も発表した。オーヤマの人生相談コラムについては、Matsumoto, *Desperately* 19-31 を参照。オーヤマの生涯については、水野 二五三–五八に詳しい。

(13) 「二世問題」とは二世自身の文化的アイデンティティや親の一世世代との摩擦を指すが、詳しい解説としては、Azuma 111-22 を参照。

(14) マツモトによると、二世作家がアフリカ系ではなく、アルメニア系やジョン・ファンテ（John Fante, 1904-83）のようなイタリア系の二世作家をロールモデルにしたのは、複合的な要因があるという。二〇世紀初めに多くの日本人がアメリカにやってきた時期に、カリフォルニアではアルメニア系やイタリア系移民がすでに定住し、その存在が顕在化していた。また、アルメニア系の場合は一時期、カリフォルニアで「オリエンタル」としてカテゴリー化されたことも日系人が親近感を抱く理由になったという。一方、アフリカ系は西部では人口も少なく、一九二〇年代の「ハーレム・ルネッサンス」なども東部の文化として距離感を持って眺めていたこと、そして日系人の中にはアフリカ系に対する差別意識を持つ者もいた事情も背景にあったため、アフリカ系作家への関心が低かったのではないかと説明している（Matsumoto, Desperately 29）。

(15) ジョーは、一九四〇年九月の「選抜訓練徴兵法（Selective Training and Service Act）」に基づいて徴兵されていたと思われる。この法は黒人団体の圧力を受けて「人種、信条、肌の色に関わりなく」徴兵することを定めたものだった。だが日系市民はパールハーバー以後、次々と除隊命令を受け、やがて多くの徴兵事務所が日系人の徴兵を停止した。山倉　一九九-二〇〇を参照。

(16) スエモトの収容所生活についてはSuemoto, *I Call* を参照。

## 第4章

(1) 強制収容所は一〇箇所設けられ、そのほとんどが太平洋岸から遠く離れた気候の厳しい土地に作られた。各収容所には監視塔が数箇所立てられ、周囲には鉄柵が張り巡らされた。強制収容所内の状況については、Weglyn による先駆的な研究がある。

(2) 戦時下における日系日本語文学の研究としては、篠田・山本　一七-一〇五を参照。

(3) WRA は一九四二年三月、大統領行政命令により設立され、太平洋岸特別戦略地域からの「敵性外国人」の立ち退きから再定住までの業務を一九四六年六月まで担当した。

(4) 本章五節で紹介する雑誌『トレック』最終号の、「あとがき」に相当するコラム「戯言（"FALDEROL"）」にジム・ヤマダ（Jim Yamada）が残した言葉。ヤマダは収容所ではかつての「偉大な二世小説（Great Nisei Novel）」に代わって「偉大な立ち退き小説（Great Evacuation Novel）」を目指したが、これも「とるに足らないもの」として消えていくのだろうと述べてコラムを締めくくっている（Yamada 42）。

(5) ポストン収容所は一九四二年五月八日に最初の日系人の一団を受け入れ、一九四五年一一月二八日に閉鎖された。

(6) ポストン・ストライキに関する詳細は、Okihiro, Religion および Daniels, *Personal* 178-79を参照。また、帰米二世作家藤田晃の『立退きの季節——日系人収容所の日々』（1984）の「亀裂」では、ポストン・ストライキが詳細に描かれている。「帰米二世」とは、アメリカで生まれた日系二世だが一時的に日本で教育を受け、再びアメリカに戻ってきた人々を指す。

(7) もともと一九四二年五月一三日に創刊された『デイリー・プレス公報（*Official Daily Press Bulletin*）』を引き継いだもので、最初タイトルは *Press Bulletin* だったが、四二年一二月二二日に *Poston Chronicle* と改められた。四五年一〇月二三日まで続いた。山本（二）一六七を参照。

(8) 一九四三年一月二八日、五千人から成る日系二世による戦闘部隊を編成するために、ハワイとアメリカ本土から志願兵を募集するという陸軍決定が発表された。この決定に基づき、WRA は性別や国籍に関係なく一七歳以上のすべてを対象とした「出所許可申請書」と題した質問表を全収容所に配布した。この質問表では、アメリカに対する忠誠を求める質問第二七問および二八問が、「忠誠審査」として日系人社会に様々な波紋を与えた。Daniels, *Prisoners* 68-71 を参照。『ポストン・クロニクル』によれば、「忠誠審査」ののち、収容所内から軍隊入隊を志願した二世は二〇〇名で、そのうち四八名が戦場に赴いた（*PC*, April 17, 1943）。

(9) 四四二部隊とは、日系二世のみからなる特別部隊で、一九四四年の夏から秋にかけてイタリアおよびフランスでの戦いに参加し、多大な犠牲者を出した。

(10) ヤマモトは後に、このササガワラにはポストン収容所に実在のモデルがいて、その女性は詩人だったと述べている。Crow, Interview 79-80.

(11) 第四号は『オール・アボード（*All Aboard*）』とタイトルが変わり、編集長はトシオ・モリが務めた。

(12) 「ムラタ兄弟」については、田中久男「トシオ・モリの「ムラタ兄弟」とトパーズ収容所での創作活動」を参照。田中はこの作品がモリについての「静謐で楽観的な側面を持った作家という烙印」の修正を迫る重要な作品であると指摘している（田中　一二）。

(13) モリは次号掲載の「幸福な一家（"One Happy Family"）」（1943）においても、同様に一世の母がアメリカへの信頼を説く場面を描いている。主人公の少年ベンは、父が当局に嫌疑をかけられ、別の収容所に移送されたことを母から聞いてショックを受ける。だが、それでも母はベンに「アメリカを信じなさい」（Mori, One 13）と述べて、不安や失望を払拭しようとする。

## 第5章

(1) 再定住期をいつまでとするかについては議論もあるが、本書では大方の説に従って一九四五年からマッカラン＝ウォルター移民帰化法（McCarran-Walter Act）が成立した一九五二年までの期間を再定住期とする。

(2) 本書では時代背景に応じて「黒人」と「アフリカ系アメリカ人」を使い分けて使用している。

(3) ヤマモトは戦前、『加州毎日』の英文欄でコラムを持っていたが、そのタイトルは後半に"Small Talk"と変更された。それ以来、自分のコラムにはこのタイトルを使用している。第4章3節で見たように、戦争中にポストン収容所内で発行されていた『ポストン・クロニクル』で担当していたコラムのタイトルも同じだった。その表記法は時に応じて"Hisaye Yamamoto's Small Talks"（『加州毎日』）、"SMALL TALK"（『ポストン・クロニクル』）、"Small Talk…"（三連ドット付き、『ロサンゼルス・トリビューン』）などと変化したが、本書では一括して「スモール・トーク」（原題表示の際は"Small Talk"または"Small"）と表記し、文献表に個別の記載はしていない。

(4) ヤマモト作品における人種的多様性を評価する例としては、McDonald and Newman 132 を参照。

(5) 『トリビューン』の歴史については、Danky 346 を参照。

(6) 『シカゴ・ディフェンダー』は、一九〇五年、ロバート・S・アボット（Robert S. Abbot）によって発行された黒人新聞。アボットはシカゴの黒人コミュニティの状況を正確に伝えるとともに、南部の黒人に北部への移住を奨励したことで知られる（Summons 25-41）。『ブラック・ディスパッチ』は、一九一四年にオクラホマシティでロスコー・ダンジー（Roscoe Dunjee）によって発行された黒人新聞。ダンジーは白人に黒人社会の実状を長い論説で克明に報告したことでよく知られている（Summons 51-61）。

(7) セントラル・アヴェニューの歴史についてはCoxを参照。ダンバー・ホテルは、ジャマイカ出身でロサンゼルスの歯科医だったジョン・ソマーヴィル（John Alexander Somerville, 1882-1973）が黒人コミュニティ活動の発展を願って一九二八年に作った黒人のためのホテルで、当初はソマーヴィル・ホテルと名づけられていたが、二九年には財政的理由から他の会社に売却され、名前も変更された（Bunch 111-12）。

(8) リトル・トーキョーの歴史については、Yokotaを参照。

(9) 「スモール・トーク」欄は、時々ヤマモトに代わって特別ゲストによるコラムとなり、ワカコ・ヤマウチや夫のチェスター・ヤマウチ（Chester Yamauchi）、チズ・オーモリ（Chizu Omori）らもヤマモトのコラムのゲストとして参加するようになった。さらに、平和主義者で反戦運動を行っていたヨネ・スタッフォード（Yone Stafford, 1902-81）も自身の活動をヤマモトのコラムで報告したり（“Small”, *LAT*, November 23, 1946:12）、第二次大戦に反対して母親たちへの働きかけをしてきた自身の活動を振り返ったエッセイを書いたりしている（“Go Crying, Peace, Peace, Peace,” *LAT*, May 8, 1948: 6）。ヨネ・スタッフォードは、一世の父とドイツ系の母とのあいだに生まれた二世で、ヤマモトがカトリック・ワーカーに参加した背景には、スタッフォードの影響もあったとされている（Robinson, *Great* 43-47）。実際スタッフォードは、自身のアクティヴィストとしての経験から、ヤマモト自身が気にしている内気な性格を直すためには勇気をもつことが必要であると助言もしている（“Small,” *LAT*, December 28,1946: 11）。

(10) 黒人の日系人観の概容についてはHellwigを参照。戦前の黒人の日系人観を分析したシャンクマンによると、黒人は日系人に対して人種差別の被害者として共感を持ちながらも、その経済的な進出には脅威を感じていた（Shankman 39）。また、第二次大戦後のロサンゼルスにおける日系人と黒人やメキシコ系などマイノリティとの関係については、Jenksおよび本論でも触れるKurashige, Scottを参照。

(11) タジリも、人種差別は日系人だけに限定される問題ではないので、その解消に向けて他のマイノリティとの連携が必要であると述べている。Tajiri, Larry Farewell（1944）を参照。

(12) ジョン・H・M・ラスリットによると、戦後ロサンゼルスにおける人種隔離は一層激化し、特に黒人のサウス・セントラル地区などにおけるゲットー化が進んだ（Laslett 60）。一九四〇年代のロサンゼルスにおける黒人の状況を知るうえで、チェスター・ハイムズ（Chester Himes）の小説*If He Hollers Let Him Go*（1945）が参考になる。造船所に勤めるボブは常に自分の状況に苛立ち、「黒人の問題を解決する唯一の方法は革命だ」と述べて閉塞感を表明する（Himes 86）。『トリビューン』の社説でも、戦後の黒人に対する人種隔離の実例や失業率の高さなどが挙げられ、ロサンゼルスにおける黒人の状況の厳しさを憂いている（*LAT*, December 21, 1946）。またYokota 77にもこの問題への言及がある。

(13) COREの歴史については、Meier and Rudwickを参照。またBenett 97 にも言及がある。

(14) 『羅府新報』は、一九〇三年四月にロサンゼルスで三人の留学生によって『書生新聞』として発行された。当初は情報紙としてガリ版刷りで週二回の発行だったが、ロサンゼルスの日系人町で人気を博したため、一九〇七年には商業新聞として出発し、タイトルも『羅府新報』に変更された。英語欄は一九二六年二月から始まった。特に戦後は発行部数を伸ばし、日系コミュニティの中心的な新聞となった。同紙の歴史については Onishi を参照。

(15) 実際、戦前からコラムニストとしての経験を積んできたものの、黒人新聞のコラムニストとなることはヤマモトに相当の緊張を強いたらしく思われる。たとえば四五年八月一三日の「スモール・トーク」では、同時期に『トリビューン』でコラムを書いていたアーナ・P・ハリス（Erna P. Harris）のようなコラムニストを目指したいが「私が知りえたばかりの情報をまだ明晰に判断して書く準備ができていない」として焦燥感を募らせ、「来年こそひるむことなく自分の本心を見つめたい」と述べている（*LAT*, August 13, 1945: 12）。

(16) この出来事についてヤマモトは、後にバスで隣の席に座った若い白人女性との会話も含めて、一部修正箇所はあるが「フォンタナの火事（"A Fire in Fontana"）」(1985) でも触れており、この出来事が彼女の記憶に深く刻まれたものだったことが察せられる。Yamamoto, *Seventeen* 150-51.

(17) 一九四七年三月八日の論説 "Getting Down to Cases" でも、デイヴィスは以下のように日系人を批判している。「日系人と黒人はともに周縁化され、機会に恵まれていない点で、共通の地点に立っているはずだ。しかし、日本人には社会性がなく、黒人に対してブルジョア的偏見をもっている。黒人より優秀であると自負し、経済力と教育があれば人種の抗争を克服できると思っている。黒人を軽蔑し、不良品を高く売りつける点でユダヤ人に似ているが、ユダヤ人は陽気である。日本人は暗くて不親切な分、手ごわい」（*LAT*, March 8, 1947: 10-11）

(18) ブロックズ・ティールームはウィルシャー通りにあり、当時のロサンゼルスのシンボルでもあったデパート内にあった人気カフェのこと（Pitt, 64）。

(19) これより前、四八年六月二日付の『トリビューン』で、「ビミニ浴場」のチケット売り場でCOREと浴場側とのあいだに小競り合いがあったことが伝えられている。"Bimini Picket Pushed Thru Window Glass," *LAT*, June 2, 1948: 1, 4. COREによるこうした抗議活動は、トム・ジェイコブソン（Tom Jacobson）によって舞台化され、二〇一八年六月から七月にかけて、ロサンゼルスのMETシアターにて『メキシカン・デー（*Mexican Day*）』というタイトルのもとで上演された。この舞台では、公民権運動家で平和主義者であったベイヤード・ラスティン（Bayard Rustin, 1912-87）とヤマモトが主人公二人のモデルになっている。*Rafu Shimpo* (http://digital.olivesoftware.com/Olive/ODN/RafuShimpo/), June 15, 2018.

(20) 『パーティザン・レヴュー』は一九三四年に、共産党の下部組織だったニューヨーク・ジョン・リード・クラブの「革命文学の隔月誌」として創刊された。三〇年代を通して、反スターリン主義に基づくラディカリズムを代表する雑誌となったが、一九四三年以後政治色を廃し、文学的な雑誌になったという。四〇年代の同誌の変化については、秋本、第六章を参照。ヤマモトは「ハイヒールシューズ」の原稿を最初は『ニューヨーカー（*New Yorker*）』に送ったと説明している（Cheung, Interview 64）。

(21) ワカコ・ヤマウチと当時ワカコの夫だったチェスター・ヤマウチを指す。

(22) メアリーは恐らくヤマモトの友人でコンプトン・カレッジの同級生でもあったメアリー・キタノだと推測される。作品中でメアリーは語り手とかつて同居していたと書かれているが、実際キタノがヤマモトの家に同居していたことは、『トリビューン』のヤマモトのコラムでたびたび言及されている。

(23) メアリーに対する警察の冷酷な態度には、当時のロサンゼルス警察への不信感が表現されている、と解釈することももちろん可能である。ロサンゼルス警察の腐敗は、一九四〇年代末には最大の問題となっていた。だがその腐敗は、人種主義に深く関わっていた。Schiesl 164-65 を参照。

(24) ヤマモトは『羅府新報』に掲載されたエッセイ「黄葉(“Yellow Leaves”)」(1986)でも、尊敬できる人の一人としてガンジーの名前をあげているが、かれの女性に対する姿勢には疑問があるとして、以下のように述べている。「貧しい妻を一人にして、自分は若い侍女たちにかしずかれていたのだから」Yamamoto, Yellow 38.

(25) やがて登場する中国系夫妻の行き先も、エスターと同じ兵士療養所だった。タカキによると、第二次大戦を「アメリカでの成功の機会」と捉えた中国系は、積極的に志願して参戦したという(Takaki 115)。

## 第6章

(1) ヤマモトは一九四八年に、当時五か月のポールを養子に迎えた。ポールについてヤマモトは「日系人の父とフランス人の母とのあいだに生まれた」と説明している(“Miyoko O'Brien(Or Everybody's Turning Japanese)”)。ポールは、ヤマモトの弟のフランクとフランス人女性とのあいだに生まれた子どもだったとされ、複雑な事情もあったようだ。

(2) これは一九五〇年『ケニヨン・レヴュー』(*Kenyon Review* 12.1)に掲載された「ミス・ササガワラの伝説」を指す。

(3) このフェローシップは若い作家に与えられるもので、一九五〇年代のアメリカの文学界において重要な役割を果たした。ティリー・オルセンやエドワード・アビー、N・スコット・ママデイらが参加したことで知られている。

(4) カトリック・ワーカー運動の理念や歴史については、以下を参照のこと。Pieh; Aronica; Massa; Zwick.

(5) デイがモーリンから受けた影響については、Day, *Selected*, 42-47 を参照。

(6) この時のデイとの出会いを、のちにヤマモトは『羅府新報』において、「サウス・ボイルでのクリスマス・イヴ(“Christmas Eve on South Boyle”)」と題されたエッセイで回想している。クリスマスにデイがボイル・ハイツにやってくると聞いたヤマモトは、真夜中に行われるミサでデイに会えることを聞いて参加した。ミサの前に初めてデイに会い、他の参加者とともに自己紹介をする機会があったが、その感動でミサのあいだ中、ヤマモトは茫然としていたとしている。ミサのあと、デイとのお茶会にも出席したと続けている。この回想からはデイとの間に会話があったかどうかは定かではないが、「世界でもっとも重要な人物だったし、もし、伝説が本当であるとすれば少数の生きている聖人の一人であった」(9)デイに会うことができた興奮が伝わる内容となっている。

(7) 一九五五年『羅府新報』に掲載されたヤマモトの「ベティナ（"Bettina"）」は、デイの不幸な恋愛を下敷きにして書かれた作品として読むことができる。ロングアイランド出身の白人女性ベティナは、フランス系のカトリック教徒の家庭で育った。姉の方は修道院のシスターになったが、ベティナは反抗してボヘミアン的な生活をし「実存主義者」になる。だが、日系の混血男性と恋愛して妊娠が分かった後、変化が訪れる。その男性は障害を抱え家庭的にも複雑で、人格が安定しておらず、「残酷な」面もあり、結婚できないと判断したベティナは未婚のまま出産をすることにした。その後、ベティナは教会にも通うようになり、出先で交通事故に会って助かったことから信仰に目覚めるという劇的な結末で物語は終わっている。性格の激しい男性との不幸な恋愛や信仰への目覚めなど、ベティナにはドロシー・デイを思わせる要素が多い。

(8) デイは一九五四年の八月八日から一三日まで行われた黙想期間について書いたエッセイ"Mid-Summer Retreat at Mayfarm"でヤマモトについて言及している。近くの海岸で見つけた海藻について、ヤマモトから日本人は食材としてよく利用していると教えてもらったことや、息子ポールを連れてヤマモトが参加したことにも触れている。

(9) **"Peter Maurin Farm"** のコラムにヤマモトが執筆したのは以下の号である。**June, 1953: 3; December, 1954: 3, 8; January, 1955: 3, 7; February, 1955: 3,5; July-August, 1955: 6.** これらを引用する場合には本文中に日付などを付記するにとどめた。一方、ヤマモトが独立のタイトルで同紙に発表したエッセイ二編は、個別に引用文献表に記載した。

(10) カトリック・ワーカーにヤマモト以外にも日系人が参加していたことは、ヤマモトのエッセイ「キチ・ハラダ（"Kichi Harada"）」(1957) で確認される。ハラダは画家で、同じく画家であった夫を戦前に亡くした。その後生活に困窮し、ニューヨークの地下鉄構内で衰弱していた時にカトリック・ワーカーに救われ、「歓待の家」に連れてこられたという。意見をはっきりと述べ、自己主張もするので、共同生活をする人々との間に齟齬があったことも書かれている。

(11) 夫のエスニシティについて、ヤマモトは特に明らかにしてはいない。自伝的エッセイ「フォンタナの火事」では、「肌の色の薄い、私の夫のおかげで」(Yamamoto, *Seventeen* 157) とされている。また、「フィレンツェの庭」では、ヤマモトを思わせる二世女性キミコの夫アルが「南カリフォルニア出身のラティーノ」(158)だと説明されている。これらを踏まえて総合すると、恐らくメキシコ系アメリカ人ではなかったかと推察される。デ・ソートは二〇〇三年に亡くなった。

(12) デイは自伝『長い孤独』の最後で、コミュニティが人間の孤独を解決するものとして重要であることを自らの経験を通して学んだと繰り返し強調している (Day, *Long* 224, 243)。ヤマモト自身もこうしたデイの思想に影響を受けたことが、モーリン農場への参加の一要因となったように思われる。

(13) マツモトも二世女性は「ハクジン」ではなく、日系人との結婚を義務として捉えていたとしている (Matsumoto, Nisei 125)。ポール・スピッカードは、日系人の場合、日本人としての血統へのこだわりや他の有色人種への偏見もあって、異人種間結婚は日系社会において長いあいだ否定的に捉えられていたと分析している（Spickard, *Who* 15）。ヤマモト自身も、父から「ハクジン」と結婚はしないように言われたことがあったとインタヴューで述べている（Chueng, Interview 78）。

(14) ペレス判決についてはMoran 84-88を参照。

(15) 異人種間結婚をしている日系人に対する偏見があったことは、一九六四年に書かれたヤマモトのエッセイ「誤解されたアイデンティティのちょっとした例（"A Slight Case of Mistaken Identity"）」にも描かれている。夫のトニーといると白人男性から「戦争花嫁」として話しかけられることがあるとヤマモトはそこで述べている。また異人種間結婚に関しては、八〇年代以降のエッセイを紹介した次章注(11)も参照。

(16) 訳は川本皓嗣氏によるものである。イーグルトン、四一二。

(17) ヤマモトの「責任への怖れ」を「フォンタナの火事」と関連づけて論じた論文として、長井を参照のこと。

## 第7章

(1) 最近の示唆的な論考としてはMakino を参照。

(2) ヤマモトの強制収容先であるアリゾナ州のポストン収容所は、コロラド・リバー・インディアン居留地の一部に設立され、モハベ族とチェメウェビ族、合わせて約一二〇〇人の先住民が住んでいた。先住民と日系人とのあいだの交流は乏しく、日系人の多くが先住民に対して偏見や差別意識を抱いていたことは、次章に見るように、シンシア・カドハタの『草花とよばれた少女（*Weedflower*）』（2006）でも描かれている。当時のヤマモトも、先住民の状況に特に関心を寄せていなかったことは、『ポストン・クロニクル』のコラムからもうかがわれる。一九四三年六月六日のコラムで、収容所内の野球チームである「パーカーインディアンズ」の試合を見に行った時のこと、チーム名は名ばかりで、チームにインディアンに似た人はいるものの、実際は日系人だけで編成されているチームだと述べ、そもそも自分は、「一〇〇パーセント本物のインディアン」に会ったことはないと書いている。そしてインディアンの「頭皮はぎ」を持ち出して、「もっとも私の頭皮がはがされてしまわないうちは、相手が本物のインディアンかどうかはわからない」と冗談を続けている。その際にインディアンを"it"という代名詞を用いて呼んでおり、当時のヤマモトにとってインディアンは無縁のステレオタイプでしかなかったことが推察される（"Small," *PC*, June 6, 1943:4）。

(3) Napoleonも、ユピックにおけるアルコール依存症患者の増加の要因は、精神的なものであると指摘する。経済的な支援だけではアラスカ先住民の「怒り、罪悪感、恥辱感、悲しみ、フラストレーションや絶望感」（Napoleon 137）を解消することはできないと述べて、植民地化の歴史がその背景にあることを明らかにしている。

(4) 一九七〇年代にはマクニール島刑務所への批判が高まり、刑務所内の改革を求める運動も起きた。当時マクニール島刑務所は「最も孤立し、旧態依然として破壊的な刑務所の一つ」と評されていたという。同刑務所は、一九八一年には閉鎖された（Keve 252）。オールデンもマクニール島刑務所内の状況に不満を抱いて別の刑務所に移送されたことが書かれている（Yamamoto, *Seventeen* 103）。

(5) マクニール島刑務所は、主として兵役を拒否し、当局に嫌疑をかけられた日系人が隔離収容された刑務所でもあった。エリック・L・ミュラーによると、一九四四年七月および一〇月にミネドカ収容所から合計六三名の日系人が移送されて収容されたとされている（Muller 161）。こうした事実を踏まえると、ヤマモトが刑務所内で混迷を深めるオールデンにエミコ自身の収容所体験を重ね合わせながら語りを進めていることに気づかされる。

(6) アメリカでは死刑制度をめぐって、一九七〇年代に変化が見られた。連邦最高裁は「被告の生死を気まぐれで判断している」（小倉 二一七）として死刑を違憲としたため、一九七六年までに死刑はいったん完全に廃止された。こうした時代の変化がエミコにも反映されているように思われる。ただし、その後死刑は徐々に復活して今日に至っている。

(7) ロサンゼルス暴動を予見したヤマモトの慧眼がこの作品を通して評価され、従来のヤマモト研究に新たな観点を加えるものとなった（Cheung, Dream, 127）。ロサンゼルス暴動は一九九二年に発生した。アフリカ系アメリカ人の青年がスピード違反で逮捕された際に、ロサンゼルス警察の白人警察官数名による暴力行為が近隣住民によってビデオ撮影され、メディアで報道されたことで大きな問題となった。白人警官たちの暴力は裁判の場で審議されたが、結局警察側は無罪となった。陪審員の大半を白人が占めていた裁判のこの結果に不満を抱いたアフリカ系アメリカ人は、サウス・セントラル地区を中心に暴動をおこし、店の略奪や放火が起きた。この暴動にラティーノも加わり、暴動のターゲットは近隣地区で小売店を経営するコリア系アメリカ人に向けられた。この暴動を大きくしたものは、「コリア系とアフリカ系の相互の軽蔑と偏見」（Cheung, Dream 121）だった。

(8) ショート家の火事についての詳細はDavis 399-401を参照。

(9) この芝居は、イエズス会のアクティヴィスト、ジョージ・H・ダン（George H. Dunne）によって一九四六年に書かれたもので、その後一〇年間、各地で上演された（Schleitwiler 151）。

(10) ワッツ暴動は一九六五年八月一一日にロサンゼルスのワッツ地区で起きた暴動を指す。スピード違反をして蛇行運転をしていた黒人青年とその家族を警察が逮捕したことをきっかけに起きた暴動で、一七日まで続いた。一〇三二名もの負傷者、三九五二名の逮捕者が出た。Schiesl 164-65を参照。

(11) 八〇年代から九〇年代にかけて書かれたエッセイや作品は、時代の変化に対するヤマモトの観察が反映されて興味深い。例えば、「教育の機会（"Educational Opportunities"）」(1989) では、現代における教育の荒廃が描かれている。友人のアン・ミウラの息子が通う学校の男性教師に対して、アン自身は不信感を抱いていたが、実際その教師は生徒への性的嫌がらせが発覚して逮捕された。また、その学校はミドルクラスの子どもが通う学校だが、学内が荒廃しており、問題を抱える生徒もいる。また、アフリカ系やアジア系の教師に対する生徒たちの偏見や差別なども知らされる。教師や生徒の変化を通して、子どもたちを取り巻く状況の厳しさが、アンの困惑と失望を通して示されている。さらに、注目したいのは異人種間結婚に関するヤマモトのエッセイである。例えば、「ミヨコ・オブライアン（あるいは皆が日本人になっている）（"Miyoko O'Brien(Or Everybody's Turning Japanese)"）」(1985) では、戦後収容所から戻ってボイル・ハイツに住んでいたころは、二世のあいだで異人種間結婚は考えられないことであったという。タイトルに用いられている「ミヨコ・オブライアン」は、日系人がアイルランド人と結婚した場合を想定してヤマモトが思いついた名前で、その時は友人たちとみなで笑ってしまったほどであった。だが、その時大笑いをしていたメアリー・キタノをはじめとする友人たちはその後、他人種と結婚して「ハイブリッドな名前」になっているとして、日系社会において異人種間結婚に対する見方が変化したことを示唆している。また、「ブロッコリーとほうれん草（"Broccoli and Spinach"）」(1991)では、ヤマモト自身の家庭は食べ物の好みにはじまり宗教へのスタンスにいたるまで各人様々であるという。ただ、息子の一人（ポールのこと）が熱心なカトリック信者なので、食事前には皆で祈りを捧げている。子供たちはそれぞれ異なるエスニックの人と結婚して、ヤマモト一家では人種の混淆化が進んでいる様子を伝えている。最後に一九五〇年代の後半、二世男性と白人の離婚経験のある女性がドライヴ中に事故を起こした時、異人種間恋愛に対する批判が起こって二人の恋愛が不幸に終わったことを思い出しながら、当時はまだ異人種間結婚への偏見が根強く残っていたことを回想している。

(12) この作品より二年前に書かれた「地階に住むご婦人（"Underground Lady"）」(1986)でも同じ要素が認められる。語り手は買い物先のスーパーでホームレスの女性と出会う。その女性は隣に住む日系人に家を焼かれたためホームレスとなったと述べて、日系人を憎み、偏見も抱いている。それでも、住む家もないまま付近を徘徊しているこの女性に語り手は同情を覚え、一度だけの出会いであったが、彼女の行く末を思いめぐらせ、住む場所を獲得できた様子を想像する場面で物語は終えられている。戦後も日系人に対する根強い偏見が残っていることを示しつつ、ホームレスの女性の状況に同情を寄せる語り手を通して、社会から排除された他者への共感をヤマモトはこの作品においても示している。

(13) しかもそのタイトルは「ジョニーは零点をとった（"Johnny Got a Zero"）」にすればよいという提案までしてくれたとヤマモトは述べている。これは一九四三年に流行した歌のタイトルで、第二次大戦中に活躍した兵士ジョン・D・フォーリー（John D. Foley）を称えたものである。かつては学業成績が悪いため"Johnny Zero"とあだ名をつけられたフォーリーは、第二次大戦中、日本のゼロ戦闘機を撃ち落とした果敢な兵士として一躍有名になった。Jones 174-75.

(14) アメリカの国家権力へのアイロニカルな観察は、作品の他の箇所でも見られる。たとえば、キミコはアメリカ人墓地が「合衆国の利害関係が問題になると思われるところにはどこにもある」(170)と知らされて、多くの戦争を仕掛けてきたアメリカの覇権主義が、各地で弟のような若い犠牲者を出してきたことを示唆している。また、キミコはアメリカ人墓地には「キリスト教の十字架とユダヤ教の星だけ」(169)しかないことに気づく。「仏教の法輪がトミーにはふさわしかったのに」(169)と思い、トミーのようなマイノリティの兵士たちに対する政府の配慮の欠落にも言及している。ヤマモト一家が仏教徒で、弟ジョニーも仏教会に通っていたことについては、Manseau 356 を参照。

(15) この作品を「祝婚歌」と関連させて論じた村山瑞穂による示唆的な論文を参照。

## 第8章

(1) 『ギドラ』はUCLAの日系の学生たちが中心となって発行した月刊紙で、主として三世を対象としたものであった。『ルーツ』は主としてアジア系アメリカの歴史やコミュニティについての概説書、また『カウンターポイント』は、アジア系アメリカ研究の方向性や現代のアジア系が抱える諸問題を扱ったものである。

(2) こうした父に対する思いの揺らぎは、「朝の雨（"Morning Rain"）」(1952) にも萌芽的に見出される。この小品では、妻を亡くして一人で生活するうちに、耳が不自由になってきた父の老いを知らされて、娘サダコが行く末を案じる様子が描かれている。父の老化の認識が、ヤマモトにおける父親表象の変化の一要因でもあったのではないだろうか。

(3) ヤマモトのエッセイ「エジュケーション！エジュケーション！（"Eju-kei-shung! Ejyu-kei-shung!"）」(*RS*, December 20, 1977: 6, 31) では、頑迷な父に対する反発が明らかである。父は「女には高等教育は必要ない」と日ごろから言っていたが、二人の弟に対しては大きな期待を寄せていた。父に象徴される日系社会のジェンダー化された伝統的規範に、ヤマモトは馴染むことができなかった。だが、一方では「一世の父親たちは、どうあるべきか教えられてきたことに従って行動していたのです」(Crow, Interview 80) と述べて、原因を日本本来の教育に求め、個人的な嫌悪感を回避している。

(4) チャーリーとは状況が異なるが、戦後の一世男性の悲劇的顛末を描いたエッセイをヤマモトは残している。それが「ヒロシマからきた男（"A Man from Hiroshima"）」(1956) で、この作品では海軍の船員としてアメリカにやってきたオノデラが、そのままボストンにとどまってハウスボーイをしながらアートを学び、ニューヨークで画家を目指す。だが、画家として生活することはやはり不可能で、皿洗いなどをしながら、オノデラは酒に溺れるようになり、現在ではホームレスとなってカトリック・ワーカーの支援を受けている。妻子を広島に残したままアメリカに来たオノデラだが、原爆で家族全員を失い天涯孤独となっていた。このエッセイにおいてはまた、アメリカに居場所もないうえに、帰還する故郷さえも失った一世を描くことで、原爆が一世に与えた影響をヤマモトが例示している一面も見逃せない。「ラスヴェガスのチャーリー」においても、原爆投下のボタンを押した兵士がチャーリーに「自分の残虐行為を謝罪する」(Yamamoto, *Seventeen* 72) 様子が描かれている。これと同様の出来事は、「頬に流れる涙（"The Streaming Tears"）」(1951) においても、ヤマモトが父から聞いた話の一つとして語られている。このように、原爆投下についてヤマモトが戦後いち早く言及している点に、平和主義者として反核運動にも参加してきたヤマモトならではの独特の視点が認められる。

(5) ポストン収容所ではギャンブルが流行したため、特に若い二世への悪影響などが懸念され、対策も講じられたとされる。収容所では、特に農業や漁業に従事している肉体労働者のあいだで花札に人気があったという。Nishimoto 97, 150-62 を参照。なお、ギャンブルにのめりこむ一世を描いたヤマモトの作品に、「ラスベガスのチャーリー」のほかに第二章四節で触れた「茶色の家」(1951) がある。

(6) ヤマモトは一家の新年に向けての準備の様子をトリビューン時代にコラムで回想しているが（"Small," *LAT*, January 10, 1948: 7,18）、一部、それを修正しながらこの作品で挿入している。

(7) 父と息子との関係を扱ったヤマモトの作品としては、「お父さんなら、ムハマッド・アリを倒せる（"My Father Can Beat Muhammad Ali"）」(1986) も挙げられる。この作品の主人公であるヘンリー・クスモトは、身長が低いために高校時代にフットボール選手として活躍できなかったことが辛く苦々しい思い出として残っている。だが、生意気ざかりの二人の息子たちからもその身体能力を馬鹿にされて、父としてのプライドを保つことができないクスモトの苦境がユーモラスに描かれている。

(8) それまでの国別割り当て制度が廃止され、西半球出身者と東半球出身者という大まかな枠で移民数を決定することになった。また、特別な技能を持った人材を積極的に受け入れた。この法改正によってヨーロッパからの移民の比率は低下し、アジアやラテン・アメリカからの移民が急増した。Kitano and Danels 18-19.

(9) アイ・ホテルの歴史や撤去反対運動の経緯については、Maeda 58-64を参照。

(10) ただし、『フローティング・ワールド』でも間接的に強制収容について触れられている場面がある。オリヴィアは、両親から教えられたことの一つは、「恐怖心」だったという（Kadohata, *Floating* 121）。両親が「初めて体験したのは戦争中の恐怖」（121）であり、両親が感じてきた「たくさんのこみいった恐怖心」（122）からオリヴィアは解放されたかったと語っている。カドハタは、一九五〇年代においてもなお戦時中の強制収容が日系人にとって恐怖として残っていることを暗示しつつ、人種的、社会的境界内に踏みとどまる両親とは異なって、越境的な感覚で新たな場を求めるオリヴィアに日系人の新しい意識を見いだしている。

(11) カドハタの作風の変化については、桧原 三五－三六を参照。

(12) 収容所の名前がポストンとなったのは、「アリゾナの父」と呼ばれこの一帯の開拓を進めたチャールズ・ポストンへの敬愛の念から命名されたとされる。Bailey 63. また、ポストン収容所の設立の過程を先住民の歴史と交差させた論文としては、石山を参照。

# 引用文献


*All Aboard*. 1944. Stanford University Auxiliary Library 1.

Anzaldua, Gloria. *Borderlands La Frontera: The New Mestiza*. San Francisco: Aunt Lute Books, 1987.

Aronica, Michele Teresa. *Beyond Charismatic Leadership: The New York Catholic Worker Movement*. New Brunswick: Transaction Books, 1987.

Azuma, Eiichiro. *Between Two Empires: Race, History, and Transnationalism in Japanese America*. New York: Oxford UP, 2005.

Bailey, Paul. *City in the Sun: The Japanese Concentration Camp at Poston, Arizona*. Los Angeles: Westernlore P, 1971.

Barth, Robert L. *Dear Miss Yamamoto: The Letters of Yvor Winters to Hisaye Yamamoto*. Ardmore: Fifth Season P, 1999.

Bedrosian, Margaret. “Toshio Mori’s California Koans.” *MELUS*, 15.2 (Summer, 1988): 47-55.

Bennett, Scott H. *Radical Pacifism: The War Resisters League and Gandhian Nonviolence in America, 1915-1963*. New York: Syracuse UP, 2003.

Bhabha, Homi K. *The Location of Culture*. London: Routledge, 1994.

Brenner, Teresa. “The Physicality of the Gaze.” Muriel Dimen and Adrienne Harris, eds., *Storms in Her Head: Freud and the Construction of Hysteria*. New York: Oxford UP, 2001. 281-302.

Brinkley, Alan. “The Illusion of Unity in Cold War Culture.” Peter J. Kuznick and James Gilbert, eds., *Rethinking Cold War Culture*. Washington, D.C.: Smithonian Institution P, 2001. 61-73.

Broines, Matthew M. “Hardly ‘Small Talk’: Discussing Race in the Writing of Hisaye Yamamoto.” *Prospects: An Annual of American Cultural Studies*, 29 (2005): 435-472.

Bunch, Lonnie G. “A Past Not Necessarily Prologue: The Afro-American in Los Angeles Since 1900.” Norman M. Klein and Martin J. Schiesl Klein, eds., *20th Century Los Angeles: Power, Promotion, and Social Conflict*. Claremont: Regina Books, 1990. 101-112.

*Catholic Worker (CW)*. 1953-57. Microfilm. UCLA Research Library.

Chen, Fu-Jen and Su-Lin Yu, “Reclaiming the Southwest: A Traumatic Space in the Japanese American Internment Narrative.” *Journal of the Southwest*, 47. 4 (Winter, 2005): 551-70.

Cheng, Anne Anlin. *The Melancholy of Race: Psychoanalysis, Assimilation and Hidden Grief*. New York: Oxford UP, 2001.

Chernus, Ira. *American Nonviolence: The History of an Idea*. Maryknoll: Orbis Books, 2004.

Chesler, Phyllis. *Women and Madness*. Garden City: Doubleday, 1972.

Cheung, King-Kok. *Articulate Silences: Hisaye Yamamoto, Maxine Hong Kingston, Joy Kogawa*. Ithaca: Cornell UP, 1993.

------. "Interview with Hisaye Yamamoto." Cheung, ed., *"Seventeen Syllables" by Hisaye Yamamoto*. 71-86.

------. "Introduction." Yamamoto, *Seventeen Syllables and Other Stories*. ix-xxi.

------, ed. *"Seventeen Syllables" by Hisae Yamamoto*. New Brunswick: Rutgers UP, 1994.

------. "The Dream in Flames: Hisaye Yamamoto, Multiculturalism, and the Los Angeles Uprising." Harriet Pollack, ed., *Having Our Way: Women Rewriting Tradition in Twentieth-Century America*. Lewisburg: Bucknell UP, 1995. 118-30.

------. *Words Matter: Conversations with Asian American Women Writers*. Honolulu: U of Hawai'i P, 2000.

Chin, Frank, et.al., eds. *Aiiieeeee!: An Anthology of Asian American Writers*. 1974. New York: Mentor, 1991.

Chu, Patricia. *Assimilating Asians: Gendered Strategies of Authorship in Asian America*. Durham: Duke UP, 2000.

Chuh, Kandice. *imagine otherwise: on Asian American critique*. Durham: Duke UP, 2003.

Cox, Bette Yarbrough. *Central Avenue: Its Rise and Fall (1890-c. 1955) Including the Musical Renaissance of Black Los Angeles*. Los Angeles: Beem Publications, 1993.

Crow, Charles L. "A *MELUS* Interview with Hisaye Yamamoto." *MELUS*, 14.1 (Spring, 1987): 73-84.

------. "The Issei Father in the Fiction of Hisaye Yamamoto." Cheung, ed., *"Seventeen Syllables" by Hisaye Yamamoto*. 119-28.

*Current Life: The Magazine for the American Born Japanese* (*CL*). November, 1940-February, 1942. Stanford University Auxiliary Library 1.

Daniels, Roger. *Concentration Camps in North America: Japanese in the United States and Canada During World War II*. Washington D.C.: International Thompson Publishing, 1980.

------. *Personal Justice Denied: Report of the Commission on Wartime Relocation and Internment of Civilians*. Seattle: U of Washington P, 1997.

------. *Prisoners Without Trial : Japanese Americans in World War II*. New York: Hill and Wang, 1993.

Danky, James P. *African-American Newspapers and Periodicals*. Cambridge: Harvard UP, 1998.

Davis, Mike. *City of Quartz: Excavating the Future in Los Angeles*. New York: Vintage, 1990.

Day, Dorothy. *Dorothy Day: Selected Writings, By Little and By Little*. Ed. Robert Ellsberg. New York: Orbis Books, 2002.

------. "Mid-Summer Retreat at Mayfarm." *CW*, July-August, 1954: 3, 6.

------. *Peter Maurin: Apostle to the World*. Maryknoll: Orbis Books, 2004.

------. *The Long Loneliness: The Autobiograpy of the Legendary Catholic Social Activist.* 1952. San Francisco: Harper, 1997.

De Hart, Jane Sherron. "Containment at Home: Gender, Sexuality, and National Identity in Cold War America." Peter J. Kuznick and James Gilbert, eds., *Rethinking Cold War Culture.* Washington, D.C.: Smithonian Books, 2001. 124-55.

Douglas, George H. *Postwar America: 1948 and the Incubation of Our Times.* Malabar: Krieger, 1998.

Elliot, Matthew. "Sins of Omission: Hisaye Yamamoto's Vision of History." *MELUS*, 34.1 (Spring, 2009): 47-68.

Espiritu, Yen. *Asian American Panethnicity: Bridging Institutions and Identities.* Philadelphia: Temple UP, 1992.

Fienup-Riordan, Ann. *Eskimo Essays.* New Brunswick: Rutgers UP, 1990.

Fine, David. "Introduction." Fine, ed., *Los Angeles in Fiction: A Collection of Essays.* Albuquerque: U of New Mexico P, 1984.

Fischer, Michael M. "Ethnicity and the Post-Modern Arts of Memory." James Clifford and George E. Marcus, eds., *Writing Culture: The Poetics and Politics of Ethnography.* Berkeley: U of California P, 1986. 194-233.

Fishman, Robert. *Bourgeois Utopias: The Rise and Fall of Suburbia.* New York: Basic Books, 1989.

Fogelson, Robert M. *The Fragmented Metropolis: Los Angeles, 1850-1930.* 1967. Los Angeles: U of California P, 1993.

Foley, Martha. *The Best American Short Stories, 1952; and the Yearbook of the American Short Story.* Boston: Mifflin, 1952.

Forest, Jim. *All Is Grace: A Biography of Dorothy Day.* Maryknoll: Orbis Books, 2011.

Glenn, Evelyn N. *Issei, Nisei, War Bride: Three Generations of Japanese American Women in Domestic Service.* Philadelphia: Temple UP, 1986.

Goellnicht, Donald C. "Transplanted Discourse in Yamamoto's 'Seventeen Syllables'." Chueng, ed., *"Seventeen Syllables" by Hisaye Yamamoto.* 181- 94.

Hellwig, David J. "Afro-American Reactions to the Japanese and the Anti-Japanese Movement, 1906-1924." *Phylon,* 38.1 (March, 1977): 93-104.

Herman, Judith Lewis. *Trauma and Recovery.* New York: Harper Collins, 1992.

Himes, Chester. *If He Hollers Let Him Go.* 1945. New York: Hunters P, 1986.

hooks, bell. *Black Looks: Race and Representation.* Boston: South End P, 1992.

Horikoshi, Peter. "Interview with Toshio Mori." Emma Gee, ed., *Counterpoint: Perspectives on Asian America.* Los Angeles: UCLA Asian American Center, 1976. 472-79.

Hosokawa, Bill. *Nisei: The Quiet Americans.* Niwot: UP of Colorado, 1969.

Ichihashi, Yamato. *Japanese in the United States: A Critical Study of the Problems of the Japanese Immigrants and Their Children.*

Stanford: Stanford UP, 1932.

Ichioka, Yuji. *The Issei: The World of the First Generation Japanese Immigrants*, 1885-1924. New York: Free P, 1988. 富田虎男他訳『一世――黎明期カリフォルニアの物語』刀水書房、一九九二年。

Inada, Lawson F. “Standing on Seventh Street: An Introduction to the 1985 Edition.” Mori, *Yokohama, California.*” v-xxvii.

JanMohamed, Abdul R. and David Lloyd. “Toward a Theory of Minority Discourse: What Is To Be Done?” JanMohamed and Lloyd, eds., *The Nature and Context of Minority-Discourse*. New York: Oxford UP, 1990. 1-16.

Jenks, Hillary. “Bronzeville, Little Tokyo, and the Unstable Geography of Race in Post-World War II Los Angeles.” *Southern California Quarterly*, 93.2 (Summer, 2011): 201-35.

Jones, John Bush. *The Songs That Fought the War : Popular Music and the Home Front*,1939-1945. Waltham: Brandeis UP, 2006.

Kadohata, Cynthia. *The Floating World*. New York: Viking, 1989.

------. *Weedflower*. New York: Simon and Schuster, 2006. 代田亜香子訳『草花とよばれた少女』白水社、二〇〇六年。

Kashima, Tetsuden. “Japanese American Internees Return, 1945 to 1955: Readjustment and Social Amnesia.” *Phylon*, 41.2 (Summer, 1980): 107-15.

*Kashu Mainichi* (*KM*). 1939-1941. Microfilm. UCLA Research Library.

Katayama, Taro. “Agronomy” & “The Volunteer” (poems). *Trek*, 1.2 (Feburary, 1943): 28, 34.

------. “Nightmare” (poem). *Trek*, 1.1 (December, 1942): 25.

Kawakami, Iwao. “The Memory of an Eagle” (poem). *CL*, October, 1940: 15.

Keve, Paul W. *The McNeil Century: The Life and Times of an Island Prison*. Chicago: Nelson-Hall, 1984.

Kim, Elaine H. *Asian American Literature: An Introduction to the Writings and Their Social Context*. Philadelphia: Temple UP, 1982. 植木照代・山本秀行・申幸月訳『アジア系アメリカ文学――作品とその社会的枠組』世界思想社、二〇〇二年。

Kimmel, Michael. *Manhood in America: A Cultural History*. New York: Free P, 1996.

Kitano, Harry H. *Japanese Americans: The Evolution of a Subculture*. Englewood Cliffs: Prentice-Hall, 1969.

------, and Roger Daniels. *Asian Americans: Emerging Minorities*. Second Edition. Englewood Cliffs: Prentice Hall, 1995.

Kleiment, Anne. “Dorothy Day in the Catholic Worker Movement.” Meier and Rudwick, eds., *CORE: A Study in the Civil Rights Movement*, 1942-1968.

Kurashige, Lon. *Japanese American Celebration and Conflict: A History of Ethnic Identity and Festival*, 1934-1990. Berkeley: U of California P, 2002.

Kurashige, Scott. *The Shifting Grounds of Race: Black and Japanese Americans in the Making of Multiethinc Los Angeles.* Princeton: Princeton UP, 2008.

LaCapra, Dominick. *Writing History, Writing Trauma.* Baltimore: Johns Hopkins UP, 2001.

Laslett, John H. M. "Historical Perspectives: Immigration and the Rise of a Distinctive Urban Region, 1900-1970." Roger Waldinger and Mehdi Bozorgmehr, eds., *Ethnic Los Angeles.* New York: Russell Stage Foundation, 1996. 39-75.

Lee, Hsiu-chuan. "Interview with Cynthia Kadohata." *MELUS*, 32.2 (Summer, 2007): 165-86.

Leong, Russell. "An Interview with Toshio Mori." Mori, *Unfinished Message.* 215-38.

Light, Ivan H. *Ethnic Enterprise in America: Business and Welfare among Chinese, Japanese and Blacks.* Berkeley: U of California P, 1972.

Lim, Shirley Geok-lin. "Twelve Asian American Writers: In Search of Self-Definition." *MELUS*, 13 (Spring-Summer, 1986): 57-76.

Lim, Shirley Jennifer. *A Feeling of Belonging: Asian American Women's Public Culture*, 1930-1960. New York: New York UP, 2006.

Ling, Jinqi. *Narrating Nationalisms: Ideology and Form in Asian American Literature.* New York: Oxford UP, 1998.

*Los Angeles Tribune* (*LAT*). 1945-1948. Microfilm. UCLA Research Library.

Ma, Sheng-mei. "Asian Diaspora Does Vegas: Waves of Working- and First-Class." *Sun Yat-sen Journal of Humanities*, 26 (Winter, 2008): 17-32.

Maeda, David Joji. *Rethinking the Asian American Movement.* New York: Routledge, 2012.

Makino, Rie. "Absent Presence as a Nonprotest Narrative: Internment, Interethnicity and Christianity in Hisaye Yamamoto's 'The Eskimo Connection.'" *The Japanese Journal of American Studies,* 26 (2015): 99-119.

Manseau, Peter. *One Nation, Under Gods: A New American History.* New York: Back Bay Books, 2015.

Massa, Mark S. *Catholics and American Culture: Fulton Sheen, Dorothy Day, and the Notre Dame Football Team.* New York: Crossroad, 1999.

Matsumoto, Valerie J. *City Girls: The Nisei Social World in Los Angeles*, 1920-1950. New York: Oxford UP, 2016.

------. "Desperately Seeking 'Desire': Gender Roles, Multicultural Relations, and Nisei Women Writers of the 1930s." *Frontiers: A Journal of Women Studies*, 12.1 (1991): 19-32.

------. *Farming the Home Place: A Japanese American Community in California* 1919-1982. Ithaca: Cornell UP, 1993.

------. "Nisei Women and Resettlement During World War II." Asian Women United of California, ed., *Making Waves: An Anthology of Writings by and about Asian American Women.* Boston: Beacon P, 1989. 115-26.

------, and Blake Allmendinger, eds. *Over the Edge: Remapping the American West.* Berkeley, U of California P, 1999.

Mayer, David R. *The American Neighborhood Novel.* Nagoya: The U of Nagoya P, 1986.

McDonald, Dorothy Ritsuko and Katharine Newman. "Relocation and Dislocation: The Writings of Hisaye Yamamoto." Cheung, ed., *"Seventeen Syllables" by Hisaye Yamamoto.* 129-42.

Meier, August and Elliot Rudwick. *CORE: A Study in the Civil Rights Movement, 1942-1968.* New York: Oxford UP, 1973.

Miyamoto, S. Frank. "Problems of Interpersonal Style Among the Nisei." *Amerasia Journal*, 13.2 (1986-87): 29-45.

------. *Social Solidarity Among the Japanese in Seattle.* Seattle: U of Washington Publications in the Social Sciences, 1939.

Modell, John. *The Economics and Politics of Racial Accommodation: The Japanese of Los Angeles, 1900-1942.* Urbana: U of Illinois P, 1977.

Moran, Rachel F. *Interracial Intimacy: The Regulation of Race and Romance.* Chicago: Chicago UP, 2001.

Mori, Toshio. "One Happy Family." *Trek*, 1.3 (June, 1943): 12-13.

------. *The Chauvinist and Other Stories.* Los Angeles: Asian American Studies Center UCLA, 1979.

------. "Topaz Station." *Trek*, 1.1 (December, 1942): 24-25.

------. *Unfinished Message: Selected Works of Toshio Mori.* Ed. Patricia Wakida. Berkeley: Heyday Books, 2000.

------. *Woman from Hiroshima.* San Francisco: Isthmus P, 1978.

------. *Yokohama, California.* 1949. Seattle: U of Washington P, 1985. 大橋吉之輔訳『カリフォルニア州ヨコハマ町』毎日新聞社、一九七八年。

Mounier, Emmanual. *Personalism.* Trans. Phylip Mairet. 1952. Notre Dame: U of Notre Dame P, 2010.

Muller, Eric L. *Free to Die for Their Country.* Chicago: U of Chicago P, 2003.

Murase, Kenny. "A Nisei Artist Speaks." *CL*, September, 1941: 6-7.

------. "William Saroyan and the American Short Story." *CL*, December, 1940: 3-4, 7, 14.

Murray, Alice Yang. *Historical Memories of the Japanese American Internment and the Struggle for Redress.* Stanford: Stanford UP, 2008.

Nagata, Donna K. *Legacy of Injustice: Exploring the Cross-Generational Impact of the Japanese American Internment.* NewYork: Plenum P, 1993.

Nakano, Mei. *Japanese American Women: Three Generations* 1890-1990. Berkeley: Mina P, 1990.

Napoleon, Harold. "Yuuyaraq: The Way of the Human Being." Maria Shaa Tlaa Williams, ed., *The Alaska Native Reader: History, Culture, Politics.* Durham: Duke UP, 2009.131-37.

Nash, Gerald D. *The American West Transformed: The Impact of the Second World War*. Lincoln: U of Nebraska P, 1990.

Newiwert, David A. *Strawberry Days: How Internment Destroyed A Japanese American Community*. New York: Palgrave Macmillan, 2005.

Nishimoto, Richard S. *Inside an American Concentration Camp: Japanese American Resistance at Poston, Arizona*. Ed. Lane Ryo Hirabayashi. Tucson: UP of Arizona, 1995.

Noguchi, Ayako. "A Plea for Peace" (poem). *CL*, February, 1941: 13.

------. "All for Uncle Sam." *CL*, October, 1941: 12-13.

O'Brien, David J. and Stephen Fujita. *The Japanese Experience*. Bloomington: Indiana UP, 1991.

O'Connor, June E. *The Moral Vision of Dorothy Day: A Feminist Perspective*. New York: Crossroad, 1991.

Okihiro, Gary Y. *Margins and Mainstreams: Asians in American History and Culture*. Seattle: U of Washington P, 1994.

------. "Religion and Resistance in America's Concentration Camps." *Phylon*, 45.3 (1984): 220-33.

------. "The Idea of Community and a 'Particular Type of History.'" Okihiro et al., eds., *Reflections on Shattered Windows: Promises and Prospects for Asian American Studies*. Pullman: Washington State UP, 1988. 175-83.

Olsen, Tillie. "Silences in Literature." *Silences*. New York: The Feminist P at the City U of New York, 2001. 6-21.

Onishi, Ryoko, ed. *The RAFU Shimpo 100*（『羅府新報一〇〇周年誌』）. Los Angeles: Rafu Shimpo, 2003.

Osborn, William P. and Sylvia A. Watanabe. "A *MELUS* Interview: Wakako Yamauchi." *MELUS*, 23.2 (Summer, 1998): 101-10.

Oyama, Mary. "War Play" (poem). *CL*, July, 1941: 10.

Palumbo-Liu, David. "Toshio Mori and the Attachments of Spirit: A Response to David R. Mayer." *Amerasia Journal*, 17.3 (1991): 41-47.

Pascoe, Peggy. "Race, Gender, and the Privileges of Property: On the Significance of Miscegenation Law in the U.S. West." Matsumoto and Allmendinger, eds., *Over the Edge*. 215-30.

Pearlman, Mickey. *Listen to Their Voices: 20 Interviews with Women Who Write*. New York: Houghton Mifflin, 1993.

Pieh, Mel. *The Catholic Worker and the Origin of Catholic Radicals in America*. Philadelphia: Temple UP, 1982.

Pitt, Leonard and Dale. *Los Angeles A To Z: An Encyclopedia of the City and County*. Berkeley: U of California P, 1997.

*Poston Chronicle* (*PC*). 1942-1945. Microfilm. UCLA Research Library.

Radner, Joan Newton, ed. *Feminist Messages: Coding in Women's Folk Culture*. Urbana: U of Illinois P, 1993.

*Rafu Shimpo* (*RS*). 1947-1986. Microfilm. UCLA Research Library.

Ragain, Nathan. "A Revolutionary Romance: Particularity and Universality in Karen Tei Yamashita's *I Hotel*." *MELUS*, 38.1 (Spring, 2013): 137-52.

Robinson, Greg. "A Seed in a Devastated Landscape: John Okada and Midcentury Japanese American Literature." Frank Abe, Greg Robinson and Floyd Cheung, eds., *John Okada: The Life and Rediscovered Work of the Author of* No-No Boy. Seattle: U of Washington P, 2018. 237-50.

------. *After Camp: Portraits in Midcentury American Life and Politics*. Berkeley: U of California P, 2012.

------, ed. *Pacific Citizens: Larry and Guyo Tajiri and Japanese American Journalism in the World War II Era*. Urbana: U of Illinois P, 2012.

------. *The Great Unknown: Japanese American Sketches*. Boulder: UP of Colorado, 2016.

Roderick, Libby, ed. *Alaska Native Cultures and Issues*. Fairbanks: U of Alaska P, 2010.

Rolf, Robert T. "The Short Stories of Hisaye Yamamoto, Japanese American Writer." Cheung, ed., *"Seventeen Syllables" by Hisaye Yamamoto*. 89-108.

Sakoda, James. "BETRAYED: A Psychoanalysis of a Nisei." *CL*, September, 1941: 9.

Saroyan, William. "An Informal Introduction to the Short Stories of the New American Writer from California, Toshio Mori." Mori, *Yokohama California*. 1-4.

------. "William Saroyan Salutes *Current Life*." *CL*, May, 1941: 8-9.

Schiesl, Martin J. "Behind the Badge: The Police and Social Discontent in Los Angeles Since 1950." Norman M. Klein and Martin J. Schiesl, eds., *20th Century Los Angeles: Power, Promotion, and Social Conflict*. Claremont: Regina Books, 1990. 153-94.

Schleitwiler, Vincent J. "Into a Burning House: Representing Segregation's Death." *African American Review*, 42.1 (2008): 149-62.

Schweik, Susan. *A Gulf So Deeply Cut: American Women Poets and the Second World War*. Madison: U of Wisconsin P, 1991.

------. "A Needle with Mama's Voice: Mitsue Yamada's *Camp Notes* and the American Canon of War Poetry." Helen M. Cooper, Adrienne Auslander Munich and Susan M. Squier, eds., *Arms and the Woman: War, Gender and Literary Representation*. Chapel Hill: U of North Carolina P, 1989. 225-43.

------. "The 'Pre-Poetics' of Internment: The Example of Toyo Suemoto." *ALH*, 1.1 (Spring, 1989): 89-109.

See, Lisa. "*PW* Interviews: Cynthia Kadohata." *Publishers' Weekly*, August 3, 1992. 48-49.

Shankman, Arnold. *Ambivalent Friends: Afro-Americans View the Immigrant*. Westport: Green P, 1982.

Showalter, Elaine. *The Female Malady: Women, Madness and English Cuture 1830-1980*. London: Virago, 1987.

Simpson, Caroline Chung. *An Absent Presence: Japanese Americans in Postwar American Culture, 1945-1960.* Durham: Duke UP, 2001.

Sone, Monica. *Nisei Daughter*. 1953. Seattle: U of Washington P, 1979.

Spickard, Paul R. *Japanese Americans: The Formation and Transformations of an Ethnic Group*. New York: Twayne, 1996.

------. "Who Is an Asian? Who Is a Pacific Islander? Monoracialism, Multiracial People, and Asian American Communities." Teresa Williams-Leon and Cynthia L. Nakashima, eds., *The Sum of Our Parts: Mixed-Heritage Asian Americans.* Philadelphia: Temple UP, 2002. 13-25.

Sturken, Marita. "Absent Images of Memory: Remembering and Reenacting the Japanese Internment." *positions*, 5.3 (winter, 1997): 687-707.

Suemoto, Toyo. "Attitude" (poem). *CL*, December, 1941: 4.

------. "Gain" (poem). *Trek*, 1.1 (December, 1946): 6.

------. *I Call to Remembrance: Toyo Suemoto's Years of Internment.* Ed. Suzan B. Richardson. New Brunswick: Rutgers UP, 2006.

------. "In Topaz" (poem). *Trek*, 1.2 (February, 1943): 20

------. "Japonica" (poem). *CL*, March, 1941: 4.

------. "Transplanting" & "Promise" (poems). *Trek*, 1.3 (June, 1943): 8, 6.

------. "Writing of Poetry." *Amerasia Journal*, 10.1 (1983): 73-79.

------. "Yellow" (poem). *CL*, February, 1941: 4.

Summons, Charles A. *The African American Express: With Special Rreference to Four Newspapers 1827-1965.* Jefferson: McFarland, 1998.

Tajiri, Larry. "Farewell to Little Tokyo." *Common Ground*, Winter, 1944: 90-95.

------. "Nisei USA: Notes on Nisei Writings." *Pacific Citizen*, April 9, 1949: 4.

Tajiri, Vincent. "Jiro." *CL*, November, 1940:4.

Takahashi, Jere. *Nisei/Sansei: Shifting Japanese American Identities and Politics*. Philadelphia: Temple UP, 1997.

Takaki, Ronald. *Double Victory: A Multicultural History of America in World War II.* New York: Little Brown, 2001.

*Trek*. December, 1942 - June, 1943. Microfilm. UCLA Research Library.

Uchida, Yoshiko. *Journey to Topaz: A Story of the Japanese American Evacuation.* 1971. Berkeley: Heyday Books, 2005.

Wald, Sarah D. *The Nature of California: Race, Citizenship, and Farming since the Dust Bowl.* Seattle: U of Washington P, 2016.

Wallis, Velma. *Raising Ourselves: A Gwitch'in Coming of Age Story from the Yukon River*. Kenmore: Epicenter P, 2002.

Weglyn, Michi Nishimura. *Years of Infamy: The Untold Story of America's Concentration Camps*. Seattle: U of Washington P, 1978.

Wheeler, Elizabeth A. *Uncontained: Urban Fiction in Postwar America*. New Brunswick: Rutgers UP, 2001.

Wong, Sau-ling Cynthia. *Reading Asian American Literature: From Necessity to Extravagance*. Princeton: Princeton UP, 1993.

Wu, Cynthia. "A Comparative Analysis of Indigenous Displacement and the World War II Japanese American Internment." *Amerasia Journal*, 42:1 (2016): 1-15.

------. "Asian American Feminism's Alliances with Men: Reading Hisaye Yamamoto's 'Seventeen Syllables' as an Antidraft Tract." *Signs*, 39.2 (Winter, 2014): 323-39.

Yamada, Jim. "FALDEROL." *Trek*, 1.3 (June, 1943): 42.

------. "Gaudeamus Igitur." *Trek*, 1.3 (June, 1943): 20-24.

Yamamoto, Hisaye. "A Man from Hiroshima." *RS*, December 20, 1956: 9.

------. "A Slight Case of Mistaken Identity." *RS*, December, 19: 6.

------. "Bettina." *RS*, December 21, 1955: 6, 14.

------. "Broccoli and Spinach." *Hokubei Mainichi*, Jan 1, 1991, Supplement: 2.

------. "Christmas Eve on South Boyle." *RS*, December 20, 1957: 9.

------. "Educational Opportunities." *Hokubei Mainichi*, January 1, 1989: 6-7.

------. "Eju-kei-shung! Eju-kei-shung!: A Memoir." *RS*, December, 1980: 11-12.

------. "Et Ego in America Vixi" (poem). *CL*, June, 1941: 13.

------. "God Sees the Truth But Waits: Tokyo Rose." *CW*, February, 1957: 6.

------. "…I Still Carry It Around." *RIKKA*, 3.4(1976): 11-19.

------. "Ingurishi Tsuransureishan." *RS*, December 20, 1958: 9.

------. "Introduction." Mori, *The Chauvinist and Other Stories*. 1-14.

------. "Kichi Harada." *Pacific Citizen*, December 20, 1957: Section B-11.

------. "Miyoko O'Brien (Or Everybody's Turning Japanese)." *Pacific Citizen*, December 20-27, 1985: A46.

------. "Nip in the Bud." *RS*, December 20, 1961: 9-10.

------. "Poetry" (poem). *CL*, March, 1941: 5.

------. "Question." *KM*, Jan 1, 1940.

------. "Seabrook Farms: 20 Years Later." *CW*, June, 1954: 3, 6.

------. *Seventeen Syllables and Other Stories*. Revised and Expanded Edition. Ed. King-Kok Cheung. New Brunswick: Rutgers UP, 1998. 山本岩夫・桧原美恵訳『ヒサエ・ヤマモト作品集――「十七文字」ほか十八編』南雲堂フェニックス、二〇〇八年。

------. "Spring Dirge" (poem). *CL*, March, 1941: 5.

------. "Summer Summarized." *CL*, November, 1940: 10.

------. "The Enormous Piano." *RS*, December 20, 1977: 6, 31.

------. "The Losing of a Language." RS, December 20, 1963: 7.

------. "The Other Cheek." *RS*, Decemeber 19, 1959: 3.

------. "The Streaming Tears." *RS*, December 20, 1951: 22, 24.

------. "To the Mesembryanthemum" (poem). *CL*, October, 1941: 9.

------. "When Day Is Done." *CL*, December, 1940: 6.

------. "Yellow Leaves." *RS*, December 20, 1986: 38.

Yamamoto, Traise. *Masking Subjects: Japanese American Women, Identity, and the Body*. Berkeley: U of California P, 1999.

Yamashita, Karen Tei. *I Hotel*. Minneapolis: Coffee House P, 2010.

Yamauchi, Wakako. *Songs My Mother Taught Me*. Ed. with Introd. Garrett Hongo. New York: Feminist P, 1994.

Yogi, Stan. "Japanese American Literature." King-Kok Cheung, ed., *An Interethnic Companion to Asian American Literature*. New York: Cambridge UP, 1997. 125-55.

------. "Legacies Revealed: Uncovering Buried Plots in the Stories of Hisaye Yamamoto." Cheung, ed., *"Seventeen Syllables" by Hisaye Yamamoto*. 143-60.

Yokota, Kariann Akemi. *From Little Tokyo to Bronzeville and Back: Ethnic Communities in Transition*. M.A. thesis. UCLA, 1996.

Yoo, David K. *Growing Up Nisei: Race, Generation, and Culture among Japanese Americans of California, 1924-49*. Urbana: U of Illinois P, 2000.

Zwick, Mark and Louise. *The Catholic Worker Movement: Intellectual and Spiritual Origins*. New York: Paulist P, 2005.

秋本秀紀『ニューヨーク知識人の源流――一九三〇年代の政治と文学』彩流社、二〇〇一年。

イーグルトン、テリー 川本皓嗣訳『詩をどう読むか』岩波書店、二〇一一年。

石田友紀「九州福岡・佐賀・長崎・熊本四県の移民資料調査報告」海外移住資料館『研究紀要』第四号（二〇一〇年）。三一-三八。

石山徳子「コロラド・リバー・インディアン居留地の農地開拓と日系人労働──ポストン収容所の地理空間」『立教アメリカン・スタディーズ』三〇号（二〇〇八年三月）、一三五-五二。

植木照代「日系アメリカ人の歴史と文学」植木・ゲイル・佐藤他『日系アメリカ文学──三世代の軌跡を読む』創元社、一九九七年。v-xxiii。

ウォラギネ、ヤコブス・デ　前田敬作・西井武訳『黄金伝説3』平凡社、二〇一六年。

小倉孝保『ゆれる死刑──アメリカと日本』岩波書店、二〇一一年。

熊野純彦『差異と隔たり──他なるものへの倫理』岩波書店、二〇〇三年。

小林富久子『ジェンダーとエスニシティで読むアメリカ女性作家──周縁から境界へ』学藝書林、二〇〇六年。

サエキ、バリー、山本英政「明治を越えて　III　二世の立場から」田村紀雄・白水繁彦編『米国初期の日本語新聞』勁草書房、三五六-六五。

篠田佐多江・山本岩夫『日系アメリカ文学雑誌研究──日本語雑誌を中心に』不二出版、一九九八年。

下河辺美智子『トラウマの声を聞く──共同体の記憶と歴史の未来』みすず書房、二〇〇六年。

田中久男「トシオ・モリの「ムラタ兄弟」とトパーズ収容所での創作活動」『中・四国アメリカ文学研究』第五一号（二〇一五年六月）、一-一二。

田村紀雄「概説──初期の米国日系新聞の流れ」田村紀雄・白水繁彦編『米国初期の日本語新聞』勁草書房、一九八六年。一-四一。

長井志保「ヒサエ・ヤマモトの“A Fire in Fontana”における人種差別と‘Fear of Responsibility’」兵庫教育大学大学院連合学校教育研究科『教育実践学集』一三号（二〇一二年）。一四七-五四。

中村理香「砂漠・翻訳・他者──Mitsuye Yamada 補償請求後作品に見る他者の介入と「連結」への試み」*AALA Journal*, 8 (2002): 45-64.

野矢啓一『はざまの哲学』青土社、二〇一八年。

ハム、マギー　木本喜美子・高橋準訳『フェミニズム理論事典』明石書店、一九九九年。

桧原美恵「日系アメリカ文学（戦後・・本土）──表象としての「マンザナール」をめぐって」植木照代監修、山本秀行・村山瑞穂編『アジア系アメリカ文学を学ぶ人のために』世界思想社、二〇一一年。二〇-四〇。

ファノン、フランツ　海老坂武他訳『黒い皮膚、白い仮面』みすず書房、一九七〇年。

藤田晃『立退きの季節──日系人収容所の日々』平凡社、一九八四年。

ボールドウィン、ジョイス・G　稲垣緋紗子訳『エステル記』いのちのことば社、二〇一一年。

水田宗子『二十世紀の女性表現──ジェンダー文化の外部へ』学藝書林、二〇〇三年。

水野真理子『日系アメリカ人の文学活動の歴史的変遷──一八八〇年代から一九八〇年代にかけて』風間書房、二〇一四年。

南川文里『「日系アメリカ人」の歴史社会学──エスニシティ、人種、ナショナリズム』彩流社、二〇〇七年。

宮岡伯人『エスキモー──極北の文化誌』岩波書店、一九八七年。

村山瑞穂「「祝婚歌」から「フィレンツェの庭」へ──ヒサエ・ヤマモトの短編に読む戦争トラウマの不在と顕在」小林富久子監修、石原剛・稲木妙子・

原恵理子・麻生亨志・中垣恒太郎編『憑依する過去——アジア系アメリカ文学におけるトラウマ・記憶・再生』金星堂、二〇一四年。一七-三〇。

矢ヶ崎典隆『移民農業——カリフォルニアの日本人移民社会』古今書院、一九九三年。

山内眞監修『新共同訳　新訳聖書略解』日本キリスト教団出版局、二〇〇〇年。

山本岩夫「ヒサエ・ヤマモト作品目録（一）（二）」『立命館言語文化研究』第七巻五・六合併号（一九九六年）、一九五-二四三、第八巻二号（一九九六年）、一六七-七六。

ヨネヤマ、リサ「記憶の未来化について」小森陽一・高橋哲哉編『ナショナル・ヒストリーを超えて』東京大学出版会、一九九八年。二三一-四八。

レルフ、エドワード　高野岳彦他訳『場所の現象学——没場所性を越えて』筑摩書房、一九九八年。

# あとがき

本書はこれまでヒサエ・ヤマモトについて書いてきたものを、どれも大幅に加筆・修正し、新たな書き下ろしも追加してまとめたものである。

日系アメリカ文学に関心を持つようになったのは一九九〇年代に入ってからのことである。勤務先で担当することになった「アメリカ文学」の授業で取り上げる作品を探している時にヒサエ・ヤマモトの「ヨネコの地震」を読んでみた。日系アメリカ文学に触れたのはそれが最初の経験であったが、それまで読んでいたアメリカの女性作家とは全く異質のヤマモトの語りにひかれた。このことが契機となって、ヤマモトの他の作品にも興味を覚えて読んでいった。そして、日系アメリカ文学の研究をどのように進めていけば良いのか探りはじめていた時期に、アジア系アメリカ文学研究会（AALA）の存在を知り、早速入会させていただくことにした。研究会の例会や大会などに参加して、アジア系アメリカ文学研究の動向から研究のあり方に至るまで、様々な知見を与えられたことは幸いであった。また、フォーラムや例会などで報告をした際には、様々なコメントやご質問をいただいたことも有難かった。

さらに、毎年、二日間にわたって開催される大会（AALAフォーラム）では、充実したプログラムが組まれ、参加するたびに多くの収穫が与えられた。特に、アメリカの著名なアジア系アメリカ文学研究者の方々を招いてのシンポジウムや講演でじかにお話をうかがえたことは、研究を進める上で貴重な機会となった。エレイン・キム先生やキンコック・チャン先生の講演を通して、お二人の研究者としての真摯な姿勢には深い感銘を受けた。また、『そして心は躍る』の上演で二〇〇一年に来日されたワカコ・ヤマウチさんにもフォーラムでお会いしたことがきっかけで、勤務先の卒論ゼミ生や院生を交えてお話をうかがうという貴重な機会も与えられた。その後、カリフォルニア州のガーディナにあるヤマウチさんのご自宅にお招きいただき、ヤマモトとの長い友情や新作について色々とお話をうかがうこともできた。穏やかで温かいお人柄のヤマウチさんがご自分のお仕事についてお話をされる時の生き生きとした表情は、今でも鮮やかに記憶に残っている。そのヤマウチさんも今年の八月に亡くなられたことを知った時は、二世文学の一時代が終わったことを改めて実感した。

これまで試行錯誤を重ねながらヤマモトについて研究を進めてきたが、本書の冒頭で述べた通り、ヤマモトが初期のころから小説家のみならず社会運動家として模索を続けてきた点が、ヤマモトに最も強く関心を抱いた点であった。ヤマモト研究を始めたころはまだヤマモトについての先行研究も少なく、毎年のようにアメリカの図書館に出かけて、ヤマモトの作品やコラムを収集し、それらを丹念に読むという地味な作業を続けることに相当の時間を費やした。その過程で科学研究補助金の助成を受けて資料収集や調査などが順調に進められたことは有難かった。とりわけカリフォルニア大学ロサンゼルス校のリサーチ・ライブラリーには毎年、夏休みにお世話になった。同図書館の方々は私のように外国からやってくる訪問者にも親切で、どのような質問にも丁寧に答えて下さった。また、二〇〇二年に半年間、スタンフォード大学のパランボ・リュウ先生に受け入れていただき実現した在外研修も、研究を進める上で良い機会となった。戦前に出版された二世の文芸誌『カレント・ライフ』などは、キャンパスのはずれにある図書館に通って本物を手に取ることができた。戦争前、二世が不安に駆られながらも、それぞれが文学への情熱を必死に維持しようとしていた様子が紙面からも伝わってきた。特に当時、二〇歳のヤマモトが周囲に流されず冷静に状況を見つめ、批判的な精神も失わずにいたことを知らされ、心を揺さぶれる思いがしたのを今でもよく覚えている。そのようなヤマモトの作家としての姿勢を、少しでも本書を通してお伝えすることができれば望外の喜びである。

本書を書き終えた今、新たな課題も見つかったが、それらは今後考えていきたいと思っている。また、本書は冒頭で述べたようにヤマモトの入門書でもあるので、今後は、若い方々がこれを参考にして、新しい視点に基づいたヤマモト研究や日系アメリカ文学研究を進めていただければと願っている。

以下にお礼の意味も込めて、本書の土台となった論文の初出をあげさせていただく。

二章――「戦前の日系社会とその変容」アジア系アメリカ文学研究会編『アジア系アメリカ文学――記憶と創造』大阪教育図書、二〇〇一年。一四九-七二。

三章――平成一二年度-平成一四年度科学研究補助金報告書『戦時下のアメリカ・カナダにおける日系作家の創作活動』(基盤研究(C)課題番号 1261050)一-一二。

五章――「『ロサンゼルス・トリビューン』時代のヒサエ・ヤマモト」『共立国際文化』二五(平成一七年)。六七-八八。

六章――平成一七年度-平成一九年度科学研究補助金報告書『戦後再定住期アメリカ・カナダにおける日系作家の創作活動』(基盤研究(C)課題番号 17520195)一-三一。

七章――「ヒサエ・ヤマモトの「ウィルシャーバス通りのバス」――他者の苦しみへの応答」小林富久子監修、石原剛・稲木妙子・原恵理子・麻生亨志・中垣太郎編『憑依する過去――アジア系アメリカ文学におけるトラウマ・記憶・再生』金星堂、二〇一四年。二-一六。

八章――「境界への眼差し――ヒサエ・ヤマモトとワカコ・ヤマウチ」英米文化学会編『行動するフェ

ミニズム――アメリカの女性作家と作品』新水社、二〇〇三年。一四五-七〇。

「ヒサエ・ヤマモトの父親表象――「茶色の家」と「ラスヴェガスのチャーリー」」『共立国際研究』三二(二〇一五年)。一一一-一二一。

「他者への応答――ヒサエ・ヤマモトの「エスキモーとの出会い」」『共立国際研究』第三四号(二〇一七年)。一二一-一三三。

本書の出版は予定より大幅に遅れてしまったが、ようやくなんとか完成させることができた。これもやはりアジア系アメリカ文学研究会の方々のお陰である。植木照代先生をはじめとして桧原美恵先生、山本秀行先生などの諸先生方や会員の方々に感謝申し上げる。特に数回に及ぶ科学研究補助金による共同研究を行ってきた小林富久子先生や河原崎やす子氏は的確なコメントや鋭い示唆を与えて下さった。また、温かい励ましをいただいた原恵理子氏にも感謝を申し上げたい。その他、ここでお名前を挙げることはしないが、勤務先である共立女子大学国際学部の同僚の方々、共立女子大学図書館の司書の方々、また私の講義を聞いて様々な質問をしてくれた学生たちにも御礼を述べたい。

最後になるが、本書の出版を快くお引き受け頂いた金星堂社長の福岡正人氏と編集をご担当下さった倉林勇雄氏に大変お世話になった。心より御礼を申し上げる次第である。

二〇一八年一〇月

稲木妙子

# 索引

ヤマモト周辺の家族、友人たち、日系作家、新聞雑誌類、組織などをとりあげた。

【あ】



【か】



【さ】

【や】

【ら】

著者紹介
稲木妙子（いなぎ たえこ）
共立女子大学国際学部教授
主な業績：『憑依する過去——アジア系アメリカ文学におけるトラウマ・記憶・再生』（共編著）金星堂、2014年。『アジア系アメリカ文学を学ぶ人のために』（共著）世界思想社、2011年。『木と水と空と——エスニックの地平から』（共編著）金星堂、2007年。『行動するフェミニズム』（共著）新水社、2003年など。

ヒサエ・ヤマモトの世界

2019年3月15日　初版第1刷発行

著　者　稲木　妙子
発行者　福岡　正人
発行所　株式会社　金星堂
（〒101-0051）東京都千代田区神田神保町3-21
Tel. (03) 3263-3828（営業部）
(03) 3263-3997（編集部）
Fax (03) 3263-0716
http://www.kinsei-do.co.jp

本文組版／ザイン
装丁デザイン／岡田　知正
印刷所／モリモト印刷　製本所／牧製本



ISBN978-4-7647-1188-4 C1098